Annette [illegible]

Bad Vilbel, Feb 2018

Bereits im Alter von 17 Jahren segelte er mit James Cook um die Welt. Als Naturforscher und Schriftsteller beeindruckte er die Gelehrtenwelt Europas. Und als Demokrat kämpfte er mit Begeisterung für die Französische Revolution. Das Leben dieses deutschen Weltbürgers namens Georg Forster (1754-1794) ist ein außergewöhnliches Zeugnis einer bewegten Epoche.

»Alois Prinz hat die dramatische Lebensgeschichte Forsters in eine gut lesbare kurze Fassung gebracht, die durch viele authentische Briefzitate besonders lebendig wirkt.« *Maria Frisé, Frankfurter Allgemeine Zeitung*

Alois Prinz, geboren 1958, studierte Literaturwissenschaft und Philosophie. Er veröffentlichte zuletzt als suhrkamp taschenbuch die Biographien *Und jedem Anfang wohnt ein Zauber inne. Die Lebensgeschichte des Hermann Hesse* (st 3742) und *Lieber wütend als traurig. Die Lebensgeschichte der Ulrike Marie Meinhof* (st 3725) insel taschenbuch 3353

Alois Prinz

Die Lebensgeschichte des Georg Forster

Das Paradies ist nirgendwo

DIE LEBENSGESCHICHTE DES GEORG FORSTER

Von Alois Prinz

Insel Verlag

Das Paradies ist nirgendwo. Die Lebensgeschichte des Georg Forster
erschien erstmals 1997 im Beltz Verlag, Weinheim und Basel,
und 2001 als Gulliver Taschenbuch 867 ebenfalls im Beltz Verlag.
Die vorliegende Ausgabe wurde vom Autor durchgesehen
und überarbeitet.

insel taschenbuch 3353
Erste Auflage 2008

Umschlag nach Entwürfen von Willy Fleckhaus
Vertrieb durch den Suhrkamp Taschenbuch Verlag
Druck: Druckhaus Nomos, Sinzheim
Printed in Germany
ISBN 978-3-458-35053-8

1 2 3 4 5 6 – 13 12 11 10 09 08

Das Paradies ist nirgendwo

Prolog

»Der arme Forster«

Paris, im fünften Jahr der Französischen Revolution. Ein trister Novembertag. Das Wetter ist kalt und regnerisch, abends geht der Regen in Schnee über. In einer engen Dachkammer im »Haus der holländischen Patrioten«, einem billigen Hotel in der Rue des Moulins, sitzt ein noch junger Mann schreibend am Feuer, in Decken eingehüllt. Im »Haus der holländischen Patrioten« sind Exilanten aus aller Herren Länder untergekommen, die die Revolution in die französische Hauptstadt verschlagen hat – Polen, Engländer, Deutsche. Doch der Mann mit dem blatternarbigen Gesicht in der Dachkammer ist die schillerndste Figur unter ihnen. Es ist der berühmte Georg Forster; der Weltumsegler, der mit Kapitän Cook so weit wie noch kein Mensch vorher zu den Eisbergen der Antarktis vorgedrungen ist, der die Südseeinseln erforscht und unter Menschenfressern gelebt hat; der Naturforscher Forster, der in Kassel, Wilna und Mainz lehrte und sich durch seine Schriften den Beifall der bedeutendsten Geister seiner Zeit erwarb; der Politiker Forster, der an der Spitze der revolutionären Bewegung in Mainz gestanden hat und als Delegierter nach Paris gesandt worden ist.

Aber das meiste davon ist Vergangenheit. Für die Sache der Revolution hat Georg Forster eine viel versprechende Karriere als Naturwissenschaftler geopfert, und was jetzt aus ihm werden soll, ist völlig ungewiss. Nur so viel ist klar, an eine Rückkehr nach Deutschland ist nicht zu denken. Dort ist er geächtet und man hat sogar ein Kopfgeld von 100 Dukaten auf ihn ausgesetzt. Sein Vater, für den er von Kindheit an wie ein Sklave gearbeitet hat und für den er so manchen erniedrigenden Bittgang tun musste, dieser Vater wünscht ihn öffentlich an den Galgen.

Forster kennt viele Leute in Paris, oft bekommt er Besuch, sein Name hat noch immer einen Klang. Doch spürt er schmerzlich, dass es in der ganzen riesigen Stadt keine Menschenseele gibt, der er wirklich etwas bedeutet. Wenn er morgen verschwunden wäre, niemand würde ihn vermissen. Der einzige Mensch, dem Georg sich anvertrauen möchte, ist seine Frau Therese. Aber sie lebt von ihm getrennt. Fast täglich schreibt Georg an sie und lässt sie an allem teilnehmen, was ihn bewegt.

Nur einen Steinwurf von seiner Herberge entfernt verläuft die Rue Thérèse. Georg meidet diese Straße, wenn er zu seinen einsamen Spaziergängen aufbricht. Der Gedanke daran, dass seine Therese nicht mehr bei ihm ist, bereitet ihm die größten Qualen. Therese hat ihn mit den beiden Töchtern verlassen, sie wohnt jetzt mit den Kindern und ihrem neuen Lebensgefährten in der Schweiz. Forster hat sie besucht, um auf ihren Wunsch die Scheidung in die Wege zu leiten. Noch immer will er die Hoffnung auf ein zukünftiges Leben mit Therese nicht aufgeben, wenn es sein muss, zu dritt.

Und doch, trotz aller Schicksalsschläge, ist Georg Forsters Elan nicht gebrochen. Wenn es seine angeschlagene Gesundheit und seine Geschäfte als Delegierter nur irgend erlauben, sitzt er über den Papieren und schreibt an seinen *Parisischen Umrissen*. Es soll endlich in die Köpfe der zauderlichen deutschen Revolutionäre und der ewiggestrigen Freiheitsgegner, was für ein geschichtliches Erdbeben von Frankreich ausgeht. Forster lässt in diesen Aufzeichnungen keinen Zweifel an seiner revolutionären Gesinnung. In seinen Briefen an Therese allerdings gesteht er seine Verstörung über die Schattenseiten der Revolution. Er fragt sich sogar, ob er seine Kräfte für eine Sache geopfert hat, die hier kaum jemand richtig ernst zu nehmen scheint, die nur »ein bloßer Deckmantel der rasendsten Leidenschaften ist«. Die großen Worte wie Freiheitsliebe und Uneigennützigkeit kommen ihm im Munde vieler Revolutionäre vor wie »Kinderklappern«, »nichts bedeutende Töne«, »bloß geheuchelte Empfindungen«.

Statt Freiheit, Gleichheit und Brüderlichkeit herrscht blutiger Terror. Tagtäglich poltern die Wagen mit den zum Tode Verurteilten durch die Straßen zum Place de Grève oder zum Champ de Mars, wo die Guillotinen aufgebaut sind. 180 Köpfe rollten im Oktober. 500 werden es im November sein und im Dezember wahrscheinlich noch viel mehr.

Ende November wird Forster neununddreißig Jahre alt. Es wird sein letzter Geburtstag sein. In manchen Momenten überkommt ihn eine dunkle Vorahnung, wie damals in Mainz, als ihn eine lange Krankheit in tiefe Verzweiflung stürzte. Mächtiger als seine angegriffene Gesundheit bedrückt ihn das Gefühl, in einer Sackgasse zu stecken. Alle Konflikte, in die er immer wieder geraten ist, scheinen sich hier in Paris übergroß vor ihm aufzutürmen. Forster mag sich an die Weltreise mit Cook erinnert fühlen, als eine riesige Eiswand die Weiterfahrt nach Süden verhinderte. Ebenso unüberwindbar erscheinen ihm die Fragen, die ihn an den »traurigen, einsamen, langen Abenden« in Paris bedrängen.

Auch an diesem Abend in der Dachkammer seiner Herberge bleibt er noch lange wach. Er weiß, dass er im Bett keinen Schlaf finden würde. Wie schon so oft zermartert er sich den Kopf mit der Frage, ob »zwischen Betrügern und

Betrogenen nirgends ein Drittes zu finden ist, woran man sich halten, sich anschließen könnte«. Er will kein Betrüger sein, aber auch kein Betrogener, er schwankt zwischen Hoffnung und Resignation. Es ist wahr, dass die Revolution ein anderes Gesicht zeigt, als er es sich erhofft hat. Den Sieg der wahren Aufklärung hat er sich von ihr versprochen, einer Aufklärung, in der »Vernunft, Gefühl und Phantasie« vereint sind. Und jetzt begegnen ihm überall nur noch Emotionen ohne Vernunft, »rasender Parteigeist« und »blinde, leidenschaftliche Wut«.

Andererseits will und kann er sich nicht auf die Seite der engstirnigen und kleinmütigen Revolutionsgegner schlagen. Soll man die unerträglichen alten Zustände wieder herbeiwünschen, nur weil der Kampf um eine bessere Welt auch Opfer kostet? Sind die großen Umwälzungen nicht notwendig mit Nachteilen verbunden, die man hinnehmen muss, um letztlich doch einen Fortschritt verzeichnen zu können? Kann man denn nicht den »Jetztlebenden« Leid, Not und Ungerechtigkeit zumuten im Glauben, dass es sich für spätere Generationen auszahlen wird? Bedarf es nicht einer »kalten Philosophie«, um im Durcheinander von Gutem und Bösem noch »jenen höheren Zweck« im Auge zu behalten?

Auf diesen Widerspruch zwischen seinen innersten Überzeugungen und dem, was um ihn her geschieht, ist Forster in seinem Leben immer wieder gestoßen. Dass er ihn nicht lösen konnte, ja dass er überhaupt versucht hat, mit diesem Widerspruch zu leben, das hat ihm seine Nachwelt fast zwei Jahrhunderte lang zum Vorwurf gemacht. Bald nach seinem Tod wird Goethe, der ihn gekannt hat, über ihn schreiben, nun habe »der arme Forster denn doch seine Irrtümer mit dem Leben bezahlen müssen, wenn er schon einem gewaltsamen Tode entging«.

Dieses Urteil hat über lange Zeit das Verhältnis der Nachwelt zum »Landesverräter« Georg Forster geprägt. Zu tief saß die Auffassung, dass eine umstürzlerische Gesinnung vielleicht zur »französischen Marianne«, aber sicher nicht zum »deutschen Michel« passe. Luthers Lehre, wonach man die nüchternen Dinge der Politik gefälligst von menschheitsbeglückenden Träumen freihalten sollte, hat hier ihre nachhaltige Wirkung getan. Forster konnte und wollte diese Trennung nicht vollziehen, auch wenn sich daraus Positionen ergaben, die für verworren und widersprüchlich gehalten wurden. Er lacht über die »Träume der guthmütigen Schwärmer, die sich eine Utopie denken, wo es lauter gute, lauter weise und glückliche Leute geben wird, vermöge einer freien Verfassung«. Er hat nichts dagegen, wenn man ihn einen Materialisten nennt. Das hält ihn aber nicht davon ab, auf ein »Reich der Liebe« zu hoffen, »wie es sich gute Schwärmer von den Kindern Gottes träumten«. Als Materialist weist er immer wieder auf die tausenderlei Abhängigkeiten und Unwägbarkeiten hin, denen das menschliche Leben unterworfen ist. Auch im Hinblick auf seinen eigenen Lebenslauf wünscht er sich diese Betrachtungsweise. »Es hing nicht von mir ab, das zu werden, was ich wollte«, schreibt er in einem Brief an seinen Freund Friedrich Jacobi, »mir die Verhältnisse zu wählen, unter denen ich in der Welt erschien. Ich ward geboren, erzogen, meiner Denkungsart war eine Falte geschlagen, eine Richtung gegeben, ganz unvermerkt, ganz ohne Zutun, und siehe! nun dachte ich so und nicht anders.«

Georg Forster hat stets versucht, seinen »Grundsätzen«

treu zu bleiben. Aber er war immer sehr starken inneren Zwängen und äußeren Einflüssen ausgesetzt. Erst der Blick auf beides, auf das, was er wollte, und auf das, was ihn prägte, lässt ein Bild entstehen, das ihm vielleicht eher gerecht wird als das Urteil Goethes über den »armen Forster« und seine »Irrtümer«.

I.
George, das Wunschkind des Vaters

»Die weheste Stelle in meinem Herzen.«

Ein Jahr vor seiner Geburt, im Oktober 1753, ziehen Georg Forsters Eltern Johann Reinhold und Justina Forster in das kleine Dorf Nassenhuben bei Danzig. Reinhold Forster hat dort die Predigerstelle übernommen. Die beiden haben kurz zuvor in der Danziger St.-Peters-Kirche geheiratet. Sie kennen sich aber schon lange. Justina Forster, die Tochter des reichen und einflussreichen Kaufmanns Carl Friedrich Nicolai aus Marienwerder, ist Reinholds eigene Kusine.

Reinhold Forster ist ein junger Mann von vierundzwanzig Jahren, voller Tatendrang und Wissensdurst. Die Stelle in Nassenhuben tritt er nur ungern an. Er beugt sich dem Wunsch seines Vaters, der Bürgermeister von Dirschau gewesen ist, aber nun im Sterben liegt und vor seinem Tod den launigen Sohn in sicheren Verhältnissen wissen will.

Reinhold selbst fühlt sich zu etwas anderem berufen als zu einem kleinen Landpfarrer, der leibeigenen Bauern das Evangelium predigen soll. Er hat das berühmte Joachimsthaler Gymnasium in Berlin besucht und hätte sich danach am liebsten in das Studium der Sprachen und Naturwissenschaften gestürzt. Aber sein Vater wollte die hochfliegenden Pläne Reinholds in sichere Bahnen lenken. Er bestand darauf, dass sein Sohn die kirchliche Laufbahn einschlägt.

An der Universität Halle, wo Reinhold seine theologische Ausbildung erhalten sollte, interessierte er sich für alles Mögliche, für Völkerkunde, orientalische Sprachen, Mathematik und Philosophie – nur nicht für Theologie. Seinem Vater muss wohl etwas von diesem bunten Treiben zu Ohren gekommen sein, denn völlig überraschend ereilte Reinhold der väterliche Befehl, sofort nach Hause zurückzukehren, um in Danzig in einer reformierten Gemeinde eine Stelle als Prediger zu übernehmen.

Reinhold hat vielfältige Kenntnisse, er beherrscht die Grundlagen von siebzehn Sprachen, aber die Auslegung des Evangeliums gehört nicht zu seinen Stärken. Allerdings kann er durch seine Sprachgewalt einiges wettmachen. In Danzig zeigte sich auch noch ein anderes Talent des hitzköpfigen Predigers, die Begabung nämlich, früher oder später mit seinen Vorgesetzten in Konflikt zu kommen. Bald war der Friede in der Danziger Gemeinde dahin und Vater Forster, der Bürgermeister, musste wieder seine Beziehungen spielen lassen, um dem schwierigen Sohn die Predigerstelle in Nassenhuben zu verschaffen. Und so kam es, dass Reinhold Forster mit seiner jungen Frau in dem kleinen Dorf eine Meile südöstlich von Danzig landete.

Am 5. Dezember 1754 macht Reinhold Forster folgende Eintragung ins Kirchenbuch von Nassenhuben: »Johann Georg Adam getaufet von Ihro Hochwürden Herrn Jenin, Archidiaconus St. Peter in Dantzig, den 27. Novbr. gebohren, zwischen 7 und 8 Uhr Abends«[1]. Georg, der erste Vorname des Täuflings, hat eine lange Tradition in der Familie Forster, deren Wurzeln mütterlicher- wie väterlicherseits in Schottland liegen. Von dort siedelte etwa um 1640 ein gewisser George Forster, damals »Girge Forster« geschrieben, nach Danzig über. Mit nur zwei Goldstücken in der Tasche kam er in seiner neuen Heimat an und soll es dennoch im Laufe seines Lebens zum Bürgermeister von Neuburg gebracht haben. Wenn man Reinhold Forsters eigenen Angaben trauen darf, brachte fast jede der folgenden Generationen einen Bürgermeister hervor, bis hin zu Reinholds Vater, der auch mit Vornamen George geheißen hatte.[2]

England, wo König George II. regiert, hat für Johann Reinhold eine wichtige Bedeutung. England ist für ihn der Inbegriff einer freien Gesellschaft, in der nicht ein kleinlicher, geisttötender Standesdünkel jeden Fortschritt im Keim erstickt, sondern wo tolerante politische Verhältnisse herrschen, eine wirtschaftliche Entwicklung stattfindet und der wissenschaftliche Forschungsdrang sich ungehindert entfalten kann. In einer solchen Gesellschaft möchte Johann Reinhold Forster leben, darauf hofft er und etwas von dieser Hoffnung geht auch ein in den Namen, den er seinem ersten Sohn gibt: Georg.

Georg Forster wird in eine sehr unruhige Zeit hineingeboren. Die Großmächte England, Frankreich, Österreich und Russland streben nach der Vormachtstellung in Europa. Das ist mit kriegerischen Auseinandersetzungen verbunden. »Der Erdteil glich 140 Jahre lang einer Machtbörse«, schreibt Sebastian Haffner über die Zeit vom Ende des Dreißigjährigen Krieges 1648 bis zum Beginn der Französischen Revolution 1789. »Ständig wurden irgendwo Kriege geführt. Krieg war in diesem Zeitalter fast der Normalzustand.«[3]

1756 beginnt der Siebenjährige Krieg, mit dem eine neue Großmacht an der »Machtbörse« erscheint: Preußen. Der Preußenkönig Friedrich II. hatte 1740 Schlesien annektiert und fällt jetzt in einem »Blitzkrieg« in Sachsen ein. Die Welt ist empört über diesen »Friedensstörer«, wie ihn Maria Theresia nennt, und prompt erfolgen nach dem Einmarsch die Kriegserklärungen Frankreichs, Österreichs, Russlands und dann auch Schwedens. Einzig England steht Friedrich, den man einmal »den Großen« nennen wird, gegen diese Übermacht von Feinden zur Seite. Das Inselreich gewährt großzügige Finanzhilfe – nicht ohne Hintergedanken. Man hofft darauf, dass Frankreich durch diesen Krieg abgelenkt wird und man sich in den Kolonien in Nordamerika, Westindien und Westafrika Vorteile verschaffen kann.

Diese kriegerische Epoche versteht sich aber auch als Zeitalter der »Aufklärung« oder der »Vernunft«. Der Mensch soll sich nach einer berühmt gewordenen Definition des Philosophen Immanuel Kant aus seiner »selbst verschuldeten Unmündigkeit« befreien, die ihn jahrhundertelang an natürliche Abhängigkeiten und dogmatisierte Vorurteile gekettet habe. Diese geistige Befreiung zur Vernunft geht einher mit einem Aufschwung der Wissenschaften und des wirtschaftlichen Gewinnstrebens, bei dem die Erschließung und Ausbeutung von Kolonien eine wichtige Rolle spielen. Aus den Kolonien fließen ungeheure Geldmengen in die Mutterländer, die dazu verwandt werden, die eigene militärische Macht zu stärken und die einheimische Wirtschaft zu fördern. Die wirtschaftliche Entwicklung wird durch zahlreiche Erfindungen ermöglicht: 1738 wird die Spinnmaschine, 1754 das Eisenwalzwerk und 1769 die Dampfmaschine erfunden. Die wissenschaftlichen Akademien sorgen für die rasche Verbreitung des neuen Wissens und durch neue Arbeitsformen werden die wissenschaftlichen Erkenntnisse industriell verwertet. So entstehen etwa in Meißen, Wien und Nymphenburg große Porzellanmanufakturen.

Diese Entwicklung und die damit einhergehende Stärkung des Bürgertums dürfen aber nicht darüber hinwegtäuschen, dass vieles noch beim Alten bleibt. Die Vorherrschaft des

Adels bleibt weitgehend ungebrochen. Die Bauern leben nach wie vor in leibeigener Abhängigkeit von ihren Grundherren. Und viele europäische Fürsten sympathisieren zwar mit den neuen Ideen von Gleichheit und Toleranz, vor einschneidenden Änderungen der politischen Ordnung schrecken sie jedoch zurück.

Die Ideen der Aufklärung eilen ihrer Zeit weit voraus, die tatsächlichen Verhältnisse erscheinen dagegen unerträglich rückständig. Viele Zeitgenossen leiden daher wie der erwachsene Georg Forster an der »vis inertiae«[4], an der Macht der Trägheit, die jeden Fortschritt wie ein Bleigewicht behindert. Auch Immanuel Kant antwortet auf die Frage »Leben wir in einem *aufgeklärten* Zeitalter?« bezeichnenderweise: »Nein, aber wohl in einem Zeitalter der *Aufklärung.*«[5] Damit bezeichnet er eine weit verbreitete Stimmung: Aufklärung ist ein Prozess; sie ist noch nicht, sie wird erst; und es ist die Aufgabe fortschrittlich gesinnter Menschen, gegen überkommene Vorurteile anzukämpfen, andere zum Gebrauch der eigenen Vernunft zu erziehen und die Welt zum Besseren zu gestalten.

Georg ist in den ersten Lebensmonaten ein sehr schwaches und kränkliches Kind. Als seine Mutter an »Nervenfieber« erkrankt und ihren Sohn nicht mehr stillen kann, muss man eine Wärterin nehmen, die aber nicht sehr sorgsam mit ihm umgeht. Sie füttert ihn mit unreifen Pflaumen und ruft dadurch eine hartnäckige Verstopfung hervor. Öfter leidet er auch an Würmern, die man mit in verdünnter Milch gekochtem Quecksilber auszuspülen versucht. Von dieser Rosskur bleibt ihm ein sehr empfindlicher Magen.

Trotzdem wird Georg mit zunehmendem Alter ein munterer und aufgeweckter Junge. Er wächst auf in einem abgelegenen Winkel Europas, in der Danziger Niederung, nahe dem breiten Weichselstrom. Die Landschaft wird geprägt von weiten, ebenen Wiesen, die durchzogen werden von schnurgeraden, verschilften Wassergräben. Überall sieht man Windmühlen, »Schnecken« genannt, mit denen man Felder entwässert, die zum Teil unter dem Meeresspiegel liegen.

Die Gegend um Danzig gehört zum preußischen Polen, später auch Westpreußen genannt, einem Landstrich mit wechselvoller Geschichte. Westpreußen ging aus den Gebieten hervor, die der Deutsche Orden vom baltischen Volk der »Prussen« eroberte. Nach dem Niedergang des Ordens im 15. Jahrhundert fiel dieser Teil Preußens, und damit Danzig und seine Umgebung, an die polnische Krone. Dieses polnische Preußen bildete seit Anfang des 17. Jahrhunderts einen Korridor zwischen den preußischen Staatsgebieten im Osten und dem preußischen Kernland der Mark Brandenburg. Diese Lücke wird erst geschlossen, als Polen 1772 zum ersten Mal unter den Großmächten aufgeteilt wird und Friedrich II. Westpreußen erhält, außer Danzig und Thorn, die erst nach der zweiten Teilung Polens 1793 an Preußen fallen.

Danzig ist unter der polnischen Verwaltung sehr eigenständig und unabhängig. In der Stadt und ihrer Umgebung leben die zwei Kulturen friedlich nebeneinander. Allerdings überwiegt das deutsche Element. Die wohlhabende und selbstbewusste Bürgerschaft der Hansestadt, immer noch ein lebhaftes Zentrum des Ostseehandels, ist gegenüber den aufklärerischen Gedanken und den wissenschaftlichen Fortschritten sehr aufgeschlossen. So wurde schon 1743 eine »Naturforschende Gesellschaft« gegründet, der Reinhold

Forster ein Jahr nach seiner Übersiedlung nach Nassenhuben beitrat.

Wann immer es sein Dienst erlaubt, fährt Georgs Vater in die nahe gelegene Stadt. Die weltoffene Atmosphäre dort sagt ihm mehr zu als die ländliche Abgeschiedenheit seiner Nassenhubener Pfarrei.

Nassenhuben oder, mit seinem polnischen Namen, Mokry Dwor ist zu jener Zeit ein ehemaliges Rittergut, das der Familie der Danziger Ratsherren von Schwarzwald gehört. Den Mittelpunkt der Besitzungen bildet ein Schloss mit spitzen Giebeln, umgeben von einem Wassergraben, über den eine Zugbrücke führt. Zum Schloss gehört auch eine so genannte Patronatskirche. Die adeligen Schutzherren sind für die Erhaltung und Pflege der Kirche verantwortlich und haben dafür das Recht, bei der Besetzung der Pfarrei mitzuentscheiden.

Die Kirche ist Zentrum einer reformierten Gemeinde. In Reinhold Forsters Amtszeiten umfasst sie nicht mehr als vierzig Bauernfamilien, die in weitem Umkreis verstreut leben. Sie sind zum größten Teil deutscher Abstammung. Im Kirchenbuch von Nassenhuben finden sich nur sehr wenige polnische Namen.[6]

Die Bauern im polnischen Preußen leben unter schlechteren Bedingungen als die in Brandenburg-Preußen. Schon vor der Teilung Polens lässt Friedrich II. Erkundigungen über die polnisch verwalteten Gebiete, die ihm zufallen sollen, einziehen. Die Berichterstatter sind erschüttert über die Verhältnisse, die sie vorfinden. Die Bauern auf den adligen Gütern würden als »wahre Sklaven gehalten« und über ihre Person und ihr Eigentum würde »willkürlich disponiret«.[7] Gegen Prügelstrafen und Arretierung könnten sie sich nicht wehren. In den Berichten wird auch festgestellt, dass die Bauern auf Grund dieser Behandlung jede Arbeitsmoral verloren haben und sich nicht selten der Trunksucht hingeben. Später, in seiner Zeit als Professor in Wilna, wird Georg Forster über das Elend der unterdrückten Bauern in Polen berichten und er wird anmerken, dass man diese Zustände »in den angrenzenden Gegenden Deutschlands« mit dem Ausdruck »polnische Wirtschaft« bezeichne. Polnische Wirtschaft – dieser sozialkritisch gemeinte Ausdruck sollte später zu einem politisch missbrauchten Schlagwort in nationalistischen deutschen Kreisen werden.

Es lässt sich nicht sagen, ob die erwähnten Verhältnisse auch auf Mokry Dwor zutreffen. Jedenfalls muss Reinhold Forster die Bauern öfters gegen die Willkür der Gutsbesitzer in Schutz genommen haben und dafür bei seinen Patronatsherren in Misskredit geraten sein.

Georgs Geburtshaus liegt nahe dem Schloss, gehört aber schon zu dem Nachbardorf mit dem schönen Namen Hochzeit. Das Haus gleicht mehr einem kleinen Bauernhof als einem Pfarrhaus. Eine Lithographie des Anwesens aus späteren Jahren zeigt Gebäude mit weit heruntergezogenen Dächern, direkt am Ufer des kleinen Flusses Mottlau. Das Haus wird überragt von einer riesigen Ulme. Hinter dem Haus ist ein großer Obstgarten zu erkennen. Seitlich davon niedrige Gebäude, dort könnten die Hühner und Gänse und vielleicht ein paar Säue untergebracht gewesen sein, denn das alles gehörte samt Feldern und Gesinde zu der Patronatspfarrei.

Die Forsters sind auf diesen Nebenerwerb angewiesen. Die 200 Taler, die Reinhold für seinen Pfarrdienst im Jahr bekommt, würden allein nicht ausreichen, die Familie zu ernähren. Die Bewirtschaftung der Felder, die Versorgung der

Tiere, die Pflege des Gartens und die Führung des großen Haushalts bringen eine Menge Arbeit mit sich, die hauptsächlich an Justina Forster hängen bleibt. Reinhold fühlt sich nicht zum Landwirt berufen. Er hat sich in einer engen Kammer des Pfarrhauses eine Studierstube eingerichtet. Dort sitzt er pfeiferauchend stundenlang zwischen seinen über zweitausend Büchern, die er sich im Laufe der Zeit für teures Geld zusammengekauft hat.

Georg schlägt dem Vater nach. Mehr als für Hühner und Schweine interessiert er sich für die Bücher in der Studierstube. In einer Lebenserinnerung schreibt Reinhold Forster über diese Zeit: »Da wir in meinem Studirzimmer speiseten und auch unser Frühstück genossen, da der Knabe mich oft lesen und die Bücher brauchen sahe, so erweckte dies bei ihm die frühe Lust, auch lesen zu lernen. Er ging an die Bücher der Bibliothek und frug, wie jeder Buchstabe des goldgedruckten Lituls hiesse, und wie die Silben ausgesprochen würden. Hierdurch lernte er diese Titel spielend lesen, und da beydes, lateinische und deutsche Titel auf den Büchern standen, so lernte er bald in beiden Sprachen lesen.«[8]

Schnell geht der Wissensdurst des frühreifen Knaben über Lesen und Schreiben hinaus. Im Frühjahr will er die Namen der Insekten, der Blumen und Vögel wissen. Und weil der Vater alle Fragen seines »Lieblings« beantworten will, beschließt er, sein eigenes Wissen auf diesem Gebiet wieder aufzufrischen. Zu Fuß geht er nach Danzig und kauft dort botanische Lehrwerke: Linnés *Systema naturae* und dessen *Philosophia Botanica* sowie Ludwigs *Definitiones Generum Plantarum*. Die Unterrichtung des kleinen Georg übernimmt er selbst. Das ist zu dieser Zeit durchaus üblich. Ein Schulsystem wie heute existiert noch lange nicht. In Nassenhuben gibt es keine Schule. Den Kindern der Gemeinde wird lediglich von Pfarrer Forster ein katechetischer Unterricht erteilt. Ob ein Kind eine Ausbildung erhält, das ist noch immer – auch wenn es in einigen Ländern schon Schulpflicht gibt – eine Frage des Standes. Auf dem Land ist der Schulbesuch die Ausnahme, die Kinder werden für die Arbeit in Haus und Hof gebraucht. Adlige und wohlhabende Bürger stellen Hauslehrer an. Und in gebildeten Familien unterrichten die Väter ihre Söhne (nicht die Mädchen!) selbst. So hält es auch Pfarrer Forster.

Durch den Unterricht wird der Vater für Georg zur bestimmenden Bezugsperson. Georg ist nahezu jedem anderen Einfluss entzogen. Diese abgeschlossene und ausschließende Beziehung zwischen Lehrer und Schüler entspricht einem Erziehungsideal, das man gerade bei hoch begabten Kindern zu verwirklichen sucht. Wolfgang Amadeus Mozart, nur vierzehn Monate jünger als Georg, wird in allem von seinem Vater Leopold unterrichtet. Ein anderes Beispiel ist Johann Heinrich Jung-Stilling, vierzehn Jahre vor Georg geboren. In seiner berühmten Lebensgeschichte schildert er, wie sein Vater Wilhelm jeden schlechten Einfluss von ihm fernhalten wollte und einen Erziehungsplan aufstellte, in dem vom Spaziergang bis zur Lektüre alles genau festgelegt war. »Wilhelm erlaubte niemalen dem Knaben mit anderen Kindern zu spielen, sondern er hielt ihn so eingezogen, daß er im siebenten Jahre seines Alters noch keine Nachbars Kinder, wohl aber eine ganze Reihe schöner Bücher kannte.«[9] Man darf annehmen, dass auch der kleine Georg mehr mit Büchern als mit Kindern Umgang gehabt hat.

Daran ändert sich auch nichts, als die Familie Zuwachs

bekommt. Im Laufe von elf Jahren bringt Justina Forster noch sieben Kinder zur Welt, drei Jungen und vier Mädchen. Eines stirbt in der Wiege. Georg wird zeitlebens ein sehr oberflächliches Verhältnis zu seinen Brüdern und Schwestern haben.

Auch die Mutter spielt offenbar eine untergeordnete Rolle in Georgs Kindheit. Sie ist eine Gestalt, die immer im Hintergrund bleibt. Wenn Georg Forster sie in seinen Briefen überhaupt erwähnt, dann eher beiläufig und im Ton des Bedauerns und des Mitleids. »Meine arme, beste Mutter«, nennt er sie oft. Und was er einmal an Friedrich Jacobis Frau Helene über sie schreiben wird, ist wahrscheinlich für ihr ganzes Leben zutreffend: »Meiner Mutter schwache Gesundheit leidet stets durch die mancherlei Sorgen und den häuslichen Kummer, der sie in aller Stille, indem sie ihn zu verbergen sucht, verzehrt.«[10]

In der Tat scheint Justina Elisabeth Forster, die am 10. August 1726 geboren wurde und schon früh ihre Eltern verloren hat, eine zarte, kränkliche und sehr sanftmütige Frau gewesen zu sein. Als sie achtundsiebzigjährig in Halle stirbt, werden in einem Nachruf besonders ihre »stille Würde« und ihre »Demut« hervorgehoben. Das sind zwar Formulierungen, die damals oft als Klischee in Biographien berühmter Mütter bzw. von Müttern berühmter Söhne auftauchen. Bei Justina Forster jedoch erhalten sie einen tragischen Beiklang. Aus Briefen ihres Sohns Karl geht hervor, dass sie in späteren Jahren unter schweren Depressionen gelitten haben muss, was offenbar sogar Georg verborgen geblieben ist. In einer Anzeige der Stadtchronik von Halle steht als Todesursache schlichtweg: »Entkräftung«.[11]

In der Ehe mit Reinhold Forster ist Justina von vornherein die Unterlegene. Sie wird von der Vitalität ihres Mannes schlichtweg überrollt. Sicherlich fehlt es ihr an Willensstärke, um sich gegenüber Reinhold zu behaupten. Allerdings muss man auch bedenken, dass die herrschenden Vorstellungen von den Pflichten und Aufgaben einer Ehefrau solche Freiheiten erst gar nicht denkbar erscheinen lassen. Zudem ist Justina Forster mit der Führung des großen Haushalts voll ausgelastet, ja überlastet.

Das alles heißt nicht, dass die Mutter ohne Einfluss auf Georg bleibt. Er nimmt sie später oft in Schutz gegen den launenhaften, tyrannischen Vater und gibt dabei zu erkennen, dass ihre still leidende Zurückhaltung eigenen Anlagen verwandt ist. Sein Bedürfnis nach Ausgleich, seine Angst vor unkontrollierten Leidenschaften und sein Hang zur Selbstaufopferung sind Eigenschaften, die von seiner Mutter herrühren könnten.

Es ist merkwürdig, dass der erwachsene Georg in seinen vielen Schriften, Briefen und Tagebüchern so gut wie nie auf seine Kinderzeit in Nassenhuben zu sprechen kommt. Man hat den Eindruck, als ob er es – unbewusst oder nicht – ängstlich vermeidet, daran erinnert zu werden. Zweifellos hat diese Verdrängung mit dem übermächtigen Einfluss seines Vaters zu tun. »Gott gebe mir […] daß ich einmal sprechen könne!«, wünscht er sich in einem Brief, in dem er sich über die Behandlung durch seinen Vater beklagt.[12] Und gegenüber seinem Freund Jacobi nennt er den Gedanken an seinen Vater die »weheste Stelle in meinem Herzen«[13].

Aus den Bemerkungen Georgs und anderer Zeitgenossen über Reinhold Forster ergibt sich das Bild eines Mannes mit großer Begeisterungsfähigkeit und einem ungezügelten Temperament. Georgs spätere Frau Therese schildert ihn als einen schönen, großen Mann, »mit lebhaften Augen, sonorer Stimme, leichter, lebhafter Rede, gegen das schöne Geschlecht sehr verbindlich«[14]. In der Tat ist Reinhold alles andere als ein blutleerer Stubenhocker. Genauso gern wie er sich in seine Bücher vergräbt, streift er mit seinem Sohn tagelang in der Gegend umher. Ausgerüstet mit einem Fangnetz, einer Vogelflinte und dem Pflanzenbestimmungsbuch kriechen sie dann durch dichtes Unterholz oder waten mit nassen Füßen durch morastige Tümpel, um Pflanzen, Kleintiere und Insekten zu sammeln und nach dem linnéschen System zu bestimmen. Diese Art, Pflanzen und Tiere zu verzeichnen und zu beschreiben, entspricht dem neuesten Stand der Botanik. Man notiert den Fundort und das Aussehen und charakterisiert dann die einzelne Art mit einem Substantiv als Gattungsnamen und einem zweiten Wort als Artnamen.

Oft nimmt Reinhold seinen Sohn mit in die große Stadt, nach Danzig, zu einer Sitzung der »Naturforschenden Gesellschaft«. Er verkehrt dort in den besten Kreisen und Georg steht bewundernd dabei, wenn der Vater mit den hohen und gelehrten Herren selbstbewusst redet wie mit seinesgleichen. Zu Hause dann, in der büchergefüllten Studierstube, wenn Reinhold seinem kleinen Sohn einen Satz in zehn verschiedene Sprachen übersetzt oder mit leuchtenden Augen über die Geheimnisse der Natur spricht, dann ist Georg erst recht hingerissen. Im nächsten Moment aber kann die Begeisterung des Vaters umkippen, er wird jähzornig wie ein kleines Kind und geht mit seinem Schüler unbarmherzig, ja oft brutal um. Therese erwähnt in ihren Erinnerungen die »sehr harten körperlichen Züchtigungen«, unter denen Georg zu leiden hatte und die mehr Reinhold Forsters »Zorn, als das Maß des Vergehens bewiesen«.[15]

Im Siebenjährigen Krieg sind die Truppen Friedrichs II. nach anfänglichem Erfolg von Niederlage zu Niederlage marschiert. Trotzdem gelang ihnen im November 1757 bei Roßbach ein überraschender Sieg gegen die Franzosen und die Reichsarmee. Österreich rief daraufhin die Russen zu Hilfe, die Ostpreußen besetzt hielten. Und tatsächlich rücken nun die russischen Truppen in Richtung Berlin vor. Die Gegend um Danzig wird nun zum Kriegsschauplatz. Die russischen Soldaten ziehen brandschatzend umher und plündern die leibeigenen Bauern bis aufs Hemd aus.

Vor den herannahenden Truppen flüchten die adligen Patronatsherren aus Nassenhuben nach Danzig und überlassen die Verwaltung ihrer Besitzungen kurzerhand dem Pfarrer. Reinhold beweist bei dieser Aufgabe großes diplomatisches Geschick, nicht zuletzt kommen ihm seine russischen Sprachkenntnisse zugute.

In dieser Situation wird es für Reinhold Forster immer schwieriger, mit seinem schmalen Gehalt die große Familie zu ernähren. Er sieht sich gezwungen, das vom Vater ererbte Haus in Danzig zu verkaufen, und er muss sich schweren Herzens von einigen seiner naturkundlichen Bücher trennen, um Brot zu beschaffen.

Am 25. Dezember 1761 stirbt die Zarin Elisabeth. Für den Preußenkönig Friedrich, der von Feinden umzingelt ist und kurz vor der endgültigen Niederlage steht, ist dieses Ereignis das »Wunder des Hauses Brandenburg«. Der neue Zar Peter III., Elisabeths geistesschwacher Sohn, verehrt »Fridericus Rex« abgöttisch. Er schließt Frieden mit Preußen und will dem Heldenkönig sogar russische Streitkräfte zur Verfügung stellen. Der neue Zar regiert nicht lange. Nach kaum über einem halben Jahr wird er entmachtet und kommt auf mysteriöse Weise ums Leben. Man munkelt, er sei ermordet worden, von Günstlingen seiner Frau Katharina, die nun neue Zarin wird, Katharina II.

Als nach dem Abzug der russischen Truppen die Gutsherrschaft wieder nach Nassenhuben zurückkehrt, kann ihnen Pfarrer Forster ihre Besitztümer unbeschadet übergeben. Der Dank hält sich in Grenzen und Reinhold Forster muss seine Abhängigkeit noch schmerzlicher als vorher empfinden. Seine Verdienste werden nicht gewürdigt und so, wie die Dinge stehen, wird er die besten Jahre seines Lebens an diese ungeliebte Predigerstelle gefesselt bleiben, während seine vielen Talente versauern.

Schon lange vernachlässigt er seine Dienste in der Gemeinde, er lebt ganz in der Hoffnung auf eine Gelegenheit, die es ihm erlaubt, seinem Leben eine andere Richtung zu geben.

Nach elf Jahren in Nassenhuben ergibt sich diese Chance. Sie wird Reinhold Forster ins tiefste Russland führen, und mit ihm seinen Sohn Georg, dessen Leben als Reisender und Suchender hiermit seinen Anfang nimmt.

II.
Das »Paradies« an den Ufern der Wolga

»Da man uns ganz verlassen, chicaniert und nicht belohnt hat.«

Am 22. Juli 1763 verfasst Katharina II., die russische Zarin, ein Manifest, das in den folgenden Monaten in deutschen Zeitungen erscheint und von vielen Kirchenkanzeln verlesen wird. Darin macht sie allen Ausländern das Angebot, »in Unser Reich zu kommen, um sich in allen Gouvernements, wo es einem jeden gefällig, häuslich niederzulassen«[1].

Der Aufruf der Zarin ist für viele Menschen in Deutschland sehr verlockend. Weite Landstriche sind durch den Siebenjährigen Krieg verwüstet, Missernten verursachen Hungersnöte, Tausende von Familien sind heimatlos.

Die von der Zarin ausgesandten Kolonistenwerber schildern das zur Besiedlung vorgesehene Land als ein Paradies, wo jeder, der in seiner Heimat Hab und Gut verloren hat, ein neues glückliches Leben beginnen könne.[2] Außerdem werden die Befreiung vom Militärdienst, das Recht auf Selbstverwaltung, Religionsfreiheit und ein Reisegeld zugesagt. Dieses reizvolle Angebot führt besonders in Hessen und Südwestdeutschland zu massenhafter Auswanderung, so dass sich viele Fürsten genötigt sehen, Auswanderungsverbote zu erlassen.

Von Lübeck aus werden die ersten Exilanten mit Schiffen nach Petersburg gebracht. Dort erwartet sie die erste Ernüchterung. Mit der freien Wahl der neuen Heimat ist es nämlich nichts. Den Ankömmlingen wird eröffnet, dass die fast menschenleere Gegend an der unteren Wolga für sie vorgesehen ist. Und so kommt es, dass zur gleichen Zeit, als in Amerika der Wilde Westen erobert wird, deutsche Aussiedler in die nicht minder wilden Gebiete nahe der Grenze zu Asien ziehen.

Diejenigen, die nach schweren Strapazen im verheißenen Land ankommen, finden eine unberührte Natur vor. Am rechten Wolgaufer, der so genannten »Bergseite«, fallen die Hügel steil zum Fluss hin ab. Das östliche Wolgaufer, die »Wiesenseite«, ist Sumpfgebiet, dahinter eine endlose Steppe, bewachsen mit kniehohem, verdorrtem Gras. Die deutschen Siedler müssen sich vor dem herannahenden Winter notdürftig einrichten. Sie wohnen in Erdhütten, haben nur wenig und primitives Handwerkszeug, und statt Indianern machen ihnen raubgierige Nomaden das Leben schwer. Unter den Siedlern der ersten Stunde befindet sich auch der preußische Offizier Bernhard von Platen, der seine Erinnerungen in Versen niedergeschrieben hat. Bitterironisch schildert er darin die Ankunft im versprochenen »Paradeis«:

»Da habt ihr euren Fleck.
Nun schafft euch euer Brot.
Arbeiten müsset ihr
so lang, bis in den Tod.
Und wenn ihr g'nug geschafft,
so ist es denn vollendet.
Dann heißt es: Große Not.
Viel Arbeit. Wenig Brot.«[3]

Von diesen gar nicht paradiesischen Zuständen muss einiges in die Heimatländer gedrungen sein. Jedenfalls machen dort Gerüchte die Runde, die dafür sorgen, dass vielen die Lust am Auswandern vergeht. Die Zarin will diesen, in ihren Augen böswilligen, Verleumdungen entgegenwirken. Sie gibt den Auftrag, die Lebensbedingungen in den ausgewiesenen Gebieten von einem unabhängigen Experten untersuchen zu lassen. Der russische Gesandte in Danzig, Oberst Hans Wilhelm von Rehbinder, hat einen guten Freund, der ihm für diese Aufgabe wie geschaffen scheint. Es ist der Prediger Johann Reinhold Forster. Reinhold braucht nicht lange überredet zu werden. Er hat nur eine einzige Bedingung: Er möchte seinen Sohn Georg mit auf die Reise nehmen. Einen hoffnungsvollen, strebsamen Gelehrten nennt er ihn in einem Schreiben an die Zarin. Seine Bitte wird ihm gewährt. Reinhold lässt sich ein Jahr von seinem Dienst beurlauben und packt die Koffer. Seine Frau lässt er mit sechs Kindern allein zurück, in recht ungesicherten Verhältnissen.

Georg ist zehn Jahre alt, als er mit seinem Vater im März 1765 Nassenhuben verlässt. Er wird nie wieder an den Ort seiner Kindheit zurückkommen.

In Danzig besteigen Vater und Sohn ein Schiff, das sie in neun Tagen und Nächten nach Sankt Petersburg bringt. Georg, der einmal die ganze Welt umsegeln wird, ist das erste Mal auf einem Schiff und er wird seekrank. Aber die Mühen der Anreise sind schnell vergessen, als sie in Sankt Petersburg ankommen. Die junge, kaum sechzig Jahre alte Stadt zieht sie in ihren Bann. Sie sehen den weltberühmten Newski Prospekt, eine Prachtstraße mit stattlichen Palästen und Kuppelkirchen. Die Straßen sind mit einem Holzpflaster belegt, auf dem die Fuhrwerke fast lautlos dahinrollen.

Reinhold Forster meldet sich bei der für die Wolgakolonisten zuständigen Behörde, der so genannten Tutelkanzlei

(Tutel: veralteter Ausdruck für Vormundschaft). Deren Leiter ist Graf Grigori Grigorjewitsch Orlov, der Liebhaber der Zarin und einer der mächtigsten Männer in Russland. Der Graf hat eigenhändig einen Erlass der Zarin aufgesetzt, in dem die Aufgaben und Ziele der bevorstehenden Reise beschrieben werden. Reinhold Forster soll die Voraussetzungen für neue Ansiedlungen überprüfen, den Zustand der bereits bestehenden Kolonien untersuchen sowie darüber Auskunft geben, »was derselben Nutzen befördern oder ihnen jetzt oder künftig Schaden oder Nachteil [...] verursachen könnte«.[4]

Nach nur drei Tagen in Sankt Petersburg brechen die Forsters zu ihrer abenteuerlichen Reise auf. Die Zarin hat ihnen eine Reisekalesche gestellt, die komfortabler und robuster ist als eine normale Kutsche. Zum Schutz der Reisenden wird die Kalesche von drei Kosaken und einem Soldaten eskortiert.

Tag und Nacht geht es nun auf schlechten Wegen vorwärts, zuerst nach Moskau, dann in östlicher Richtung der Wolga zu. Der erste größere Ort, den die Forsters erreichen, ist Nishnij Nowgorod, das heutige Gorki. Die Stadt mit dem riesigen Hafen ist ein bedeutender Umschlagplatz für Holz, Leder und Felle aus Sibirien und Durchgangsstation für die Karawanenzüge aus Asien.

Endlich, Ende Juni 1765, erreichen die Forsters die deutschen Kolonien am rechten Wolgaufer südlich der Stadt Saratow. Der Empfang durch den dortigen Gouverneur ist sehr frostig, er sieht in den fremden Besuchern nur lästige Spitzel, die ihre Nase in Sachen stecken, die sie nichts angehen. Reinhold Forster lässt sich dadurch nicht beirren. Er macht sich sofort an die Arbeit. Alles, was für die Besiedlungsfrage auch nur irgend relevant ist, misst, bewertet und beschreibt er: die Beschaffenheit des Bodens, das Wetter, Flora und Fauna, die geographischen Verhältnisse, die Möglichkeiten landwirtschaftlicher Nutzung, die Verwaltung. Er hält alle seine Forschungsergebnisse fein säuberlich in einem Bericht fest und fertigt sogar Karten der Umgebung an.

Georg geht seinem Vater bei allen Arbeiten zur Hand. Sein Schulzimmer ist die freie Natur. Dabei lernt er, dass ein Problem mit den verschiedensten Fragen zusammenhängt und nur gelöst werden kann, wenn man sich das Wissen vieler Wissenschaften zu Nutze macht. Eine einseitige Gelehrsamkeit, wie er sie später im akademischen Betrieb kennen lernen wird, bleibt ihm immer wirklichkeitsfremd.

Georg lernt, die Natur als Ganzes zu sehen, er sieht sie aber mit wissenschaftlichen Augen. Das ist eine für die Zeit noch immer relativ neue Betrachtungsweise. Einem mittelalterlichen Menschen wäre es nie in den Sinn gekommen, Naturerscheinungen zu untersuchen und auf sie einzuwirken. Für ihn war Natur gottgewollte Schöpfung, in der auch der Mensch seinen sinnvollen Platz hatte. Erst mit dem Glauben an die Vernunft stellte sich der Mensch außerhalb der Natur. Sie wurde auf diese Weise sozusagen zu einem komplizierten Apparat, den man untersuchen konnte, um festzustellen, wie er funktioniert.

So erlebt auch Georg die Landschaft an der Wolga. Sie ist keineswegs jenes Paradies, als das sie den Kolonisten geschildert wurde. Vielmehr ist die Natur hier unwirtlich und lebensfeindlich. Man muss sie erst mühsam kultivieren, um in ihr überleben zu können, und dabei leistet die Wissenschaft unschätzbare Dienste.

Zusammen mit seinem Vater unternimmt Georg eine Expedition die Wolga aufwärts, nach Caricyn, das später Stalingrad und dann Wolgograd heißen wird. Dort überqueren sie den Fluss und stoßen weit in die Steppe vor, die sich südlich des Kaspischen Meeres erstreckt. Die Steppe ist der Lebensraum der Kasachen, der Kirgisen, der Kalmücken und Baschkiren. Vater und Sohn Forster studieren die Sprache dieser asiatischen Nomadenvölker und sie sammeln Kleidungsstücke, Götterbilder und Gegenstände des alltäglichen Lebens. Georg erhält Einblick in eine unzivilisierte Kultur, wie sie vielen Menschen in Europa als Vorbild gilt für ein urwüchsiges Leben, das noch nicht von Wissenschaft und Vernunft ›verdorben‹ ist.

Als Reinhold Forster seinen Auftrag für erledigt hält, kehrt er mit seinem Sohn im Herbst 1765 nach Sankt Petersburg zurück. Er ist fest davon überzeugt, die in ihn gesetzten Erwartungen erfüllt zu haben, und er ist zuversichtlich, die in Aussicht gestellte Anstellung in russischen Diensten zu erhalten. In Sankt Petersburg macht er sich gleich daran, ein Memorandum auszuarbeiten, in dem alle Erkenntnisse seiner Reise enthalten sind. Er scheut auch nicht davor zurück, darin die Missstände in den Kolonien anzuprangern. Besonders hart ins Gericht geht er mit dem Gouverneur der Wolgaprovinzen, dem Woiwoden Strotjew von Saratov, dem er Habgier und brutale Willkür gegenüber den Siedlern vorwirft.

Der Bericht findet bei der Zarin zunächst Anerkennung und bewirkt erste Konsequenzen. Reinhold wird sogar mit einer weiteren Aufgabe betraut, die zeigt, wie viel Vertrauen man in seine Fähigkeiten hat. Er soll gemeinsam mit dem Prediger Dilthey, bei dem die Forsters nun wohnen, den Entwurf für eine gesetzliche Grundlage der Kolonien liefern und auch Vorschläge machen für die »äußere Einrichtung und

Verfassung der Kirchen und Schulen der drei in Deutschland tolerierten Religionen«.[5]

Während der Vater mit dieser neuen Aufgabe beschäftigt ist, kann Georg seinen Aufenthalt in Petersburg auf andere Weise nutzen. Zum ersten Mal in seinem Leben geht er in eine richtige Schule. Acht Monate lernt er in der von dem berühmten Pädagogen Büsching gegründeten Petrischule Geschichte, Statistik, Russisch, Latein und Französisch. Dieser erste und einzige regelmäßige Schulbesuch Georgs sollte eigentlich nur wenige Monate dauern, denn der Vater wollte bis spätestens März wieder zurück in Nassenhuben sein. Aber die Dinge haben sich anders entwickelt.

Reinhold Forster wartet seit Wochen und Monaten darauf, dass seine geleisteten Arbeiten endlich gewürdigt und entlohnt werden. Der Graf Orlov jedoch lässt sich immer wieder entschuldigen, wenn der Pfarrer aus Preußen-Polen ihn sprechen will. Nach Reinholds Erinnerungen, die der Goethe-Freund Johann Heinrich Merck aufgeschrieben hat, ist er das Opfer einer Vetternwirtschaft zwischen dem Grafen Orlov und dem Woiwoden von Saratov geworden. »Allein bald wandte sich das Blatt«, heißt es bei Merck, »weil ein Vetter des Woiwoden Sekretär in der Tutelkanzlei war, und dieser Orlowen in allem regierte.«[6]

Im Mai erfährt Reinhold, dass seine Pfarrstelle in Nassenhuben neu besetzt wurde. Seine Frau Justina und die sechs Kinder stehen nun mittellos da. Justina kann sich nur über Wasser halten, indem sie Buch für Buch aus der Bibliothek ihres Mannes verkauft.

In Petersburg spitzt sich die Lage für Reinhold Forster immer mehr zu. Er drängt den Grafen Orlov zu einer entscheidenden Unterredung. Der Graf bestellt ihn am nächsten Morgen um sechs Uhr zu sich. Als Reinhold zu der verabredeten Zeit vorstellig ist, teilt ihm ein Diener mit, der gnädige Herr sei schon seit einer Stunde auf der Jagd. Nun ist Reinhold mit seiner Geduld am Ende. Er packt seine Koffer. Offenbar um eine gütliche Lösung bemüht, schickt der Graf einen Sekretär mit der Frage, was er denn für seine Dienste verlange. Zweitausend Rubel, antwortet Reinhold bestimmt, das glaube er verdient zu haben. Aber, so setzt er hinzu, wenn der Graf nur eine einzige Kopeke mehr als tausend Rubel gebe, werde er zufrieden sein. Die eine Kopeke mehr wäre für ihn eine symbolische Geste dafür, dass man nach der demütigenden Behandlung seine Dienste anerkennt und würdigt.

Der Graf meldet sich nicht mehr. Im August 1766 gehen Vater und Sohn Forster an Bord eines Schiffes, ohne auch nur eine Kopeke für all ihre Arbeit erhalten zu haben. Reinholds Versuch, als Wissenschaftler zu Erfolg und Geld zu kommen, ist gescheitert, vorerst jedenfalls. Hinzu kommt, dass ihm der Weg zurück in eine zwar ungeliebte, aber leidlich sichere Existenz abgeschnitten ist. Seine Pfarrstelle in Nassenhuben hat er verloren. Das stört ihn allerdings wenig, ohnehin hatte er nicht vor, noch einmal in den Kirchendienst zu treten. Er will den eingeschlagenen Weg als Wissenschaftler weitergehen, koste es, was es wolle.

Georg, inzwischen zwölf Jahre alt, hat das Russland-Abenteuer noch enger mit seinem Vater verbunden. Er empfindet es als großes Unrecht, dass man, wie er später, bei einer ähnlichen Gelegenheit, klagt, den »redlichen« Vater »ganz verlassen, chicaniert und nicht belohnt hat«.[7] Dieses Gefühl mag noch verstärkt werden durch die Neigung Reinholds, sich als unschuldiges Opfer übelwollender Mächte zu sehen. Aus späteren Briefen wird deutlich, dass Georg sich verantwortlich fühlt, das dem Vater widerfahrene Unrecht wiedergutzumachen. Später, wenn er zu Reinhold eine gewisse Distanz gewonnen hat, muss er sogar ernüchtert feststellen, »daß ich mich, mein Glück, meine häuslichen Freuden aufopfern wollte, um ihm zu helfen«[8].

Reinhold Forster seinerseits wird mehr als einmal der Versuchung erliegen, dieses Schuldgefühl seines Sohnes auszunutzen. Wann immer er dessen Dienste braucht, wird er es verstehen, in ihm ein schlechtes Gewissen zu wecken, als ob Georg tief in seiner Schuld stünde.

»Ich kenne meinen Vater«, schreibt Georg zwölf Jahre später, »er wird mir zuverlässig vorwerfen, daß ich ihn im Unglück verlassen will und nur für mich sorge, ohne Gefühl für fremde Leiden.«[9]

Das Schiff, auf dem Vater und Sohn Sankt Petersburg verlassen, segelt nicht nach Danzig. Reinhold hat beschlossen, dass seine Frau und die Kinder in Nassenhuben bleiben sollen, bis er sich in England eine halbwegs sichere Existenz geschaffen hat. Er muss irgendwie zu Geld kommen. Alles, was er noch hat, sind dreieinhalb Guineen. Sein einziges Kapital, auf das er bauen kann, ist sein wissenschaftlicher Ruf, den er sich mit der Russlandreise erworben hat. Was also liegt näher, als in das Land zu gehen, wo dieses Kapital etwas zählt, nach England, ins Zentrum des britischen Weltreichs, wo Männer mit seinen Kenntnissen und seiner Tatkraft gewiss gebraucht werden?

Auf der langen Überfahrt, im Umgang mit den Matrosen, lernt Georg ein bisschen Englisch. Bald wird er diese Sprache erstaunlich gut beherrschen, so gut, dass sich Geld damit verdienen lässt.

III.
London – Lehrjahre eines Wunderkindes

»Ich bin gewöhnt, Leiden für gut,
Genuß für gefährlich anzusehen.«

Danzig war für den Nassenhubener Pfarrersbuben die große Welt gewesen. Dann hatte er Sankt Petersburg und sogar Moskau gesehen und seitdem meinte er zu wissen, was eine wirkliche Weltstadt ist. Doch im Vergleich zu London kommen ihm die russischen Metropolen vor wie verschlafene Provinzstädte. Im Londoner Hafen werden unzählige Schiffe be- und entladen. Überall herrscht eine Geschäftigkeit, wie sie Georg noch nie erlebt hat.

Georg Christoph Lichtenberg, der London mehrmals besuchte, schildert in einem Brief die brodelnde Atmosphäre der englischen Hauptstadt: »Stellen Sie sich eine Straße vor [...]. Auf beiden Seiten hohe Häuser mit Fenstern von Spiegelglas. Die untern Etagen bestehen aus Boutiquen und scheinen ganz von Glas zu sein; viele Tausende von Lichtern erleuchten da Silberläden, Kupferstichläden, Bücherläden, Uhren, Glas, Zinn, Gemälde, Frauenzimmer-Putz und Unputz, Gold, Edelsteine, Stahl-Arbeit, Kaffeezimmer und Lottery Offices ohne Ende. [...] Dem ungewohnten Auge scheint dieses alles ein Zauber; desto mehr Vorsicht ist nötig, alles gehörig zu betrachten; denn kaum stehen Sie still, Bums! läuft ein Packträger wider Sie an und ruft by Your leave wenn Sie schon auf der Erde liegen. In der Mitte der Straße rollt Chaise hinter Chaise, Wagen hinter Wagen und Karrn hinter Karrn. Durch dieses Getöse, und das Sumsen und Geräusch von Tausenden von Zungen und Füßen, hören Sie das Geläute von Kirchtürmen, die Glocke der Postbedienten, die Orgeln, Geigen, Leiern und Tambourinen englischer Savoyarden und das Heulen derer, die an den Ecken der Gassen unter freiem Himmel Kaltes und Warmes feil haben. [...] Auf einmal ruft einer, dem man sein Schnupftuch genommen: stop thief, und alles rennt und drückt und drängt sich, viele, nicht um den Dieb zu haschen, sondern selbst vielleicht eine Uhr oder einen Geldbeutel zu erwischen. Ehe Sie es sich versehen, nimmt Sie ein schönes, niedlich angekleidetes Mädchen bei der Hand: come, My Lord, come along, let us drink a glass together, or I'll go with You if You please; dann passiert ein Unglück 40 Schritt vor Ihnen; God bless me, rufen einige, poor creature ein anderer; da stockt's und alle Taschen müssen gewahrt werden, [...]. In Göttingen geht man hin und sieht wenigstens von 40 Schritt her an, was es gibt; hier ist man [...] froh, wenn man mit heiler Haut in einem Nebengäßgen dem Sturm auswarten kann.«[1]

Als Vater und Sohn Forster englischen Boden betreten, am 4. Oktober 1766, ist das britische Weltreich auf dem Zenit seiner Macht. England ist als der eigentliche Gewinner aus dem Siebenjährigen Krieg hervorgegangen. Englischer König ist nun George III., der gleichzeitig Kurfürst von Hannover ist. Im Verband mit den Preußen hält die hannoveranisch-hessische Armee die französischen Truppen in Schach, während England in den Kolonien freie Hand hat. Im Frieden von Paris 1763 hat Großbritannien Kanada gewonnen. Auch Nordamerika und Indien sind in angelsächsischer Hand.

Es ist das Zeitalter der Entdeckungen. Viele weiße Flecken auf der Erdkarte werden nun erforscht und die Macht eines Landes beruht wesentlich darauf, wie viele Kolonien es in

Besitz nehmen und wirtschaftlich ausbeuten kann. Die Waren aus den fernen Ländern schaffen in Europa neue Bedürfnisse, die wiederum den Kolonialhandel ankurbeln. »Die Leckerhaftigkeit unseres Weltteils«, so schreibt Georg in einem späteren Essay, »unterhält Geschäftigkeit und Betrieb im ganzen Menschengeschlecht.«[2] In der Tat lässt das Bedürfnis Europas nach Genussmitteln und so genannten Kolonialwaren wie Gewürzen, Kaffee, Tee, Schokolade und Opium den Handel mit Indien blühen. Die englische »Ostindien-Gesellschaft« hat das uneingeschränkte Sagen im asiatischen Raum und die voll beladenen Schiffe, die von dorther in den Londoner Hafen kommen, bringen einen gewaltigen Reichtum für das Land.

Reinhold Forster kennt in dieser Stadt mit 750 000 Menschen keine Menschenseele. Alles, was er in Händen hat, ist ein Zettel mit der Adresse eines gewissen Pfarrers Joseph von Planta. Die Empfehlung stammt von Pfarrer Dilthey, dem Arbeitskollegen des Vaters aus Petersburg. Unter Pfarrern wird man sich schon helfen, hofft Reinhold. Doch der Pfarrer Planta, den sie nach langer Fahrt durch das Straßengewirr aufsuchen, ist alles andere als erfreut über die Schutzbefohlenen. Aber die beiden haben dennoch Glück. Bei Planta treffen sie Pfarrer Woide, einen alten Schulfreund von Reinhold aus der Zeit am Joachimsthaler Gymnasium. Carl Gottfried Woide nimmt sich der Forsters an und als Erstes verschafft er ihnen eine Wohnung in dem Haus, in dem er selber lebt, in der Denmark Street.

Für Reinhold und Georg bleibt keine Zeit, sich in der Weltstadt mit ihren vielen Sehenswürdigkeiten umzuschauen. Sie sind nicht zum Vergnügen in London, sondern müssen sofort darangehen, sich eine neue Existenz aufzubauen.

Georg kann seinen Teil dazu beitragen, mit seiner Sprachbegabung. Aus Russland hat er ein schmales Buch mitgenommen, die *Kurze russische Geschichte* von Michael Lomonossow. Georgs Englischkenntnisse sind bereits so gut, dass er das Werk aus dem Russischen übersetzen kann. Während er Tag und Nacht an seinem Schreibtisch hockt, macht sich sein Vater daran, das Feld für eine Karriere in London zu bereiten. Um einen Posten nach seinem Geschmack zu finden, muss er Zugang zu den wissenschaftlichen Kreisen in der Stadt bekommen und sich dort einen Namen machen. Und Pfarrer Woide erweist sich auch zu diesem Zweck als hilfreicher Freund. Er vermittelt Kontakt zum ehrwürdigen Gelehrtenkreis der »Royal Society« und zur »Londoner Antiquarischen Gesellschaft«.

Es spricht für den Ehrgeiz und das Geschick Reinhold Forsters, dass er nach kurzer Zeit in den namhaftesten Gesellschaften aus und ein geht und allseits als ein bedeutender Wissenschaftler geschätzt wird. Er hält Vorträge und schreibt ein längeres Werk über seine Forschungen im Wolgagebiet. Darüber hinaus verfasst er zahlreiche kleinere Aufsätze: über die Pflanzen- und Tierwelt in Amerika, über tatarische Altertümer, er findet sogar Zeit, eine *Einführung in die Mineralogie* zu schreiben. Doch was nützt ihm sein Fleiß, wenn bei der ganzen Mühe keine Anstellung herauskommt oder zumindest Geld herausspringt? Reinhold lebt mit Georg am Rand des finanziellen Ruins. Immer öfter muss er zu seinem arg strapazierten Wohltäter Woide gehen und ihn um ein paar Guinees anbetteln.

Zwei Jahre vor den Forsters war der Salzburger Musiker Leopold Mozart mit seinem Sohn Wolfgang nach London gekommen. Leopold Mozart präsentierte das neunjährige

Musikgenie der Königsfamilie und veranstaltete Konzerte. Er kam sogar auf die Idee, das Wunderkind gegen ein Eintrittsgeld von zehn Schilling von jedermann bestaunen zu lassen. Auf diese Weise machte er ein Vermögen. Ob Reinhold von der Geschäftstüchtigkeit des alten Mozart gehört hat? Wenn ja, vielleicht denkt er dabei an seinen eigenen Sohn, der zwar kein musikalisches Wunderkind ist, aber doch schon ein kleines Genie der Gelehrsamkeit. Solcherart hochfliegende Gedanken mögen ihn leiten, als er im Mai 1767 der »Antiquarischen Gesellschaft« seinen Sohn Georg präsentiert, als Übersetzer von Lomonossows *Kurzer russischer Geschichte*. Es geschieht der seltene Fall, dass in den Annalen der weltbekannten Akademie die Leistung eines dreizehnjährigen Kindes gewürdigt wird. Georg erhält von allen Seiten Lob und Anerkennung – aber keinen Pfennig Geld. Es muss wohl doch ein Unterschied geben zwischen einem musikalischen und einem wissenschaftlichen Wunderkind.

Die finanzielle Not ist nach wie vor erdrückend. Es werden zwar Angebote an Reinhold herangetragen, als Prediger nach Florida zu gehen oder in Maryland Bergwerke wieder in Gang zu bringen. Aber die Neue Welt reizt ihn nicht, er befürchtet, außerhalb Englands »vergessen und bei Seite gesetzt« zu werden.[3] Doch es muss etwas geschehen. Seine Frau Justina sitzt noch immer mit den sechs Kindern in Nassenhuben und Reinhold kann sie nicht eher nach London holen, als bis er ein sicheres Einkommen hat. Außerdem wäre Reinhold Forster nicht der Erste, der wegen finanzieller Probleme im Gefängnis landet. In England sind die Gesetze gegen Schuldner äußerst hart. Wenige nicht bezahlte Pfund genügen, um einen in den Schuldturm zu bringen. Und bei schlimmeren Vergehen schreckt man selbst vor der Todesstrafe nicht zurück. Das beweist der Fall des Londoner Hofpredigers William Dodd, der 1777 wegen gefälschter Wechsel hingerichtet wird. Die Lebensgeschichte dieses Mannes wird Georg später niederschreiben.

In der Not beschließt Reinhold Forster, wenigstens für Georg ein halbwegs sicheres Unterkommen zu finden. Er gibt ihn in die Lehre, und zwar bei der Handelsfirma »Lewin and Nail«. Diese Entscheidung fällt ihm sicher nicht leicht, doch er trifft sie in bester Absicht. Georg fügt sich in die Entscheidung seines Vaters mit stummer »Unterwürfigkeit«[4].

Der Wechsel des gelehrten Wunderkindes vom Schreibtisch in die Kontore der Tuchhandlung fällt sehr hart aus. In einer dunklen Bürostube kopiert er Rechnungen, dann wieder muss er an heißen Sommertagen in Londons Straßen herumlaufen, um schwere Pakete zuzustellen. Später hat er diese traurige Episode seines Londoner Lebens seiner Frau Therese erzählt. »Sein damals noch zarter Körperbau«, so diagnostiziert sie im Nachhinein, »hielt eine durch keine Geistestätigkeit unterbrochene Ermüdung nicht lange aus [...].«[5] Tatsächlich wird Georg krank, allerdings ist wohl nicht nur die fehlende »Geistestätigkeit« daran schuld. Es kommt vieles zusammen: die Trennung von der Familie, die verzweifelte Lage des Vaters, die schwere körperliche Arbeit. Georg wird immer abgemagerter und blasser.

Inzwischen hat sich für den Vater eine Aussicht auf eine feste Anstellung ergeben. Er soll als Lehrer an die Dissenter-Akademie in Warrington, einem Städtchen in Yorkshire, berufen werden. Im Juni 1767 reist Reinhold nach Warrington, Georg lässt er allein in London zurück. Sobald seine Anstellung gesichert ist und er sich an seiner neuen Wirkungsstätte eingelebt hat, schreibt Reinhold an seine Frau in Nassenhuben und weist sie an, alle Habe zusammenzupacken und das nächste Schiff nach England zu nehmen. Im September 1768 kommt Justina Forster mit den Kindern in London an. Georg empfängt sie am Hafen. Die Mutter hat ihren ältesten Sohn seit drei Jahren nicht mehr gesehen und sie ist entsetzt, wie krank und ausgemergelt er aussieht. Sie lässt es nicht zu, dass er in die Handelsfirma zurückkehrt, und nimmt ihn mit nach Warrington. Georg muss dort lange Monate im Bett liegen. Aber zumindest seelisch geht es ihm bald besser. Die Familie ist endlich wieder zusammen. Sie haben eine schöne Dienstwohnung. Und die Mutter umsorgt und pflegt ihn.

Die Dissenter-Akademie in Warrington ist für damalige englische Verhältnisse eine ungewöhnliche Universität. Während man in den traditionellen höheren Schulen wie Cambridge und Oxford nur studieren kann, wenn man sich zur anglikanischen Staatskirche, der High Church, bekennt, besteht diese Bedingung in Warrington nicht. Die Akademie bietet also auch für die »Dissenters«, so nennt man die Angehörigen der Religionen, die nicht zur englischen Kirche gehören, den Zugang zur höheren Bildung. Dabei ist sie nicht schlechter als andere Schulen. Sie hat sogar einen sehr guten Ruf. Das verdankt sie in erster Linie einem Mann, dem berühmten Chemiker Joseph Priestley. Wie Reinhold Forster war auch er zunächst Pfarrer, ehe er seine Leidenschaft für die Naturwissenschaften entdeckte. Und wie diesen drängt es auch Priestley danach, sein Wissen für praktische Zwecke einzusetzen. Darin mag der Grund liegen, warum er seine Lehrtätigkeit in Warrington aufgibt. Reinhold soll Priestleys Nachfolger werden und dessen Tradition weiterführen.

Die Leitung der Akademie hält große Stücke auf Reinhold

Forster. Aber schon nach wenigen Monaten hat er es geschafft, sich bei Schülern und Vorgesetzten unbeliebt zu machen. Zu schnell wird er ungeduldig und verliert die Beherrschung. Mit der preußischen Strenge, die er in der Erziehung Georgs hat walten lassen, kommt er bei seinen englischen Schülern nicht durch.

Auch eine andere Untugend Reinholds zeigt sich wieder und sorgt dafür, dass das familiäre Glück in Warrington nur von kurzer Dauer ist. Er fängt an, sich Bücher anzuschaffen, teure Bücher, viel zu teuer für das mäßige Gehalt, das er bezieht. Bald muss er Schulden machen. Als er gezwungen ist, auch in anderen Schulen Unterricht zu erteilen, wird der kaum genesene Georg eingespannt. Er bekommt die schwierigen Fälle, die Begriffsstutzigen und Nachzügler. Und wieder ist Georg überfordert. Er soll als Vierzehnjähriger Schüler bändigen, die drei bis vier Jahre älter sind als er.

Die Situation erinnert an Nassenhuben. Wieder fühlt sich der Vater nicht wohl in seinen Lebensverhältnissen. Er ist unruhig und gereizt. Reinhold Forster hat schnell gemerkt, dass Warrington nicht der Ort ist, wo er alt werden möchte. Und er ist nicht der Mann, der seine Bedürfnisse unterdrückt und um des lieben Friedens willen und der Familie wegen sich in eine unbefriedigende Lage ergibt. Auch hier ist ihm alles zu eng, zu stickig. Er will in der Welt tätig werden, sein Wissen für den Fortschritt einsetzen. Im Herbst 1770 erhält er einen Brief, der ihm genau diese Möglichkeit zu eröffnen scheint. Der Brief ist von dem berühmten Südsee-Experten Alexander Darymple, Kapitän der »Ostindien-Gesellschaft«.

Darymple hat den Auftrag, auf Balangbangan, einer Insel vor der Nordspitze Borneos, eine Kolonie zu gründen, und er bietet Forster an, als Wissenschaftler an diesem Unternehmen teilzunehmen. Reinhold lässt sich nicht lange bitten. Er bedingt sich aus, seinen Sohn Georg mitnehmen zu dürfen, was gewährt wird. Im November reisen beide nach London.

Dort folgt der hochfliegenden Begeisterung bald enttäuschende Ernüchterung. Nach kurzem Hin und Her steht fest, dass aus der Reise nichts wird. Die »Gewürzkrämer« der »Ostindien-Gesellschaft« können der geplanten »Gelehrten-Enterprise«[6] nichts abgewinnen und Darymple hat sich mit ihnen entzweit. Nach den deprimierenden Erfahrungen in Warrington ist das für Reinhold erneut ein schwerer Schlag. Er steht wieder vor dem Nichts. Dennoch ist er überzeugt davon, dass die große Chance für ihn früher oder später noch kommen wird.

Nach Warrington will er jedenfalls nicht mehr zurückkehren. Dieser undankbaren Schulgaleere weint er keine Träne nach. Justina Forster muss also wieder die Koffer packen und mit den Kindern nach London übersiedeln. Dort findet man eine Wohnung an der Themse, gleich in der Nachbarschaft des guten Pfarrers Woide. Es bleibt nichts anderes übrig, als wieder den täglichen Überlebenskampf aufzunehmen, und das heißt für Georg: zu übersetzen.

Er hat schon in Warrington angefangen, Reisebeschreibungen aus dem Deutschen ins Englische zu übertragen: die dreibändige Erzählung einer Reise nach Nordamerika des Deutschen Peter Kalms und die nicht weniger umfangreiche Beschreibung einer Chinareise von Peter Osbeck. Zusammen sind das über 1500 Druckseiten, eine unglaubliche Leistung für einen Fünfzehnjährigen.

Reisebeschreibungen sind zu jener Zeit sehr beliebt, daher lohnt sich auch die Übersetzungsarbeit. Georg übersetzt nun die Schilderung einer sizilianischen Reise und eine Beschreibung von Ägypten. Tag und Nacht sitzt er über seinen Büchern, auf ihm lastet fast die ganze Verantwortung für die Versorgung der Familie. Der Vater, der bei weitem kein so elegantes Englisch schreiben kann wie sein Sohn, überarbeitet die Übersetzungen, wenn sie fertig sind, und gibt sie dann unter seinem eigenen Namen heraus.

Georg blickt später mit großer Bitterkeit auf diese Zeit zurück. »Sie wissen«, schreibt er in einem Brief an seine Verlobte Therese, »daß ich von Jugend auf viel gelitten, daß ich die Sorgen einer zahlreichen Familie, die noch dazu unglücklich war, getragen habe, daß ich in dem Alter, wo man sich dem lachenden, einladenden Ruf der Natur sonst überläßt, wo man ganz Gefühl zu sein und kein Geschäft, als Genuß des Lebens und Vorbereitung zu diesem Genuß, zu haben pflegt, anhaltend gearbeitet habe und dadurch als Knabe und Jüngling ein ziemlich trübes, niederdrückendes, alle Leibes- und Geisteskräfte erschlaffendes Leben geführt [...] und allgemach gewöhnt worden bin, Leiden für gut und zuträglich, Genuß für gefährlich, wo nicht gar schädlich, anzusehen.«[7]

Georg ist jetzt siebzehn Jahre alt, mitten in der Pubertät, aber das Leben, das er führt, gibt ihm keine Gelegenheit, mit den widersprüchlichen Gefühlen, die ihn bedrängen, umzugehen. Von seinem Vater ist er dazu erzogen worden, sich immer unter Kontrolle zu halten und seine geistigen und körperlichen Kräfte optimal auszunutzen. Georg ist zwar ein frühreifer Naturgelehrter, aber den aufkeimenden Bedürfnissen seiner eigenen Natur steht er recht hilflos gegenüber. Da ist es kein Wunder, wenn er gierig alles aufnimmt, was seine unruhige Phantasie reizt.

Besonders beschäftigt ihn ein Buch, das ihm sein Vater zum Übersetzen vorgelegt hat. Es ist wieder eine Reisebeschreibung, doch sie unterscheidet sich von allen, die er bislang kennen gelernt hat. Sie stammt von dem Franzosen Louis-Antoine de Bougainville, einem Entdecker, Abenteurer und Frauenheld. Dieser Bougainville hat als Erster eine Weltumseglung unternommen, die ausschließlich wissenschaftlichen Zwecken dienen sollte. 1766 war er aufgebrochen und im Frühsommer 1768 hat er eine Insel entdeckt, die er »Nouvelle Cythère« nannte, nach der sagenhaften Insel Kythera, an deren Gestade Aphrodite, die Göttin der Liebe und Schönheit, dem Schaum der Meereswellen entstiegen sein soll.

Georg weiß, dass diese Insel schon vor Bougainville entdeckt worden ist, von dem Spanier Pedro Fernandez de Quiros, und dann noch einmal von dem Engländer Wallis, der sie Tahiti nannte. Aber neu und faszinierend ist, was Bougainville über diese Insel erzählt. Er schildert sie als einen Garten Eden, wo schöne Menschen inmitten einer arkadischen Landschaft wie unschuldige Kinder ihre Tage mit Spielen, Musizieren, Tanzen und Baden zubringen. Die meisten der Frauen dort, Bougainville nennt sie »Nymphen«, sind »nackend« und bieten sich ihren europäischen Gästen mit betörender Arglosigkeit an. »Aller Vorsicht ungeachtet kam ein Mägdchen auf das Verdeck und stellte sich bei der Spille zum Ankertaue, wo sie ihre Bedeckung fallen ließ und wie Venus da stand [...]. Matrosen und Soldaten, alles lief zur Spille, und vielleicht ist niemals so fleißig an einem Ankertaue gearbeitet worden.«[8]

Natürlich ist Georg Wissenschaftler genug, um zu ahnen, dass diese Bilder von Tahiti verklärend übermalt sind, und auf keinen Fall will er sich zu sentimentalen Schwärmereien verleiten lassen. Dennoch müssen diese Schilderungen an ihm ihre Wirkung getan haben. Als er später selbst nach Tahiti segelt, unterhält er sich am Vorabend der Ankunft mit seinen Gefährten in gespannter Vorerwartung über die »angenehmen Schilderungen«[9], die es von dieser märchenhaften Insel gibt. Und sicher denkt Georg dabei auch an Bougainvilles schwärmerische Beschreibungen und daran, welche Wünsche und Sehnsüchte sie bei ihm ausgelöst haben.

Wie Georg geht es vielen zeitgenössischen Lesern und Leserinnen. Bougainvilles Buch ist eine literarische Sensation. Die Phantasie vieler Zeitgenossen wird angezogen von den Bildern einer paradiesischen Unschuld und von der Vorstellung eines edlen Wilden, wie der Philosoph Jean-Jacques Rousseau ihn predigt. Die Begeisterung für die Südsee deutet auf einen Riss in der Aufklärung hin: Ausgerechnet im hochzivilisierten Europa, wo die Vernunft so selbstbewusst auf dem Vormarsch ist, werden die so genannten Wilden als Vorbild entdeckt.

Für Georg und seinen Vater hat die Übersetzung Bougainvilles auch ganz konkrete Folgen. Die Forsters werden bekannt. Sie gelten jetzt nicht nur als geschätzte Naturkundler, sondern auch als Experten für Reisebeschreibungen. Zudem hat Reinhold mit Männern wie Priestley, Darymple und dem südseeerfahrenen Gelehrten Joseph Banks Bekanntschaften und Fürsprecher gewonnen, die ihm den Zugang zu jenen Kreisen ermöglichen, in denen über die wissenschaftlichen Expeditionen entschieden wird.

Am 26. Mai 1772 spätabends erhält Reinhold Forster Besuch von einem gewissen Mister Erwin. Reinhold kennt ihn flüchtig und weiß, dass er für die Admiralität arbeitet. Erwin redet umständlich davon, dass Mister Banks nun doch nicht an der zweiten Weltumseglung Cooks teilnehmen kann und man nach einem geeigneten Ersatzmann, einem wissenschaftlichen Begleiter suche. Ob Reinhold Interesse hätte. Die Admiralität verspricht 4000 Pfund, von denen 2 000 sofort ausgezahlt würden.

Am liebsten würde Reinhold sofort ja sagen. Aber diesmal will er sich frühzeitig gegen Risiken absichern. Zunächst holt er sich bei Lord Daines Barrington, dem Vizepräsidenten der »Antiquarischen Gesellschaft«, die Erlaubnis ein, seinen Sohn Georg als Assistent und Zeichner auf die Reise mitnehmen zu dürfen. Diese Bitte wird ihm gewährt. Dann nimmt Reinhold die Verhandlungen mit der Admiralität auf. Man stellt ihm eine Versorgung nach der Reise in Aussicht sowie das Recht, die offizielle Reisebeschreibung zu verfassen. Reinhold begnügt sich mit einer mündlichen Zusage, er will die Chance seines Lebens nicht durch hartnäckige Forderungen gefährden. Was aus Justina und den Kindern während seiner Abwesenheit wird, darüber macht er sich wenig Gedanken. Immerhin verfasst er ein Testament, in dem er für den Fall seines Todes dem braven Pfarrer Woide die Vormundschaft für seine Kinder überträgt.

Die Ereignisse überstürzen sich jetzt. Reinhold trifft sich mit Mister Banks und Kapitän Cook, um die Vorbereitungen für die Reise abzusprechen. Er muss teure Geräte für seine wissenschaftlichen Experimente anschaffen und sie nach Sheerness schicken, wo Kapitän Cooks Schiff, die »Resolution«, zurzeit noch vor Anker liegt. Von dort wird das Schiff nach Plymouth segeln, wo er und Georg dann an Bord gehen werden.

Am 26. Juni 1772 muss Georg zum zweiten Mal von seiner Mutter und seinen Geschwistern für längere Zeit Abschied nehmen. Die Ungewissheit, ob er sie jemals wieder sehen wird, ist noch größer als beim Aufbruch nach Russland. Georg weiß, mit wie vielen Gefahren solche Seereisen verbunden sind. Auch Kapitän Cook war auf seiner ersten Weltumseglung nur mit knapper Not einer Katastrophe entgangen. Sein Schiff, die »Endeavour«, war auf einen unter Wasser liegenden Felsen aufgelaufen und man verbrachte im Sturm zwanzig Stunden in Bangen und Hoffen, ehe man durch glückliche Umstände wieder freikam. Später dann musste Cook mit dem beschädigten Schiff Batavia ansteuern, wo ein Viertel der Mannschaft durch die Pest dahingerafft wurde.

Georg ist inzwischen achtzehn Jahre alt, alt genug, um selbst entscheiden zu können, ob er sich auf ein so gefährliches Abenteuer einlassen möchte. Der Vater allerdings hat ihn überhaupt nicht gefragt. Er spekuliert darauf, dass mit dieser Reise nicht nur sein, sondern auch Georgs zukünftiges Glück gemacht ist. In der Tat muss sich allmählich entscheiden, was aus Georg einmal werden soll. Er hat für einen Jungen in seinem Alter zwar erstaunliche Fähigkeiten und Kenntnisse, aber um als ein Gelehrter eine feste Anstellung zu finden, muss er Verdienste vorweisen können und Verbindungen haben.

Der Vater hat seinem Sohn sicher ausgemalt, welche Karriere ihnen nach der Rückkehr winkt. Mit dem Reisebericht wird er, Reinhold Forster, ein berühmter und reicher Mann werden. Der König wird ihn empfangen, Ehrungen werden ihm zuteilwerden und sicher wird man ihm eine hoch dotierte Stellung anbieten, vielleicht sogar als Professor an einer renommierten Universität. Und wenn erst er sein Glück gemacht hat, wird man auch für Georg, seinen Reisebegleiter, ein sicheres Unterkommen finden. Davon ist Reinhold überzeugt.

Georg muss den Kampf seines Vaters für sein Fortkommen für Liebe halten. Und diese Liebe darf er nicht enttäuschen.

IV.

An Bord der »Resolution«

»Mit erfahrnem Muth, mit Geschicklichkeit und Beurtheilungskraft«

Am Morgen des 3. Juli 1772 gehen Georg und sein Vater von ihrer Unterkunft in Plymouth zum Hafen. Sie wollen nachsehen, ob die »Resolution«, die seit Tagen erwartet wird, endlich angekommen ist. Von einem kleinen Steinhügel am Hafeneingang sehen sie tatsächlich das Schiff, das sie über die Weltmeere tragen soll, vor Anker liegen.

Die »Resolution« und ihr Begleitschiff, die »Adventure«, sind viel kleiner und sehen bei weitem nicht so imposant aus wie die Schiffe, die früher mehr auf Eroberung als auf Entdeckung ausgegangen sind. Noch Kapitän Byron, der 1664 eine Expedition ins Stille Meer durchführte, hätte es als unter seiner Würde empfunden, mit einem Kriegsschiff lossegeln zu müssen, das nicht mit mindestens 40 Kanonen bestückt ist und weniger als 300 Mann Besatzung hat.

Die »Resolution« bietet nur Platz für 118 Mann und ihre 16 vierpfündigen Kanonen sollen eher dazu dienen, übermütige Eingeborene einzuschüchtern, als große Zerstörungen anzurichten.

Wichtiger als ein martialisches Aussehen und große Feuerkraft ist nun, dass die Schiffe für die praktischen Anforderungen einer langen und schwierigen Entdeckungsreise geeignet sind. Daher hat sich Kapitän Cook für umgebaute Kohletransporter entschieden, mit denen er aus seiner Zeit als Küstenschiffer bestens vertraut ist. Diese Schiffe sind besonders stabil und wendig; sie haben einen geringen Tiefgang und genügend Raum für die großen Mengen an Vorrat, die man für eine längere Zeit auf See benötigt.

Als die »Resolution« und ihr Begleitschiff in Plymouth eintreffen, sind die Forsters schon fünf Tage in der Küstenstadt. Sie wurden von Lord Sandwich, dem Präsidenten der Admiralität, auf seiner Jacht empfangen. Lord Sandwich wollte persönlich dafür sorgen, dass die Unterbringung der Forsters im Schiff zu deren Zufriedenheit ausfällt. Aber die Ankunft der Schiffe verzögerte sich und Mylord Sandwich* ist inzwischen schon wieder abgereist. Nun müssen also die Forsters selbst nach dem Rechten sehen.

Als sie ihre Kabinen auf der »Resolution« begutachten, sind sie entsetzt. Was sie vorfinden, sind zwei Bretterverschläge seitlich des Eingangs zur Kapitänskajüte, jede nur vier Quadratmeter groß, nicht heizbar und – wie sofort zu sehen ist – auch nicht wetterfest. Außerdem riecht es in dem Verschlag entsetzlich, wie nach faulen Eiern. Auf seine Nachfrage wird Reinhold mitgeteilt, das komme vom »bilgewater«[1], dem stehenden, vor sich hin modernden Wasser am Schiffsboden. Reinhold beschwert sich bei Kapitän Cook. Der weist schließlich widerwillig den Zimmermann an, die Kajüte nach Reinhold Forsters Wünschen nachzubessern.

Cook stammt aus kleinsten Verhältnissen, sein Vater war ein einfacher Landmann. Der Sohn James hat sich mit viel Begabung und noch mehr Fleiß vom Matrosen im Steinkoh-

* Dieser Lord Sandwich, der wegen seiner Liebe zum Alkohol den Spitznamen des Trunkenboldes Jimmy Twitscher aus der *Beggar's Opera* führte, war auch ein leidenschaftlicher Glücksspieler, und um das Spiel nicht durch Mahlzeiten unterbrechen zu müssen, nahm er sich eine besondere Art von belegten Broten mit, die noch heute seinen Namen tragen.

lehandel zum Schiffsmeister und schließlich zum Aushängeschild der britischen Schifffahrt hochgearbeitet. Wie viele, die sich aus eigenen Kräften eine bedeutende Lebensstellung geschaffen haben, hegt er eine große Abneigung gegen alle gebildeten Leute, die, wie er glaubt, ihr Wissen nur aus Büchern haben und denen alles in den Schoß gelegt wurde, was er sich hart erarbeiten musste.

Das war wohl mit ein Grund dafür, warum es zwischen Reinholds Vorgänger, Sir Joseph Banks, und Cook zum Bruch kam. Banks, der Cook auf dessen erster Reise zusammen mit seinem Gehilfen Daniel Solander begleitet hatte, ist ein reicher und hochgebildeter Lebemann mit wissenschaftlichem Ehrgeiz. Er wollte dem entbehrungsreichen Unternehmen diesmal auch angenehme Seiten abgewinnen und siebzehn Diener und Assistenten mit an Bord nehmen, darunter zwei Waldhornbläser. Der spartanisch veranlagte Cook weigerte sich beharrlich, die nötigen Umbauten vorzunehmen, woraufhin Banks seine Teilnahme zurückzog.

Solcher Hang zum Luxus und das Verlangen nach Bequemlichkeit und Genuss sind wider Cooks Natur. Er erwartet von jedem, dass er sich ganz in den Dienst einer Sache stellt und persönliche Bedürfnisse unterordnet. Ebenso muss für ihn jedes Wissen zweckdienlich sein. Diese Einstellung beeindruckt Georg sehr. In einem späteren Aufsatz feiert er Cook als den Aufklärer par excellence, der die Fähigkeit besitzt, sein Wissen »auf alle Ereignisse des Lebens anzuwenden«, um so »sein Jahrhundert in Erkenntnis und Aufklärung«[2] voranzuführen.

Die Ausrüstung der »Resolution« und die Zusammensetzung der Mannschaft sind aufs Zweckmäßigste bedacht. Jeder Quadratzentimeter des Schiffes ist für die Lagerung der Lebensmittel, der Geräte und für die Unterbringung der Besatzung ausgenutzt. Zur Ausrüstung gehören fünf große und kleine Boote, außerdem die Einzelteile eines komplett zerlegten Schoners, in dem bei einem Schiffbruch die gesamte Mannschaft Platz hätte. Das Vorderschiff ist übersät mit Ankern aller Größe und Art. Im ersten Zwischendeck, das sehr niedrig und finster ist, befinden sich die Kajüten der Offiziere, darunter die vollgestopften Vorratskammern. Über sechzig Fässer Wasser sind geladen, ebenso viele Fässer mit Sauerkraut, das Kapitän Cook als Mittel gegen den Skorbut ausprobieren will. Eine noch viel größere Zahl von Fässern enthalten gepökeltes Rind- und Schweinefleisch, Mehl, Erbsen und Zwieback; einige Fässer auch Wein und Branntwein. Ganz zuunterst lagert eine große Menge Steinkohle, für den täglichen Gebrauch in der Küche und als Ballast für den richtigen Tiefgang des Schiffes. Und bei dieser gewaltigen Ladung muss auch noch Platz sein für 118 Mann Besatzung. Der Matrosenraum ist ein niedriges, dunkles und stickiges Loch, wo mehr als achtzig Hängematten dicht nebeneinandergereiht hängen, von oben kommt nur wenig frische Luft in diese Gruft, bei schlechtem Wetter, wenn die Luken geschlossen werden, gar keine.

Am Montag, dem 13. Juli 1772, frühmorgens, ist es dann so weit: Beide Schiffe lichten Anker und setzen Segel. Die große Reise kann beginnen. Die »Resolution« verlässt den Hafen, ihr folgt die »Adventure« unter dem Befehl von Kapitän Tobias Fourneaux.

Die »Resolution« bietet mit ihrer Besatzung von 118 Mann einen Querschnitt der zivilisierten Welt, die sie nun verlässt. Die Wissenschaft ist vertreten durch die Forsters, den sternkundigen William Wales und den schwedischen Biologen Dr.

Sparrman. Der Künstler William Hodges soll die fremden Landschaften und Menschen, denen man begegnen wird, im Bild festhalten. Die große Mehrheit bilden die Offiziere, die Seesoldaten, dann die verschiedenen Handwerker wie der Zimmermann, der Segelmacher und der Schmied und schließlich die einfachen Seeleute. Zusammengehalten wird diese Welt von Kapitän Cook, dem Regenten des Schiffes.

Die Fahrt geht über Madeira die afrikanische Küste entlang zum Kap der Guten Hoffnung. Von Anfang an macht Reinhold Forster Notizen in seinem Tagebuch, die er für seinen späteren Reisebericht verwenden will. Was er noch nicht wissen kann: Die Admiralität wird ihm den Auftrag für diesen Bericht entziehen und nicht er, sondern sein Sohn Georg wird die Geschichte dieser Reise schreiben, gestützt auf die Aufzeichnungen des Vaters. Daraus ergibt sich eine Schwierigkeit, die man beim Lesen von Georgs Reisebericht vor Augen haben sollte: Georg wusste während der Reise noch nicht, dass er sie später schildern würde. Erst ein Jahr nach der Rückkehr, im Sommer 1776, fiel ihm diese gewaltige Aufgabe zu. Seine Erlebnisse sind also aus der Perspektive des älteren, reiferen Georg beschrieben und es ist schwer zu sagen, inwieweit die Schilderungen auch die unmittelbaren Eindrücke der Reise wiedergeben.[3]

Die ersten Wochen an Bord sind für Georg noch abwechslungsreich. Er sieht Fische und Seevögel, die er bis jetzt nur aus Büchern kennt: Fregattvögel und Sturmtaucher, Delphine, Wale und Schwärme von Fliegenden Fischen. Einmal gelingt es einem Matrosen sogar, einen fünf Fuß langen Hai mit der Angel zu fangen. Georg begnügt sich damit, kleine Seetiere zu sammeln, von denen er dann »getreue Zeichnungen« macht.

Die für Landbewohner merkwürdigen Verhaltensweisen, die das Leben auf dem ständig schaukelnden Schiff erfordert, haben für Georg anfangs noch den Reiz des Neuen. So muss er sich bei seinen Spaziergängen auf dem Quarterdeck eine Art Entengang angewöhnen, den altgediente Matrosen auch auf dem festen Land nicht mehr loswerden. Er muss lernen, darauf zu achten, alles Bewegliche zu befestigen. Er selbst wird sogar beim Essen auf den ihrerseits festgenagelten Stühlen festgebunden und er muss seinen Teller hochhalten und ihn ständig balancieren, damit nichts verschüttet wird. Schon nach kurzer Zeit ist für Georg der schwankende Boden unter seinen Füßen das Normale, es fällt ihm jetzt auch nicht schwer, bei starkem Seegang zu schreiben und zu zeichnen.

Nach neun Wochen lernt Georg auch die tristen Seiten einer langen Seereise kennen. Er beginnt, die tausend kleinen Bequemlichkeiten, die er als Stadtbewohner gewohnt war, zu vermissen. Und er macht die Erfahrung, dass das enge Zusammenleben auf dem Schiff nicht dazu beiträgt, sich auch näherzukommen. Gerade das Gegenteil ist der Fall: Dass man sich nicht aus dem Weg gehen kann, führt bei allen zu einer »mürrischen Verschlossenheit«[4]. Auf die Dauer wird er auch dem ewigen »Einerley der Lebensmittel und übrigen Gegenstände« überdrüssig.

In der Tat – solange man nicht frische Lebensmittel aufnehmen kann, ist man auf den »Mundvorrath«[5] an unverderblicher Nahrung angewiesen. Und hier ist die Auswahl mager. Um acht Uhr gibt es zum Frühstück Weizengrütze. Zu Mittag wird gepökeltes Fleisch aufgetischt, dazu Erbsensuppe, in der eine Art gallertartig eingedickter Fleischbrühe aufgelöst wird; diese hat, wie Georg bemerkt, »die Farbe und Härte von Tischler-Leim, wozu sie auch gebraucht werden kann«. An fleischfreien Tagen, den so genannten »Banianentagen«*, gibt es nur »einen harten Klos von Mehl«. Und das Abendessen besteht in der Regel aus Zwieback, der zusehends schimmlig wird, und den Überresten des Mittagessens. Wer will, kann sich etwas von dem mitgenommenen Sauerkraut nehmen. Kapitän Cook geht mit gutem Beispiel voran und bald werden es immer mehr, die ihre Skepsis gegenüber dieser fremden Speise ablegen.

Georg und auch Reinhold essen am Tisch des Kapitäns. Cook verhält sich gegen den Vater immer sehr reserviert. Georg dagegen lässt er spüren, dass er Gefallen an ihm hat. Das gilt auch umgekehrt. Georg beobachtet fasziniert, wie Cook jede Situation mit »erfahrnem Muth, mit Geschicklichkeit und Beurtheilungskraft« bewältigt. Und was Georg am meisten imponiert: Der Kapitän nimmt sich gegenüber der Mannschaft keine Sonderrechte heraus. Er isst das Gleiche wie der niedrigste Matrose und schläft in einer normalen Hängematte. Kapitän Cook ist für die Besatzung der »Resolution« eine Vaterfigur. Das trifft besonders auf Georg zu. Zum ersten Mal gewinnt neben seinem Vater eine andere Persönlichkeit Einfluss auf sein Leben. Das ist für ihn eine ungewohnte Erfahrung. Therese schreibt hierzu: »Seines Vaters jähzorniges und anmaßendes Wesen kam mit der Stellung und dem Charakter des Kapitän Cook in häufigen Zwiespalt […]. George, dem Cook sehr wohlwollte, befand sich dabei im bittersten Gedränge.«[6]

Kapitän Cook überlässt sich nicht hemmungslos seinen

* Dieser Name ist eine Anspielung auf jene indischen Kasten, die an Fastentagen statt Fleisch nur einen harten Mehlkloß zu sich nehmen.

Stimmungen wie Reinhold Forster. Er hat sich immer in der Gewalt. Sein Wissen und seine asketische Selbstzucht geben ihm eine gewisse Unnahbarkeit, um die ihn Georg beneidet. Und das umso mehr, als er selbst sehr empfindliche, verletzbare Seiten hat. Das wird besonders in seinem Verhältnis zu den grobschlächtigen Matrosen deutlich. Denen scheint es merklich Spaß zu machen, wenn der junge feine Herr durch ihr »unablässiges Fluchen und Schwören« verstört wird. Georg ist immer wieder schockiert darüber, wie sich diese rauen Gesellen ohne jede Hemmung ihren »lediglich viehischen Trieben« überlassen. Auf Madeira kaufen sie sich zum Zeitvertreib kleine Affen, die sie dann, als sie deren Kunststücken überdrüssig sind, grausam verprügeln oder in einer Ecke des Schiffs jämmerlich verhungern lassen.

Einmal gelingt es Georg, eine Schwalbe zu zähmen. Sie kommt jeden Tag durch das Fenster in seine Kajüte geflogen und lässt sich von ihm füttern. Doch plötzlich ist das Tier spurlos verschwunden und Georg hat den dringenden Verdacht, dass ein fühlloser Matrose den zutraulichen Vogel seiner Katze als Leckerbissen vorgeworfen hat.

Am 30. Oktober 1772 gehen die »Resolution« und die »Adventure« in der Tafelbai am Kap der Guten Hoffnung vor Anker. Der Aufenthalt in der dortigen holländischen Kolonie wird genutzt, um frische Vorräte zu beschaffen. Georg und sein Vater unternehmen weite Spaziergänge und machen sich ein sorgfältiges Bild von der Tier- und Pflanzenwelt sowie von den politischen und sozialen Verhältnissen auf der Insel. Am 22. November brechen die Schiffe wieder auf. Für über zwei Jahre wird das Kap das letzte – nach europäischen Maßstäben – zivilisierte Land sein, das man zu Gesicht bekommt.

Die Fahrt geht zunächst Richtung Süden, in die antarktischen Gewässer. Bisher sind nur sehr wenige Seefahrer in diese Regionen der Erde vorgedrungen und auf ihre Beschreibungen kann man sich nicht verlassen. So ist es noch völlig offen, welche Route die »Resolution« und ihr Schwesterschiff nehmen werden. Ebenso ungewiss ist, wie lange man in den südlichen Breitengraden unterwegs sein wird und welches Ziel man eigentlich verfolgt.

V.

Wo liegt »Terra australis«?

»Die leidige Ehre, einen unbeseegelten Strich durchkreuzt zu haben!«

Kurz vor der Abreise von Plymouth hat Kapitän Cook die geheimen Instruktionen für die Expedition erhalten. Er wird darin angewiesen, in den antarktischen Sommermonaten so weit wie möglich Richtung Süden vorzudringen und die kalte Jahreszeit dazu zu nutzen, in den wärmeren Gefilden der Südsee frische Nahrungsmittel aufzunehmen und die dortigen Inselgruppen zu erkunden. Damit ist das vordringliche Ziel der Reise umschrieben: Es soll das sagenumwobene Südland, auch »Terra australis incognita« genannt, gefunden werden.

Die Vorstellung von diesem großen südlichen Kontinent spukt schon seit Jahrhunderten in den Köpfen von Seefahrern und Geographen. Sie gründet sich auf den Glauben, dass es zwischen der nördlichen und der südlichen Hälfte der Erdkugel ein notwendiges Gleichgewicht der Landmassen geben müsse, um ein »Umkippen« des Planeten zu verhindern. Dass sich auf der Südhalbkugel zwischen Asien, Afrika und Amerika nur eine riesige Wasserwüste ausdehnen könnte, das wollte man nicht wahrhaben. Auch durch die Entdeckung Neu-Hollands, des heutigen Australiens, ließ man sich nicht von dieser fixen Idee abbringen. Man war sich der Existenz eines Südlandes so sicher, dass man es sogar schon in die Karten einzeichnete.

Eine wissenschaftliche Erforschung der südlichen Hälfte der Erdkugel in größerem Maßstab konnte erst mit den

Fortschritten auf den Gebieten der Mathematik, der Nautik und des Schiffsbaus in Angriff genommen werden. Und erst nach den Wirren des Siebenjährigen Krieges wurden die Pläne zu Entdeckungsfahrten auch in die Tat umgesetzt. Als Erster erhielt John Byron, der Großvater des romantischen Dichters George Gordon Byron, 1764 den Regierungsauftrag, den Südkontinent zu suchen. Ihm folgten Samuel Wallis, Philip Carteret und schließlich Louis-Antoine de Bougainville. Alle diese Exkursionen waren wenig erfolgreich, weil sie nicht weit genug nach Süden, in Richtung Pol, vordrangen und die antarktischen Gewässer unerforscht ließen. Ein entscheidender Vorstoß gelang erst James Cook auf seiner ersten Weltumseglung von August 1768 bis Juli 1771.

Cook brachte die Spekulationen um »Terra australis« ins Wanken. Er wies nach, dass Neuseeland nicht, wie angenommen, Teil eines Kontinentes ist, sondern eine Insel, genauer gesagt zwei Inseln, die durch eine Wasserstraße geteilt sind, die noch heute die Cook-Straße heißt. Anschließend drang er mit seinem Schiff, der »Endeavour«, bis auf den vierzigsten Breitengrad gegen Süden vor, ohne auf irgendein Land zu stoßen. Dennoch war der Glaube an die Existenz von »Terra australis« noch nicht aus der Welt geschafft. Man behauptete, das Südland reiche nur an der von Cook befahrenen Stelle nicht so weit nach Norden und die »Endeavour« sei in einen riesigen Meerbusen geraten. Auch wollte man die Vorstellung von einem irdischen Paradies,[1] die man mit »Terra australis« verband, nicht so schnell aufgeben. Cook wollte auch diese letzte vage Möglichkeit nicht ungeprüft lassen und dazu musste er noch einmal aufbrechen.

Sieben Tage nach der Abfahrt vom Kap geraten die »Resolution« und die »Adventure« in einen orkanartigen Sturm. Zwischen berghohen Wellen wird die »Resolution« wie eine Nussschale hin und her geworfen. Die Matrosen an den Rahen, wie die Querstangen an Masten heißen, werden vom schwankenden Schiff einmal auf der einen, einmal auf der anderen Seite ins Wasser getaucht. Alles an Bord, was nicht niet- und nagelfest ist, geht in die Brüche. Aber noch schlimmer als der unersetzliche Verlust an Tellern und Tassen ist, dass die Fußböden und Decken in den Kajüten nun lange Zeit nicht mehr trocken werden. Tag und Nacht muss man in dieser Feuchtigkeit zubringen, sogar die Schlafstellen sind durchnässt und dazu kommt das Heulen des Sturms im Tauwerk und das Grollen und Schlagen der Wellen.

Eines Nachts erwacht ein Offizier und bemerkt, dass seine Schlafstelle unter Wasser steht. Er schlägt sofort Alarm und alles, was Hände hat, eilt herbei und hilft, das eingedrungene Wasser abzupumpen. Man befürchtet schon, das Wasser sei durch ein verborgenes Leck eingedrungen, bis man ein Fenster entdeckt, das durch die Gewalt der Wellen aufgedrückt worden ist. Dennoch – wäre der Offizier nicht zufällig aufgewacht, das Schiff wäre dem Untergang geweiht gewesen. So sind nur die Kleider und das Gepäck der Offiziere und Matrosen durchnässt worden.

Endlich, am 9. Dezember, flaut der Sturm ab. Aber nun wird es kalt, empfindlich kalt. Im Trinkfass gefriert das Wasser, obwohl in diesem Weltteil jetzt Sommer ist und man sich erst unter dem neunundvierzigsten Grad südlicher Breite befindet, was etwa der Lage von Paris auf der nördlichen Halbkugel entspricht. Schon am nächsten Tag sieht Georg das erste Treibeis und die ersten Eisberge seines Lebens.

Ungläubig rechnet er aus, dass so ein Koloss aus 45 Millionen Kubikmeter Eis bestehen muss. Diese Eisberge stellen für das Schiff eine ständige Gefahr dar. Tag und Nacht muss man in der Angst leben, plötzlich gegen einen dieser Eisriesen zu schrammen. Noch in der Erinnerung, als Lichtenberg ihn in London besucht, flucht Reinhold auf »das verdammte Eis nach dem Südpol zu«, das den Teufel im Leib habe.[2]

Das Thermometer steigt nun auch in der Mittagszeit nicht mehr über den Gefrierpunkt. Die Kälte ist besonders in der Kajüte der Forsters zu spüren. Dort ist es kaum wärmer als in freier Luft. Die Nachbesserungen an ihrem Bretterverschlag erweisen sich als wenig effektiv. Weil ihre Unterkunft direkt vor dem Hauptmast liegt, wo der Wind am heftigsten tobt, »hatten wir nicht nur beständigen Windzug auszustehen«, klagt Georg in der Rückschau, »sondern mußten uns auch bey regnigten oder stürmischen Wetter gefallen lassen, daß überall Wasser herein drang«.

Die Kälte macht auch die Arbeit an Bord zur Qual. Die Segel und Masten sind von einer Eisschicht überzogen und die Matrosen laufen zwischen ihren Arbeitseinsätzen an Bord auf und ab, um nicht vor Kälte und Nässe zu erstarren.

Fast noch schlimmer als das Eis und die Kälte empfindet Georg die »traurige Einförmigkeit«, in welcher die Stunden, Tage und Wochen in diesem öden Teil der Welt vergehen. Die Sonne dringt fast nie durch den dichten Nebel und die ständigen Hagel- und Schneeschauer lassen auch die Stimmung an Bord auf den Nullpunkt sinken.

Reinhold fällt es besonders schwer, immer nur untätig auf dieses südliche Land zu hoffen. Kurzerhand beschließt er, sich zusammen mit Herrn Wales, dem Astronomen, in einem Boot aussetzen zu lassen. Er will die Wärme des Wassers in großen Tiefen überprüfen. Während die beiden Männer mit ihren Messungen beschäftigt sind, gerät ihr Boot in dem dicken Nebel plötzlich außer Sicht. Zu spät erkennen Reinhold und sein Begleiter die Gefahr. Auf ihr verzweifeltes Rufen erhalten sie keine Antwort mehr, es umfängt sie nur noch tödliche Stille. Nach langem Warten in der fürchterlichsten Ungewissheit hören sie endlich aus großer Entfernung das Läuten einer Glocke – dem Herrn Pfarrer Forster wird wohl nie vorher dieser Klang so himmlisch vorgekommen sein. Es ist die »Adventure«, die wie ein Geisterschiff aus dem Nebel auftaucht.

Weihnachten 1772 verbringt Georg nahe dem Polarkreis. Er feiert im Kreis der Offiziere »recht vergnügt«. Dem Lärm nach geht es bei den Matrosen um einige Grade turbulenter zu. Seit Wochen sparen sie sich ihre Branntweinzuteilung vom Munde ab, um sich an diesem Abend hemmungslos volllaufen zu lassen.

Die ausgelassene Stimmung erlischt schnell wieder im tristen Alltag. Die ersten Fälle von Skorbut treten auf. Dem Zimmermann George Jackson fault das Zahnfleisch und seine Zähne sind so locker, dass sie seitwärts im Mund liegen. Kein Wunder, wenn die tägliche Kost »nichts als Eingesalzenes« ist. In dieser Notlage wird man erfinderisch, wenn es darum geht, sich ein Stück frisches Fleisch zu verschaffen.

Lichtenberg erzählt in seinem Essay über Cook von dem alten Quartiermeister der »Resolution«, John Elvel, der sich jeden Morgen von seiner Lieblingskatze eine feine fette Ratte aus den unteren Schiffsräumen holen ließ. »John Elvel zog ihr das Fell ab, nahm sie aus, und briet sie, wenn alles fertig war, so erhielt die Katze erst die äußeren Teile und auch wohl einige kleine Bissen vom Rumpf, und alsdann aß John Level das übrige.«[3]

Immerhin wird die Lage durch die Entdeckung erleichtert, dass man aus geschmolzenem Eis salzfreies Süßwasser erhält. Cook lässt große Eisschollen an Bord bringen, die dann stückchenweise in Fässern gelagert werden. Bei Bedarf schmilzt man das Eis und so hat man über Wochen hinweg immer einen Vorrat an frischem Wasser. Aber auch diese wichtige Entdeckung kann nicht verhindern, dass die Verfassung der Mannschaft immer schlechter wird. Nicht die kleinste Insel, geschweige denn das große südliche Land hat man bis jetzt gesichtet. Manchmal lag den Wachen schon der Ruf »Land!« auf den Lippen, aber dann entpuppte sich der dunkle Streifen am Horizont als Nebelbank oder Eisinsel.

Noch einmal keimt Hoffnung auf, als die beiden Schiffe zu Beginn des Jahres 1773 in jener Gegend kreuzen, wo der französische Seefahrer Bouvet das vom ihm benannte Cap de Circoncision gesehen haben will. Ständig sind viele Leute auf dem Verdeck versammelt und starren in die Eiswüste, jeder will der Erste sein, der die Küste des großen Südlandes entdeckt. Aber nichts als Pinguine und Seehunde sind zu sehen und, so weit das Auge reicht, Eisinseln und nochmals Eisinseln …

Am 17. Januar 1773, man hat bereits den »Antarctischen Zirkel« passiert, geht es nicht mehr weiter. Ein »unabsehliches Feld von festem Eis« versperrt den Weg nach Süden. Cook lässt beide Schiffe wenden und Kurs Nordost nehmen. Aber er denkt noch nicht daran, die kalten Regionen zu verlassen. Der Kurs führt zunächst bis zum achtundvierzigsten Breitengrad, dann wieder nach Süden und schließlich auf einer Strecke von 600 Seemeilen in der Nähe des sechzigsten Breitengrades in östliche Richtung.

Am 8. Februar verlieren sich die beiden Schiffe im dichten Nebel. Kapitän Cook beschließt, die Suche nach Land ohne die »Adventure« fortzuführen. Der Gedanke, auf dieser gefährlichen Fahrt ohne den Beistand und die Sicherheit eines zweiten Schiffes auskommen zu müssen, lässt die Stimmung auf der »Resolution« noch gespannter werden. Besonders Reinhold Forster macht keinen Hehl aus seiner Ansicht, dass er den Aufenthalt im Polarmeer nun langsam satthat: keine wissenschaftliche Ausbeute, tagaus, tagein nur immer die gleichen unergiebigen Messungen und Aufzeichnungen.

Georg dagegen möchte dem Kapitän nacheifern, der mit seinem unbeugsamen Willen und seiner »eiserne[n] Beharrlichkeit«[4] allen Widrigkeiten die Stirn bietet. Jedem an Bord scheint er mit seinem Vorbild die Kraft zu geben, bis an die Grenzen der eigenen Belastbarkeit zu gehen. Jedem, nur Reinhold nicht. Der zeigt sich demonstrativ unbeeindruckt von Cooks Disziplin. Inzwischen haben sich auch bei Georg unübersehbare Anzeichen des Skorbuts eingestellt. Seine Beine sind geschwollen und eine bleierne Müdigkeit zieht ihn nieder.

Als sich schon alle in dumpfer Ergebung mit ihrem Schicksal abgefunden haben, beschließt Cook am 24. Februar, die Suche nach Land fürs Erste abzubrechen. Diese Nachricht weckt neue Lebensgeister. Man lässt die unwirtliche Welt der Eisberge hinter sich und steuert Richtung Nordost, wärmeren Gefilden, fruchtbaren Inseln und frischen Lebensmitteln entgegen.

In den Sommermonaten der folgenden Jahre wird Cook noch zweimal den Versuch unternehmen, möglichst weit nach Süden vorzustoßen, um Land zu finden. Aber außer ein paar kargen, unbedeutenden Inseln wird er kein festes Land entdecken. »Terra australis« bleibt eine Legende. Für diesen Nachweis muss die Besatzung der »Resolution« die größten Strapazen auf sich nehmen. Am Ende der zweiten Südexkursion, im Februar 1774, wird auch der scheinbar unbeugbare Kapitän Cook vom Skorbut und einem Gallenfieber niedergestreckt. Er schwebt lange in Lebensgefahr. Um ihn zu retten, schlachtet man den einzigen Hund, der noch am Leben ist, und bereitet aus ihm eine stärkende Brühe. Nicht viel besser ergeht es den Forsters. Reinhold ist wochenlang bettlägerig und Georg ist vom Skorbut so geschwächt, dass er mit seinen geschwollenen Beinen nicht mehr gehen kann, als endlich, am 13. März 1774, die rettenden Osterinseln erreicht werden.

In seinem Reisebericht schreibt Georg in bitterem Ton: »Unsre Gesundheit, unser Gefühl, unsre Freuden opferten wir der leidigen Ehre auf, einen unbeseegelten Strich durchkreuzt zu haben.«

VI.

Nahe Fremde

»Der einladende Ruf der Natur«

Nach einer Fahrt von 122 Tagen, bei der man ungefähr 3500 Seemeilen zurückgelegt hat, erreicht die »Resolution« am 26. März 1773 Neuseeland.

Das üppige Grün der neuseeländischen Küste ist für die Männer der »Resolution« ein lang vermisster Anblick. Sie gehen in der Dusky Bay vor Anker, einer weiten Bucht an der Nordseite des Westkaps mit vielen kleinen Seitenarmen und Inseln. Georg kommt die »wildnißartige Landschaft« mit ihren schroffen Felsen, den Wasserfällen und dichten Wäldern vor wie »in ihrem ursprünglich wilden, ersten Stand der Natur«. Sogar die Vögel hier sind so arglos, dass sie auf den Läufen der Vogelflinten herumhüpfen.

Sooft es das Wetter zulässt, unternimmt Georg in den folgenden Tagen Streifzüge in die Wälder, meist zusammen mit seinem Vater, Kapitän Cook, Hodges oder Dr. Sparman. Oft sind sie tagelang unterwegs, fangen sich Fische oder jagen Wasserhühner und Enten, die es hier im Überfluss gibt. Zum Schlafen wickelt man sich in die Bootsmäntel und schiebt sich statt eines Kissens Flinte und Schießtasche unter den Kopf. Die würzige Luft und die frische Nahrung stellen Georgs Gesundheit bald wieder her. An verregneten Tagen ordnet er in seiner Kajüte die gesammelten Pflanzen und Tiere und fertigt Zeichnungen an.

Auf einem jener Ausflüge sieht Georg zum ersten Mal einen wilden Eingeborenen, einen Maori. Er steht auf einer weit hervorragenden Felsspitze und hält den Fremden eine lange Rede, wobei er eine Keule über seinem Kopf kreisen lässt. Kapitän Cook nähert sich ihm mit einem Stück weißem Papier als Friedenszeichen. Als Cook dem zitternden Wilden nahe genug ist, umarmt er ihn und reibt seine Nase an der des Eingeborenen – die hier übliche Art der Begrüßung, die Cook von seinem ersten Besuch auf dieser Insel her kennt. Darauf verliert der wilde Mann alle Scheu und winkt zwei zu ihm gehörige Frauen herbei. Alle sind von dunkelbrauner Hautfarbe, ihr Haar ist lockig, mit Öl und Rotstein eingeschmiert und auf dem Scheitel zusammengebunden. Ihre Kleidung besteht aus Matten von Flachs und ist mit Federn durchwebt. In den Ohren tragen sie gefärbte Stücke von Albatros-Haut.

In den nächsten Tagen kommen der Mann und die beiden Frauen auch an Bord der »Resolution« und Georg wundert sich oft über ihr merkwürdiges Benehmen. Beim ersten Besuch spricht der Mann unverständliche Beschwörungsformeln und schlägt mit einem Zweig gegen die Masten, das Tauwerk und die Seitenwände des Schiffs. Bei einem Gegenbesuch im Lager der Familie wird Georg Zeuge eines heftigen »Gezänks« unter den Eingeborenen, und als das jüngere Mädchen den Mann, den alle für ihren Vater halten, auch noch schlägt, weiß Georg nicht mehr, was er davon halten soll. Man müsse, so wundert er sich, »in Neu-Seeland sehr verworrne Begriffe von den Pflichten der Kinder haben«.

Gleich darauf scheint ihm seine Entrüstung unangebracht. Es komme der Wahrheit wohl näher, räumt er ein, dass diese Familie gar nicht handelte »nach Grundsätzen und überlegter Ordnung, die gemeiniglich nur das Werk gesitteter Gesellschaften sind; sondern sie folgte in allen Stücken gerade zu der Stimme der Natur, die sich gegen jede Art von Unterdrückung empört«.

Die Szene zeigt, wie Georg seine Aufgabe als wissenschaftlicher Reisebegleiter versteht. Er will nicht nur »Unkraut trocknen und Schmetterlinge sammeln«, sondern aus seinen Beobachtungen Erkenntnisse über die fremden Welten gewinnen und Vergleiche mit der europäischen Kultur herstellen. Das ist ein neuer und sehr hoher Anspruch. Allerdings wird bei dieser Form der »philosophischen« Reisebeschreibung auch deutlicher, wie schwer es ist, fremde Sitten und Gebräuche unvoreingenommen zu beurteilen. Obwohl Georg sich vorgenommen hat, frei »von Vorurtheil und Trugschlüssen« zu bleiben und nur nach »allgemeinen menschenfreundlichen Grundsätzen« zu urteilen, kann er doch nicht aus seiner Haut. Er ist geprägt von der Kultur, aus der er kommt. Und wenn er angesichts der streitbaren Maorifamilie an die Grundsätze der »gesitteten Gesellschaft« erinnert und dann im zweiten Nachdenken doch die »Stimme der Natur« walten sieht, so entspricht das der zwiespältigen Einstellung, mit der man in seiner europäischen Heimat die exotischen Welten zu betrachten pflegt.

Die in Europa kursierenden Vorstellungen von den Bewohnern fremder Welten pendeln zwischen den Extremen von wilden Barbaren einerseits und glückseligen Kindern der Natur andererseits – je nachdem, ob man von der Überlegenheit der eigenen Zivilisation überzeugt ist oder sich nach einer verlorenen Natürlichkeit sehnt, die man in den primitiven Kulturen erhalten glaubt. Dieser Streit um die Vor- und Nachteile von Kultur bestimmt das geistige Klima in Europa und spaltet die Aufklärung in zwei Lager.

Auf der einen Seite stehen die Verteidiger des Fortschritts, so etwa der Schweizer Isaak Iselin, der 1763 sein Erfolgsbuch *Über die Geschichte der Menschheit* veröffentlicht. Der Tenor des Buches: Das goldene Zeitalter ist nicht Vergangenheit, sondern Zukunft; der Mensch muss sich aus seiner Abhängigkeit von fremden Autoritäten und von der blinden Natur befreien und erst im Fortgang der Geschichte entwickelt er mit Hilfe der Vernunft und den Wissenschaften einen immer höheren Grad von Humanität und Glückseligkeit.

Neben dieser typischen aufklärerischen Haltung gibt es aber auch eine gegenläufige Bewegung. Sie setzt dem »Vorwärts!« der Fortschrittsoptimisten ihre Losung vom »Zurück zur Natur!« entgegen. Gallionsfigur dieser Vernunftskeptiker ist der Philosoph Jean-Jacques Rousseau. Mit seinen Gedanken bringt er ein weit verbreitetes Unbehagen an der europäischen Verstandeskultur zum Ausdruck: Die moderne Zivilisation habe den Menschen von sich und der Welt entfremdet, es komme daher darauf an, zu einem ursprünglichen, natürlichen Zustand zurückzufinden.

Diesen zwei gegensätzlichen Auffassungen von Kultur und Natur entsprechen auch zwei fundamental verschiedene Lebenseinstellungen. Ist die Welt schon ursprünglich vollkommen und das Maß aller Dinge, dann ist es nicht notwendig, sie zu verbessern, dem Menschen bleibt nur, sich an ihr zu erfreuen, sie zu genießen und sich in ihr zu finden. Erfährt er die Welt dagegen als noch unfertig und verbesserungsbedürftig, dann betrachtet er es als seine Aufgabe, sie durch seine Arbeit zu dem zu machen, was sie sein könnte und sollte.

Konsequenterweise unterscheidet Rousseau zwei Typen von Menschen: »Der wilde und der polierte Mensch gehen im Grunde ihres Herzens und ihrer Neigungen so weit voneinander ab, daß der eine verzweifeln würde, wenn er das hätte, wobei sich der andere glücklich schätzt. Jener sehnt sich nur nach Ruhe und Freiheit; er will leben und untätig bleiben; [...]. Der immertätige Bürger hingegen schwitzet, arbeitet und quälet sich unaufhörlich [...]. Er arbeitet sich tot, um leben zu können [...].«[1]

Die Auseinandersetzung zwischen den Fortschrittsgläubigen und den Naturschwärmern bildet eine geistige Spannung, die Georgs Gedanken und Beobachtungen beherrscht. Georg verteidigt nicht einseitig eine Position. Er ist empfänglich für beide Weltanschauungen und er versucht auch, sie irgendwie zusammenzubringen. Dieser Konflikt wird für seine Entwicklung sehr fruchtbar sein. Zunächst freilich ist es für ihn schwer, eine eigene Position zu finden. Durch seine Erziehung ist er im wissenschaftlichen Denken seiner Zeit viel zu tief verwurzelt, als dass er es einfach in Frage stellen könnte. Das zeigt sich am deutlichsten in der Dusky Bay.

Die erste Arbeit, die die Leute der »Resolution« dort in Angriff nehmen, ist es, einen nahe gelegenen Hügel »vom Holz kahl zu machen, um die Sternwarthe und Schmiede daselbst aufzustellen«. Zugleich werden am Wasserplatz Zelte aufgebaut für die »Seegelmacher, Böttiger, Wasserträger und Holzhauer«. Von diesem Basislager aus wird nun in den folgenden Tagen die ganze Bucht erforscht und eine genaue Karte angefertigt.

Als die »Resolution« die Dusky Bay nach einem Monat wieder verlässt, wirft Georg noch einmal einen Blick zurück auf die Bucht, in der man gelagert hatte. »Die Vorzüge eines civilisierten über den rohen Zustand des Menschen fielen durch nichts deutlicher in die Augen, als durch die Veränderungen und Verbesserungen die auf dieser Stelle vorgenommen worden waren.« Ein großes Stück Land ist gerodet und das Holz zu Fässern und Planken verarbeitet; eine kleine Brauerei ist errichtet worden; vom benachbarten Berg hatte es widergehallt »von den abgemeßenen Schlägen der Schmiedehämmer«; eine Sternwarte ragt weit empor; Pflanzen und Tiere wurden bestimmt und Zeichnungen angefertigt. »Kurz überall, wo wir nur hinblickten, sah man die Künste auf blühen, und die Wissenschaften tagten in einem Land, das bis jetzt noch eine lange Nacht von Unwissenheit und Barbarey bedeckt hatte!«

Von der Dusky Bay geht es zum Charlotten-Sund, einem Ankerplatz an der Nordspitze der südlichen Hälfte Neuseelands, der Cook von seiner ersten Reise her bekannt ist. Schon von weitem sieht die Wache ein dreifaches Lichtsignal. Es kommt von der »Adventure«, zu der man im Eismeer den Kontakt verloren hatte und die nun hier vor Anker gegangen ist in der Hoffnung, wieder auf die »Resolution« zu treffen. Nach der freudigen Begrüßung erzählt Kapitän Furneaux, dass man »Van-Diemens-Land«, das später Tasmanien heißen wird, erkundet habe und dort von dem äußerst rohen Volk wenig liebenswürdig behandelt worden sei.

Auch im Charlotten-Sund scheinen Eingeborene zu leben. Auf der Spitze eines steilen, frei stehenden Felsens liegt ein »Hippah«, eine Art Festung. Die Anlage besteht aus Hütten ohne Seitenwände, die von einem Palisadenzaun umgeben sind. In den Hütten findet sich keine Menschenseele, sie sind nur »voll Flöhe« und eine Unmenge von Ratten wimmelt darin herum. Nach Georgs Eindruck sind die Bewohner der Hütten beim Anblick der Schiffe ins Hinterland geflüchtet.

Es dauert aber nicht lange, da lassen sich die ersten »Indianer« sehen. Sie nähern sich in zwei kleinen »Canots« der

»Resolution« und benehmen sich sehr unbefangen. Kapitän Cook lässt sie an Bord kommen und lädt sie sogar zum Essen ein. Ein paar Tage später sind auch Frauen unter den Besuchern. Georg findet sie nicht besonders anziehend. Sie haben »dünne krumme Beine, mit dicken Knieen«, »runde Gesichter, und vielmehr dicke, als platte Nasen und Lippen«. Besonders stößt ihn die »widrige Mode dieser Frauenspersonen« ab, »sich mit Oker und Öl die Backen zu beschmieren«, und noch im Rückblick ist Georg der abstoßende Geruch der Neuseeländerinnen gegenwärtig, der so penetrant war, »daß man sie gemeiniglich schon von weitem riechen konnte«. Darüber hinaus waren sie »überall so voll Ungeziefer, daß sie es oft von den Kleidern absuchten und nach Gelegenheit zwischen den Zähnen knackten«.

Die Matrosen scheinen sich an diesen Äußerlichkeiten wenig zu stören. Sie haben seit Monaten kein weibliches Wesen mehr gesehen und sind auch in dieser Hinsicht ausgehungert. Nachdem sie die Männer der Begehrten mit einem Nagel oder einem Hemd ›beschenkt‹ haben, werden ihnen die Frauen zur freien Verfügung überlassen.

Georg verfolgt mit Abscheu, wie sich Mädchen nur mit Widerwillen und oft unter Tränen den rohen Kerlen hingeben müssen. Und er fragt sich im Rückblick, ob »unsere Leute, die zu einem gesitteten Volk gehören wollten und doch so viehisch seyn konnten, oder jene Barbaren, die ihre eigenen Weibsleuthe zu solcher Schande zwungen, den größten Abscheu verdienen?«.

Georg neigt dazu, die »Barbaren« vor den zivilisierten Europäern in Schutz zu nehmen. Angesichts der schändlichen Methoden seiner Landsleute fragt er sich, ob man nicht mit dem Mädchenhandel üble Bedürfnisse bei den Eingeborenen wecke, die sie vorher noch gar nicht kannten. Er treibt seine Überlegungen so weit, grundsätzlich Nutzen und Gewinn einer Forschungsreise gegeneinander abzuwägen, und er kommt zu dem erstaunlichen Ergebnis: »So aber besorge ich leyder, daß unsere Bekanntschaft den Einwohnern der Südsee durchaus nachtheilig gewesen ist; und ich bin der Meinung, daß diejenigen Völkerschaften am besten weggekommen sind, die sich immer von uns entfernt gehalten und aus Besorgniß und Mistrauen unserem Seevolk nie erlaubt haben, zu bekannt und zu vertraut mit ihnen zu werden.«

Georgs Kritik an der europäischen Zivilisation ist nur schwer in Einklang zu bringen mit den pathetischen Worten, mit denen er die Kultivierung der Dusky Bay verherrlicht hat. Er, für den der Nutzen von Wissen und Wissenschaft immer völlig fraglos war, wird jetzt mit Erfahrungen konfrontiert, die ihm diesen Nutzen höchst fraglich erscheinen lassen. Dadurch wird Georg aber noch lange nicht zu einem Kulturaussteiger. Eine Naturschwärmerei à la Rousseau kommt für ihn nicht in Frage. Er möchte die Vernunft und die Segnungen des Fortschritts nicht aufgeben, zugleich aber will er zurück zu einer Natürlichkeit, wie er sie bei den unkultivierten Wilden wahrnimmt.

Was ihm vorschwebt, ist ein dritter Weg, eine Versöhnung, für die er später immer wieder das Wort »Humanität«[2] gebraucht. »Humanität« bedeutet für ihn, sowohl der »Tyrannei der Vernunft«[3] als auch einer blinden Gefühlsschwärmerei zu entkommen und Vernunft und Gefühl miteinander zu verbinden.

Georg steckt in einem Dilemma. Dieses Dilemma ist umso schwerer zu lösen, als es sich hierbei nicht nur um eine intellektuelle Debatte zwischen zwei philosophischen Schulen handelt. In dem Konflikt zwischen Kultur und Natur bilden sich die zwei widerstreitenden Seiten seiner eigenen Persönlichkeit ab. Fortschritt, das sind Kapitän Cook und auch der Vater in ihrem steten Streben nach Neuem, das ist der wachsame Fleiß, zu dem Georg erzogen worden ist. Fortschritt, darin bündeln sich die Ziele und Werte einer Wissenschaft, der sich Georg zugehörig fühlt, der Drang nach wahrer Erkenntnis und deren praktische Anwendung zur stetigen Verbesserung der menschlichen Verhältnisse. Fortschritt ist Losungswort für eine Haltung, die sich Disziplin auferlegt, Verantwortung trägt und in der Sorge um die Zukunft lebt.

Natur, das ist für Georg eher das Fehlende, es sind die Erfahrungen, die er in seinem bisherigen Leben meist entbehren musste: eine unbeschwerte Kindheit, Freunde, das Leben in einer Familie, eine Jugend ohne ständigen Arbeitsdruck und die Angst um Erfolg und Anerkennung, eine Jugend, in der man sich nur dem »einladenden Ruf der Natur« und dem »Genuß des Lebens«[4] hingeben darf, wie er es sich in einem Brief an Therese im Nachhinein wünscht. Natur, das ist auch Georgs Empfänglichkeit für die Bilder einer glücklichen Menschheit, wie sie in Europa vor allem mit Tahiti verbunden werden.

Am Abend des 15. August sieht man von der »Resolution« aus die Berge der Insel Tahiti »aus den vergoldeten Wolken über dem Horizont hervorragen«. Jedermann eilt an Deck, »um die Augen an dem Anblick dieses Landes zu weiden«, von dem man so viel Wunderbares gehört hat. Die Nacht über steuert man der Küste zu und in ungeduldiger Erwartung erzählt man sich die angenehmsten Geschichten, die man von den früheren Besuchern dieser Insel kennt.

Am Morgen dann liegt Tahiti zwei Meilen vor ihnen. Georg hat den Zauber dieses Augenblicks in seinem Bericht eingefangen:

»Der Ostwind, unser bisheriger Begleiter hatte sich gelegt; ein vom Lande wehendes Lüftchen führte uns die erfrischendsten und herrlichsten Wohlgerüche entgegen und kräuselte die Fläche der See. Waldgekrönte Berge erhoben ihre stolzen Gipfel in mancherley majestätischen Gestalten und glühten bereits im ersten Morgenstrahl der Sonne. Unterhalb derselben erblickte das Auge Reihen von niedrigern, sanft abhängenden Hügeln, die den Bergen gleich, mit Waldung bedeckt, und mit verschiednem anmuthigen Grün und herbstlichen Braun schattirt waren. Vor diesen her lag die Ebene, von tragbaren Brodfrucht-Bäumen und unzählbaren Palmen beschattet, deren königliche Wipfel weit über jene empor ragten. Noch erschien alles im tiefsten Schlaf; kaum tagte der Morgen und stille Schatten schwebten noch auf der Landschaft dahin.«

Als die Eingeborenen die »Resolution« bemerken, eilen sie zu ihren Kanus und nähern sich dem Schiff. Dabei schwenken sie Palmenzweige als Friedenszeichen und rufen immer wieder »Tayo!«, was so viel heißt wie »Freund«. Begeistert erwidern die erschöpften Seeleute diese Begrüßung und bald ist das Schiff von Hunderten von Booten umlagert, von denen Früchte und Fische hinaufgereicht werden.

VII.
Teori oder das verbotene Paradies

»Allein unser Beruf gestattete keine Unthätigkeit.«

Um die Insel Tahiti war in Europa schon vor Cooks erster Weltreise eine modische Begeisterung ausgebrochen. Angeregt durch Insel-Romane wie Daniel Defoes *Robinson Crusoe* (1719) oder Johann Gottfried Schnabels *Insel Felsenburg* (1731) hatte die Sehnsucht nach einer Südseeidylle ein neues Ziel gefunden. Vor allem durch Bougainvilles Reisebericht verfestigte sich das Bild von der Insel der Seligen. Tahiti oder »Otaheite«, wie man es allgemein nannte, wurde zum Mythos. Der Name war der Inbegriff für Glück und Vollkommenheit, er erhielt eine ähnliche Bedeutung wie die Rede vom Paradies oder von einem »goldenen Zeitalter«. Die Begeisterung für die exotische Insel ließ sich auch durch die nüchtern kritische Beschreibung der ersten Cookschen Weltumseglung, die John Hawkesworth 1773 veröffentlichte, nicht mehr beirren. Offenbar waren die Leser nicht interessiert an den wirklichen Zuständen, sondern sie hatten in der fernen Inselwelt einen Ort gefunden, wo sie ihre Träume und Sehnsüchte nach einem freien Leben in ungetrübter Harmonie mit der Natur Gestalt werden lassen konnten.

Georg kennt als Experte für Reisebeschreibungen natürlich die Berichte über Tahiti. In seinem Cook-Aufsatz wird er später deutliche Worte gegen jene Reiseschriftsteller finden, die einem verbreiteten Bedürfnis nach Inselromantik auch noch Nahrung liefern:

»Immerhin mögen Romandichter, die sich ihrer Ideale nicht entschlagen können, und gewohnt sind, von Naturmenschen, vom goldnen Zeitalter, von ursprünglicher Vortrefflichkeit und Einfalt, und einem angeborenen Gefühl, daß allen alles gehöre, überirdisch zu träumen; immerhin mögen sie, sage ich, diese Bilder ihrer süßelnden Phantasie auch in ihre Darstellung der wirklichen Welt übertragen: der Reisende durchirrt alle vier Welttheile, und findet nirgends das liebenswürdige Völkchen, welches man ihm in jedem Walde und in jeder Wildniß versprach.«[1]

Der Tahiti-Besucher Georg Forster ist bei weitem nicht so abgebrüht, wie er in der Rückschau glauben machen möchte. Er ist durchaus empfänglich für die Reize der Insel und ihrer Bewohner.

Nicht lange nachdem man vor Anker gegangen ist, kommen einige der Eingeborenen an Bord. Georg ist augenblicklich gefangen von ihren sanften Zügen und ihrem gefälligen Betragen. Sie ergreifen die Hände der fremden Besucher, lehnen sich an ihre Schulter oder umarmen sie, um ihre Zuneigung zu zeigen. Manche schieben den Matrosen auch die Kleider von der Brust, weil sie nicht fassen können, dass deren Haut überall so weiß ist. Die Mädchen und Frauen haben sich ein nesseltuchartiges Gewand um den Leib geschlagen, das »den wohlgebildeten Busen und schöne Arme und Hände« unbedeckt lässt. Und den Männern aus dem aufgeklärten und puritanischen Europa raubt es fast den Verstand, als einige dieser schönen »Nymphen« in »verführerische[r] Positur« und »nackt als die Natur sie gebildet« um das Schiff herumschwimmen. Georg ist sehr angetan von der natürlichen Anmut dieser Mädchen und Frauen; in seiner Schilderung erwähnt er ihre schönen großen Augen, ihr »ungezwungenes Lächeln« und ihr »beständiges Bemühen zu gefallen«.

Die Bewohner Tahitis und der Gesellschaftsinseln unterscheiden sich von allen Wilden, die Georg im Laufe der Reise kennen lernt. Die Maoris auf Neuseeland fand er primitiv und in ihrer leicht erregbaren Art unberechenbar. Den abstoßendsten Eindruck hinterlassen bei ihm die »Pesserähs«, die er am Ende der Reise auf Feuerland antrifft und die er nach dem lang gezogenen Klagelaut benennt, den sie ständig von sich geben. Sie erscheinen ihm als tierhafte, fürchterlich stinkende und nur mit einem Stück Fell bekleidete Kreaturen, die halb verfaultes Seehundfleisch essen und einen unsäglich dummen Gesichtsausdruck haben. Nichts widerlegt für Georg schlagender Rousseaus Behauptung vom Glück des wilden Lebens als der Anblick dieser bemitleidenswerten Geschöpfe.

Auf Tahiti jedoch findet Georg, »daß Herr von Bougainville nicht zu weit gegangen sei, wenn er dies Land als ein Paradies beschrieb«. Der Insel und ihren Bewohnern fehlt das Raue, Widerliche und Bedrohliche, das auch Georg nicht mit seiner Vorstellung vom Paradies vereinen kann. Die Einwohner Tahitis verkörpern das, was man in Europa als »edlen Wilden« bezeichnet. Ein edler Wilder ist ein Wilder, der den Weg der Kultur bereits beschritten und sich dennoch seine natürliche Einfalt erhalten hat, der Natur *und* Zivilisation, Anmut der Seele *und* Naturbeherrschung, Geist *und* Sinnlichkeit miteinander verbindet und versöhnt.

Die sanfte, gezähmte Natur ist es auch, die für Georg die landschaftliche Schönheit Tahitis ausmacht. Besonders schätzt er die Plantagen, weil hier der »schönen Unordnung der Natur« mit »Kunst« nachgeholfen worden ist. Der breite, rasenbewachsene Küstensaum der Insel ist bedeckt mit hohen Kokos- und Pisangpalmen, Brotfrucht- und Maulbeerbäumen, Pflanzungen von Yams und Zuckerrohr. Im Schatten der Bäume liegen verstreut die Hütten der Eingeborenen, von wohlriechenden Stauden umsäumt. Georg unternimmt lange Streifzüge, auf denen er immer wieder in eine der Hütten gebeten wird, wo man ihn großzügig mit gebackener Brotfrucht und anderen Leckereien bewirtet.

Auf einem dieser Spaziergänge ersteigt Georg mit seinen Gefährten einen Berg nahe der Küste und dort gelangt er zu einer blumenbewachsenen Felswand, von der ein kristallklarer Wasserfall in einen Teich herabstürzt. Dieser Ort erscheint ihm »als eine der schönsten Gegenden die ich in meinem Leben gesehen«.

»Wir sahen von oben auf die fruchtbare überall angebaute und bewohnte Ebene herab, und jenseits dieser in das weite, blaue Meer hinaus! Die Bäume, welche ihre dickbelaubten Zweige gegen den Teich hin ausbreiteten, gewährten uns kühlen Schatten, und ein angenehmes Lüftchen, welches über das Wasser her wehete, milderte die Hitze des Tages noch mehr [...]. Wir hätten den ganzen Tag in dieser Einöde zubringen mögen! allein unser Beruf gestattete keine Unthätigkeit.«

Anders als Georg fühlen sich die Inselbewohner nicht zu nützlicher Tätigkeit angetrieben. Ihre Tage verbringen sie in sorglosem Müßiggang. Bei Sonnenaufgang nehmen sie ein Bad in den Flüssen und Bächen, den Vormittag verbringen sie mit leichter Feld- oder Handarbeit oder flanieren einfach nur umher, in der Mittagshitze ruhen sie sich aus und in den kühleren Nachmittagsstunden machen sie Musik, erzählen sich Geschichten oder tanzen, bis sie mit einem erneuten Bad und einem »mäßigen Abendessen« den Tag ausklingen lassen.

Die natürlichen Voraussetzungen sind so günstig, dass alle Mühsal und Not von dieser Insel verbannt scheinen. Der fruchtbare Boden bringt vielerlei Früchte hervor, so dass immer genügend Nahrung vorhanden ist. Das Klima ist auch im Winter angenehm. Die soziale Hierarchie birgt keine Spannungen. Es gibt zwar einen König und verschiedene Stände, aber die Unterschiede führen nicht zu Neid und Konkurrenz. Sogar der König empfindet es nicht unter seiner Würde, im Boot selbst zum Paddel zu greifen oder mit einem einfachen Untergebenen zu plaudern. Nach allem, was Georg sieht und erfährt, hält er Tahiti für »einen der glücklichsten Winkel der Erde«.

Wo immer Georg auf der Insel umherstreift, wird er von einem Schwarm Eingeborener umgeben, die ihn kindlich verehren wie einen Gott. Sie geben den Besuchern neue Namen. Reinhold Forster nennen sie »Matara«, Dr. Sparrman wird in »Pamani« umgetauft und Georg heißt nunmehr »Teori«. Georg hat einen Ausflug mit Insulanern in einer Szene festgehalten, die etwas von dem Zauber, den er empfand, verspüren lässt:

»*Das Mädchen*. Ich führe Dich, *Teori*; gieb mir Deine Hand.
Teori. An Deiner Hand [...] bin ich nicht mehr müde.
Das Mädchen. Nenne mich *Imiroa*. [...]
Imiroa. *Teori*, nicht wahr, du schießest uns nicht.
Teori. Dein Freund! und schießen?
Oradi. Ist das auch ein Feuergewehr in Deiner Hand?
Pamani. Meine Vogelflinte.
Oradi. Ich möchte doch die Wirkung sehen.
Pamani. Sehr gern, sobald du mir einen Vogel zeigst.
Ein Taheitier. *Pamani*! sieh! dort sitzt einer, ein Kukuk!

Imiroa: Meinen *Eatua**! Ich bitte Dich *Pamani*, tödte ihn nicht. Was gebe ich Dir doch gleich? – Lieber *Teori*, nur den *Eatua* nicht.

[…]

Teori. Thun Sie 's lieber nicht. Du schenkst dem Vogel das Leben, schöne *Imiroa*, und damit Du weiter nicht sorgst, – hier, *Nuna*! trage mir die Flinte.

[…]

Oradi. Tragt die Fremden über den Bach. Ihre Füße sind bekleidet; sie könnten naß werden.

Imiroa. Ich trage Dich, *Teori*.

Teori. Oder ich Dich, willst Du sagen.

Imiroa. Du? Auf den schlüpfrigen Steinen kannst Du ja nicht fußen. Laß mich! Siehst Du? da heb' ich Dich auf wie nichts, und hüpfe mit Dir davon.

Teori. Tolles Geschöpf!

Imiroa. Halt Dich fest an meinem Hals.

Teori. O festwachsen soll meine Hand an diesem Busen!

Imiroa. So wären wir herüber! Gelt, ich bin stark, *Teori*? […] Du bist vom Gehen ermüdet und erhitzt; Deine Kleider sind vom Schweiße durchnäßt. Mir thut die Hitze nichts; meine Haut ist trocken. Nur noch ein wenig Geduld! Siehst Du jenen Kranz von hohen Kokospalmen, und das blühende Gesträuch dazwischen, und links am Fuße des Berges die gelben Pisangpflanzungen? Sobald wir durch das Gebüsch sind, kommen wir an den Rasenplatz, auf welchem unsere Hütte steht. Dort will ich Dir die Müdigkeit vertreiben.

* bedeutet so viel wie Gott, göttlich. Auf Tahiti sah man bestimmte Vogelarten unter göttlichem Schutz.

Teori. Ist das naiver Muthwille, oder Frohsinn der glücklichen Wildheit.«[2]

In der Szene spürt man etwas von der melancholischen Skepsis, die es Georg nicht zu erlauben scheint, an dieser »glücklichen Wildheit« teilzunehmen. Die Eingeborenen denken nicht über den Augenblick hinaus. Georg denkt historisch. Er erkennt, dass das paradiesische Leben auf dieser Südseeinsel nur von vorübergehender Dauer sein wird. Und er verschließt nicht die Augen vor Erscheinungen, die für ihn bereits das Ende dieser Idylle ankündigen.

So sieht er vor einer Hütte einen ungeheuer fetten Mann sitzen, der von Dienerinnen unentwegt mit Brei gemästet wird. Georg hält ihn für einen Privilegierten, der früher oder später den Zorn der »fleißigeren Bürger« erregen muss. Beim zweiten Besuch auf Tahiti wird den englischen Gästen stolz eine ganze Flotte von Kriegsbooten gezeigt, mit der man gegen eine benachbarte Insel ziehen will.

Der Hang zu Luxus und Völlerei, das Verlangen nach fremdem Besitz und nach Macht sind für Georg Bedürfnisse, die auf Dauer jede glückliche Zufriedenheit zerstören müssen. Sie setzen einen Prozess in Gang, der schließlich auch zu Verhältnissen führen muss, wie sie in Europa herrschen. Diese Entwicklung ist für Georg der »gewöhnliche Circel aller Staaten«. Wehmütig macht ihn der Gedanke, dass die Europäer mit ihren Entdeckungsfahrten diesen Prozess noch beschleunigen. »Wahrlich! Wenn die Wissenschaft und Gelehrsamkeit einzelner Menschen auf Kosten der Glückseligkeit ganzer Nationen erkauft werden muss, so wär' es, für die Entdecker und die Entdeckten, besser, daß die Südsee den unruhigen Europäern ewig unbekannt geblieben wäre!«

Anfang September 1773 beenden die englischen Weltumsegler ihren ersten Besuch auf Tahiti. Über Huahine, Raiatea und die Tonga-Inseln kehren die Schiffe nach Neuseeland zurück, von wo ein erneuter Vorstoß in die Antarktis unternommen werden soll. Auf der Fahrt dorthin verlieren sich die beiden Schiffe ein zweites Mal in Nebel und Sturm. Kapitän Furneaux kehrt nach vergeblicher Suche nach England zurück. Cook setzt die Reise fort. Nach einem kurzen Aufenthalt im Charlotten-Sund fährt er wieder fast vier Monate durch das Eismeer. Am 30. Januar 1774 kommt man bei 71 Grad und 10 Minuten südlicher Breite dem Pol so nahe wie nie ein Mensch vorher. Im großen Bogen segeln die kranken und erschöpften Männer durch den Südpazifik über die Osterinseln, die Marquesas und die Tuamotu-Inseln wieder nach Tahiti, das für sie schon eine »zwote Heimath« geworden ist.

Georg ist vom Skorbut noch sehr geschwächt. Er wird fast ohnmächtig, als er versucht, an Land ein paar Schritte zu gehen. Bei den Matrosen dagegen sind alle Lebensgeister wieder erwacht. Gleich am Tag nach der Ankunft feiern sie das traditionelle St.-Georgs-Fest, zu Ehren des Schutzheiligen Englands. Georg sieht es mit unverhohlener Missbilligung, als viele »liederliche« Mädchen an Bord kommen. Er vermerkt, dass die Matrosen mit ihren Mädchen »die ganze, schöne, mondhelle Nacht im Dienst Chyterens« verbringen. Er selbst erliegt dieser Versuchung wohl nicht und bleibt in der Rolle des bloßen Beobachters. Jedenfalls versichert er zehn Jahre später, dass er noch »mit keiner Venus was zu thun gehabt« habe[3].

Zur Ehrenrettung des Inselvolks nimmt Georg an, dass die Mädchen der »gemeinsten und niedrigsten Classe« angehören. Ebenso wie die häufigen Diebereien der Tahitianer, führt er ihre ausschweifende Sexualität darauf zurück, dass sie dem »Triebe der Natur ganz ohngehindert« folgen. Die störenden Eindrücke können Georgs enthusiastisches Bild von der Insel nicht trüben. Noch oft findet er Gelegenheit, die Gastfreundschaft, die »gesunde Vernunft und die Rechtschaffenheit« der Einwohner zu bewundern.

»Warlich! wir hätten dieses Land mit Mahomets Paradies vergleichen mögen, wo der Appetit selbst nach dem Genuß ungesättigt bleibt!«

Von den Gesellschafts- und Freundschaftsinseln aus nimmt Cook Kurs nach Westen. In den folgenden Monaten macht er eine Reihe von Entdeckungen. Zunächst stößt er auf die bisher unbekannte Inselgruppe der Neuen Hebriden, dann auf Neukaledonien und die Norfolk-Insel. Im Oktober landet man zum dritten und letzten Mal an der Küste Neuseelands.

Wie sich später herausstellt, hatte Kapitän Furneaux mit seiner »Adventure« auf der Suche nach Cook Anfang 1773 hier einen kurzen Aufenthalt, bei dem sich ein schrecklicher Zwischenfall ereignete. Ein Trupp, der zum Kräutersammeln ausgeschickt worden war, geriet in Streit mit Eingeborenen. Der hitzige Anführer der Gruppe, ein gewisser Rowe, ließ auf die Wilden feuern. Als sie ihr Pulver verschossen hatten, fielen die Einheimischen über sie her und erschlugen sie. Ein später ausgesandter Suchtrupp machte eine makabre Beobachtung: Die Wilden waren dabei, ihre Landsleute bei einem großen Festmahl zu verspeisen.

Ein starker Westwind bringt die »Resolution« von Neuseeland an die Südspitze Südamerikas, nach Feuerland, der Heimat der erbärmlichen »Pesserähs«. Auf der weiteren Fahrt wird eine öde Felsinsel entdeckt, die man Südgeorgien nennt. Nach einem letzten kurzen Abstecher in südliche Gefilde geht es dann über das Kap der Guten Hoffnung Richtung Heimat.

Am 30. Juli 1775, nach drei Jahren und achtzehn Tagen, kehrt die »Resolution« nach England zurück. Sie hat eine größere Strecke zurückgelegt als je ein Schiff vorher, insgesamt ergeben die gefahrenen Meilen dreimal den Umkreis der Erde oder drei Viertel der Strecke zwischen Erde und Mond. Dabei sind nur vier Männer ums Leben gekommen. Einer durch Krankheit, drei sind ertrunken.

Mit welchen Gefühlen kehrt Georg nach England zurück? Hat er nie mit dem Gedanken gespielt, auf Tahiti zu bleiben, anstatt nach England zurückzukehren, wo wahrscheinlich die Arbeitsfron unter seinem Vater wieder weitergehen wird?

Georg hat sich diese Frage, wenn auch verdeckt, oft gestellt, am drängendsten vielleicht, als er im Juni 1774 endgültig von Tahiti Abschied nehmen musste und sich ein bezeichnender Zwischenfall ereignete. Der Stückmeistergehilfe Marra, ein temperamentvoller und widerspenstiger Ire, versuchte zu desertieren, um auf der Insel zurückzubleiben. Kapitän Cook schickte ihm ein Boot nach. Marra wurde gewaltsam auf die »Resolution« zurückgebracht und zur Strafe vierzehn Tage lang in Ketten gelegt.

Georg hat Verständnis für den Fluchtversuch des Seemanns. In England erwartet Marra ein freudloses Dasein. Bis zu seinem Lebensende wird er auf Schiffen anheuern müssen, wo er bei elender Kost und schlechter Bezahlung zu mühseliger Plackerei verdammt ist. Auf Tahiti dagegen, das von der »Wirkung jenes allgemeinen Fluches« noch nicht erreicht ist, winkt ihm ein im Vergleich viel angenehmeres Leben.

Fünfzehn Jahre später, im April 1789, wird die Besatzung der »Bounty« eine Meuterei wagen, um auf Tahiti bleiben zu können und nicht mehr nach England zurückkehren zu müssen.

Dennoch glaubt Georg, dass es ein fataler Irrtum sei, anzunehmen, ein Europäer könne auf Tahiti glücklich werden. Ein zivilisierter Mensch sei nun einmal zu einem »thätigen Leben« geboren und an tausenderlei Dinge gewöhnt, von denen die Menschen auf Tahiti keine Ahnung hätten. Auf Dauer wäre ihm das eintönige und ruhige Leben der Tahitianer unerträglich, weil er für ein anderes Leben geschaffen sei: »Indessen sind die Vorstellungen, die man sich von Glückseligkeit macht, bei unterschiednen Völkern eben so sehr verschieden, als die Grundsätze, Cultur und Sitten derselben.«

Georg hat einen Standpunkt gewonnen, von dem aus er den scheinbaren Widerspruch zwischen Zivilisation und Natur wenn nicht lösen, so doch entschärfen kann: Die Menschen auf Tahiti verkörpern eine frühe und glückliche Stufe der Menschheitsentwicklung – aber eben nur eine Stufe. Sie sind wie Kinder, die zwangsläufig einmal erwachsen werden. Und wie es für einen Erwachsenen töricht wäre, sich in die glückliche Zeit der Kindheit zurückzuwünschen, so ist auch für einen Menschen, der in einer fortgeschritteneren Gesellschaft lebt, das Glück der Südseebewohner verloren.

Das heißt aber nicht, dass Georg den Weg der Zivilisation nur als Abstieg sieht. Es bahnt sich bei ihm ein Gedanke an, den Heinrich von Kleist dreißig Jahre später in einem berühmten Aufsatz zum Ausdruck bringen wird. Auch für Kleist ist der Mensch aus einer »natürlichen Grazie« in »Unordnungen« gefallen, die das »Bewußtsein« angerichtet hat. Aber diese ursprüngliche Harmonie ist auf Umwegen wieder erreichbar:

»[...] das Paradies ist verriegelt und der Cherub hinter uns; wir müssen die Reise um die Welt machen, und sehen, ob es vielleicht von hinten irgendwo wieder offen ist.«[4]

Auf *seiner* Reise um die Welt hat Georg einen Blick in ein Paradies werfen können, das letztlich für ihn verschlossen ist. Aber die Reise ist in England noch nicht zu Ende. Tahiti war für ihn auch ein fruchtbarer Umweg, die Missstände der eigenen Kultur schärfer zu sehen. Und auch wenn der Prozess der Zivilisation unumkehrbar ist, so bleibt doch Tahiti das Ideal einer harmonischen Ausgeglichenheit zwischen den verstandesmäßigen und den sinnlichen Seiten des Menschen. Dieses Ideal gilt es für Georg zu verwirklichen – in Europa.

VIII.
Die Früchte der Reise

»Welch ein Kampf in meiner zerschlagenen Brust.«

Während Georg und Reinhold auf den Weltmeeren herumsegelten, musste Justina Forster in London mit sechs heranwachsenden Kindern über die Runden kommen. Bei Georgs Rückkehr ist sein älterer Bruder Karl neunzehn Jahre alt, sein kleiner Bruder Wilhelm, das Nesthäkchen der Familie, elf Jahre und die Schwestern Virginia, Antonia und Wilhelmina sind achtzehn, sechzehn und fünfzehn. Wie es Justina in den drei Jahren ergangen ist, davon weiß man nichts. Mit dem von ihrem Mann zurückgelassenen Geld musste sie offenbar sehr sparsam haushalten. Sie bewohnte mit ihren Kindern eine bescheidene Unterkunft im Vorort Paddington Green, nicht weit entfernt von Pfarrer Woide, der ihr oft mit Rat und Tat zur Seite stand.

Die Rückkehr ihres Mannes und ihres Sohnes ist für Justina Forster bei aller Freude mit vielen Turbulenzen verbunden. Reinhold hält es für angebracht, ein größeres Haus in der Percy Street anzumieten. Einen Tag vor dem Umzug brechen Diebe in die alte Wohnung in Paddington Green ein und stehlen das ganze Leinenzeug der Familie sowie die bereits verpackten Kleider von Justina Forster und ihren Töchtern. Nur wenige Tage später wird Reinhold von Straßendieben überfallen, die ihm eine größere Summe Geld und eine goldene Uhr abnehmen.

Dieser Ansturm von Unglück geht über die Kräfte von Justina Forster, sie wird ernstlich krank. Ihrem Mann dagegen machen diese Verluste wenig aus. Reinhold rechnet fest damit, dass er als Berichterstatter der zweiten Reise bald ein berühmter und reicher Mann sein wird. Hatte nicht der Autor von Cooks erster Reisebeschreibung, John Hawkesworth, 6000 Pfund erhalten? Und sollte nicht Joseph Banks für seine Verdienste auf der ersten Weltumseglung Kapitän Cooks zum Präsident der »Royal Society« ernannt werden? Reinhold genießt es, der Star in den Londoner Gesellschaften zu sein und von Mitgliedern der »Royal Society« hofiert zu werden.

Am 16. August 1775 werden Reinhold und Georg Forster von Lord Sandwich zum königlichen Palast geleitet, wo George III. sie empfängt. Seine Majestät habe auf die »allergnädigste Weise« mit seinem Vater und mit ihm gesprochen, berichtet Georg dem befreundeten Verleger Johann Karl Spener nach Berlin.[1] Drei Tage später werden die nunmehr berühmten Weltumsegler auch der Königin vorgestellt, sie überreichen ihr seltene Tiere aus der Südsee und vom Kap der Guten Hoffnung. Die Forsters scheinen in der Gunst des Königspaars zu stehen und alles spricht dafür, dass sie, wie zugesagt, mit einer Stellung oder einer Pension entlohnt werden. Georg allerdings will sich allein auf die freundlichen Worte des Königs nicht verlassen. »[...] wer darauf Rechnung macht«, schreibt er ahnungsvoll an Spener, »kann sich nur gar zu leicht betriegen.«[2]

Nach der strapazenreichen Reise ist Georg nicht viel Erholung vergönnt. Er ist damit beschäftigt, die von ihm angefertigten Pflanzenzeichnungen für den Druck zu ordnen und mit Beschreibungen zu versehen. Immerhin lässt ihm diese Arbeit so viel Zeit, dass er in Ansätzen so etwas wie ein Privatleben zu entwickeln beginnt. Er findet einen Freund, den deutschen Theologiestudenten Friedrich Adolf Vollpracht.

Zusammen besuchen sie Theatervorstellungen in Covent Garden und Penny Lane und bewundern den großen (David) Garrick, den berühmtesten Schauspieler seiner Zeit.

Georg ist begierig, alles nachzuholen, was er in seiner Abwesenheit von Europa versäumt hat. Er liest Klopstocks *Messias*, Wielands *Merkur*, die erste große literarische Zeitschrift in Deutschland, und Texte von Matthias Claudius. Besonders interessiert ihn ein junger deutscher Autor namens Johann Wolfgang Goethe, der vom unbekannten Juristen zu einem in ganz Europa gefeierten Dichter aufgestiegen ist. Georg lässt sich dessen *Götz von Berlichingen* und den *Werther* schicken. Den *Werther* liest er dreimal hintereinander und weint stundenlang.

Mit wachsendem Interesse verfolgt Georg die Entwicklung in Amerika, wo die Kolonisten gegen ihr englisches Mutterland aufbegehren. Nach dem Protest gegen den Teezoll war es am 16. Dezember 1773 zu der so genannten »Bostoner Tea-Party« gekommen. Als Indianer verkleidete »Freiheits-Söhne« stürmten drei Schiffe und warfen 342 Teekisten ins Wasser. England reagierte auf diese Provokation von Seiten seiner Kolonie mit drakonischen Strafen, die das Nationalgefühl der Neu-Engländer erst recht entfachten. Am 19. April 1775 kam es bei Lexington zum ersten Zusammenstoß zwischen englischen und amerikanischen Soldaten, bei dem die Engländer eine schmerzliche Niederlage einstecken mussten. König George III. schickte daraufhin Verstärkung in die rebellische Kolonie, darunter auch deutsche Soldaten, die der Landgraf von Hessen an England verkauft hat. Georg ist entsetzt über den Landgraf, dieses »Unthier«[3], das einen so abscheulichen Handel mit Soldaten treibe.

Im Herbst verleiht die Universität Oxford den Doktortitel an Reinhold Forster. Zur Verleihung reist er nach Oxford, Georg und Vollpracht begleiten ihn. Auf der Reise machen sich die beiden einen Spaß, Georg schreibt unter dem Namen seines Freundes einen gewagten Brief an ein junges Mädchen, das Vollpracht kennt. Dieser Pennälerscherz zeigt auch etwas von der Not, in der sich Georg befindet. Mit seinen einundzwanzig Jahren hat er zwar schon den rüden Umgang der Matrosen mit Frauen erlebt, er selbst aber hat noch keinerlei Erfahrung mit dem anderen Geschlecht. Die abstoßenden Erlebnisse auf der Weltreise haben bei ihm ein Bedürfnis nach einer reinen, von sexuellem Verlangen ungetrübten Liebe hervorgerufen. »Ich weiß noch nicht, was Liebe ist«, schreibt er später an Vollpracht, »stelle es mir aber vor, daß es etwas Edles, und Schönes sei.«[4]

Georg sehnt sich nach Zuneigung. Jedem, bei dem er nur ein bisschen auf Gegenliebe stößt, möchte er sein ganzes Herz ausschütten. Seine Briefe an Vollpracht sind ganz im Geist der Empfindsamkeit geschrieben, der überall in Europa herrscht. Gleichzeitig ist er voller Unsicherheiten und Zweifel. »Und die Idee, Mädchen, läßt sich gar nicht, ach gar nicht denken«, bekennt er Spener.[5]

Als die beiden Forsters von ihrem Triumphzug – Reinhold konnte es sich nicht verkneifen, einen Abstecher zu seiner alten Schule nach Warrington zu machen – nach London zurückkommen, hat sich dort die Stimmung gegen sie gewandelt. Bisher war Reinhold Forster fest davon ausgegangen, dass er allein den offiziellen Reisebericht schreiben würde. Den zu erwartenden beträchtlichen Gewinn aus der Veröffentlichung wollte er sich mit Kapitän Cook, dessen Aufzeichnungen er mitbenutzen sollte, teilen. So war es mündlich mit Lord Barrington abgemacht. Nun ist plötzlich davon die Rede, dass auch Kapitän Cook ein Reisebuch verfassen soll.

Hinter dieser Abweichung von ursprünglichen Zusagen steckt offensichtlich Lord Sandwich, der eine entschiedene Abneigung gegen Reinhold Forster entwickelt hat. Dazu beigetragen haben wohl auch Berichte der Mannschaft der »Resolution« über Streitigkeiten mit dem alten Forster. Schon im Juli war in den von Friedrich Büsching herausgegebenen *Neuesten Nachrichten* zu lesen, Kapitän Cook hätte Ursache gehabt, »mit Herrn Forster, dem Vater, sehr unzufrieden zu seyn«[6]. Reinhold und auch Georg wehren sich gegen diese üblen Nachreden, aber die Gerüchte haben bereits ihre Wirkung getan.

Reinhold macht zunächst noch gute Miene zum bösen Spiel. Im April 1776 wird ein Vertrag aufgesetzt, nach dem Kapitän Cook einen Bericht über die nautischen Aspekte der Reise verfassen soll und Reinhold Forster eine zusammenhängende philosophische Betrachtung. Reinhold erklärt sich einverstanden und liefert schon wenige Wochen später ein Probemanuskript ab, das jedoch überraschend von Lord Sandwich abgelehnt wird. Angeblich sei sein Englisch zu fehlerhaft. Wahrscheinlich trifft eher Georgs Vermutung zu, man habe die Denkart seines Vaters als zu »philosophischfrey« empfunden.[7] Als Lord Sandwich fordert, das Manuskript müsse von einem Engländer korrigiert werden, fasst das Reinhold wohl nicht zu Unrecht als Zensur auf. Nun ist sein Stolz getroffen. Empört weist er die Forderung zurück. Er will sich nicht der Schmach fügen, »meine Darstellung wie einen Schuljungenaufsatz behandeln zu lassen«[8].

Die Angelegenheit eskaliert so weit, dass sich schließlich der König selbst einschaltet und Reinhold ultimativ vor die

Wahl stellt, die Bedingungen zu akzeptieren oder sich von dem Auftrag der Reisebeschreibung als entbunden zu betrachten. Reinhold Forster bleibt stur und auch Lord Sandwich zeigt keine Neigung einzulenken. Kapitän Cook, der stets um Ausgleich bemüht war, kommt als Vermittler nicht mehr in Frage. Er ist am 12. Juli 1776 zu seiner dritten Weltreise aufgebrochen. Von ihr wird er nicht mehr zurückkehren. Am 14. Februar 1779 wird er auf Hawaii von Eingeborenen erschlagen werden.

Und so kommt es zum Eklat. Reinhold wird das Recht auf eine Darstellung der Reise entzogen. Auch auf die Kupferstiche hat er nun keinen Anspruch mehr.

Wie schon in Russland erhalten Reinhold und Georg wieder nicht den erwarteten Lohn für ihre Arbeit. Und wieder ist nicht zu sagen, was zu diesem unglücklichen Ausgang mehr beigetragen hat: Reinholds leicht verletzbarer Stolz und seine Starrköpfigkeit oder die arrogante Haltung jener Mächtigen, von denen er abhängig ist. Georg selbst schiebt zwar die Hauptschuld auf die Admiralität, insbesondere auf Lord Sandwich, er sieht jedoch auch, dass sein Vater mit seinem Verhalten nur Öl ins Feuer gegossen hat: »Seine Hitze, seine Heftigkeit und eifrige Verfechtung seiner Meinung haben ihm unermeßlichen Schaden zugefügt, so wie es ein Unglück für ihn ist, daß er die Menschen nicht kennt und nie kennen wird.«[9]

Im September 1776 erwähnt Georg zum ersten Mal den Plan, an Stelle seines Vaters ein Buch über die Weltreise zu schreiben. Offenbar ist das eine Idee Reinholds, der damit die Sanktionen gegen sich umgehen will. Wenn dieses Vorhaben Erfolg haben soll, muss Georgs Buch vor dem offiziellen Reisebericht fertig sein. Georg darf also keine Zeit verlieren. Gestützt auf die Tagebuchaufzeichnungen Reinholds, sitzt er nunmehr fast Tag und Nacht am Schreibtisch. Wie er seinem Freund Vollpracht versichert, kommt er monatelang nicht aus seinem Zimmer. Und das, obwohl ihn unentwegt gesundheitliche Probleme plagen.

Die Briefe, die er in dieser Zeit an seinen Verleger und Freund Spener schreibt, lesen sich wie eine einzige Leidens- und Krankengeschichte. Einmal klagt er über seinen Magen, »der von Pökelfleisch und verfaulten Zwieback im Grund verdorben ist«[10]. Dann wieder quälen ihn tagelang ein »Durchlauf« und ein »rheumatischer Fluß in beiden Beinen«[11]. Zu diesem körperlichen Elend kommt noch die bedrückende wirtschaftliche Lage der Forsters. Die 4000 Pfund Sterling Vorschuss auf die Weltreise sind längst aufgebraucht und Reinhold muss sich wieder verschulden – was ihn nicht davon abhält, viele teure Bücher anzuschaffen.

Georg schickt Kapitel für Kapitel seines Buchs an Spener in Berlin zum Druck. Parallel zur englischen Fassung arbeitet er auch noch an der deutschen Übersetzung. Dabei hilft ihm ein gewisser Rudolf Erich Raspe, ein wegen einer Unterschlagung entlassener und in Deutschland steckbrieflich gesuchter ehemaliger Professor aus Kassel, der einmal als Autor der Lügengeschichten des Baron Münchhausen bekannt werden wird.[12]

Am 17. März 1777, nach einer sensationell kurzen Zeit von acht Monaten, liegt das zweibändige englische Werk *A voyage round the world* fertig vor. Der offizielle Reisebericht erscheint erst sechs Wochen später.

Georg ist am Ende seiner Kräfte. Die letzten Monate musste er gegen rasende Kopfschmerzen, Durchfall und Erkältung ankämpfen, er ist zum Skelett abgemagert. »Ich bins wirklich so satt und müde, als hätt' ichs mit Löffeln gefreßen«, schreibt er erleichtert an Spener.[13]

Die Hoffnung auf Einkünfte durch das Reisebuch erfüllt sich nicht. Der Verkauf der englischen Ausgabe ist äußerst schleppend. Das liegt auch daran, dass die mit zahlreichen Kupferstichen ausgestattete offizielle Reisebeschreibung für den gleichen Preis angeboten wird. Dafür hat Lord Sandwich gesorgt.

Die Familie kann sich nur noch durch Kredite über Wasser halten. Und Reinhold Forster hat es nur der Fürsprache von Banks und den Gerichtsferien zu verdanken, dass er nicht in den Schuldturm geworfen wird.

In einer Zeitschrift erscheint eine Karikatur der Familie Forster. Sie zeigt Reinhold Forster verkehrt herum auf einem Esel sitzend. Dem Esel folgen zerlumpte Gestalten, die Georg, seine Mutter und seine Geschwister darstellen sollen. Reinhold hebt den Schwanz des Esels und verkündet in einer Sprechblase »I vil tel de Kinck of you« (»Ich werde dem König von Ihnen berichten«), eine Drohung, die er auf der Reise immer wieder ausgesprochen haben soll. Im Hintergrund der Szene steht ein Galgen.

Georg leidet unter der katastrophalen Lage seiner Familie. Trotzdem findet er durch seine schriftstellerische Leistung zu einem neuen Selbstbewusstsein. Denn obwohl er beim König und der Admiralität in Ungnade gefallen ist, wird seine Leistung in der wissenschaftlichen Welt gewürdigt. Von den Kritikern seines Reisebuchs erntet er nur Lob. Anfang Januar wurde Georg zum Mitglied der »Royal Society« gewählt. Er ist einer der jüngsten Wissenschaftler, denen diese Ehrung widerfährt, die berühmtesten Männer dieses illustren Kreises haben für ihn gebürgt. Nach und nach werden Georg und sein Vater in weitere wissenschaftliche Gesellschaften aufgenommen. »Ehren die Menge, allein kein Brod!«, klagt Reinhold,[14] der es allerdings immer noch für wichtiger hält, Bücher zu bestellen, als Kleider und Lebensmittel zu besorgen.

Im Herbst 1777, nach der Fertigstellung der deutschen Ausgabe seines Buchs, macht Georg zum ersten Mal eine Reise ohne seinen Vater, sie führt ihn nach Frankreich. Er soll dort Geld auftreiben durch den Verkauf seltener getrockneter Pflanzen von der Weltreise.

Georg genießt den Aufenthalt in Paris. In London waren viele berühmte Besucher wie der deutsche Professor Lichtenberg in ihr Haus gekommen, doch alle wollten immer nur Reinhold Forster sprechen. Er, Georg, stand nur im Hintergrund und durfte vielleicht einmal seine Zeichnungen vorzeigen. Jetzt, in Paris, wird ihm das Gefühl gegeben, dass er selbst etwas gilt, auch ohne seinen Vater. »Ich kaufte mir ein Paar schwarzer Seidensocken und ein Paar schwarze, seidene Hosen«[15], notiert er unternehmungslustig in sein Tagebuch. Er wird vom Kapitän Bougainville und dem weltberühmten Naturhistoriker Buffon empfangen. Und im Hause der Madame le Roy macht er Bekanntschaft mit dem großen alten Mann der amerikanischen Unabhängigkeitsbewegung, mit Benjamin Franklin. Der siebzigjährige »verehrungswürdige Philosoph der Westlichen Welt«, wie Georg ihn nennt, hält sich seit einem Jahr in der französischen Hauptstadt auf. Er will die Franzosen dazu bewegen, seine amerikanischen Landsleute zu unterstützen, die ohne fremde Hilfe der englischen Übermacht nicht mehr standhalten können. In Frankreich wird Franklin als eine Art amerikanischer Rousseau gefeiert.

Zurück in London, findet Georg seine Familie in einer verzweifelten Lage vor. Reinhold Forster hat immer noch keine feste Stellung gefunden, offenbar werden seine Bewerbungen von einflussreichen Kreisen hintertrieben. Und solange er verschuldet ist, darf er England nicht verlassen. Die Not im Hause Forster ist so groß, dass Georgs Schwestern nicht mehr ausgehen können, weil sie keine halbwegs passablen Kleider mehr haben.

Trotz der Sorgen um seine Familie tritt Georg jetzt erstaunlich selbstsicher auf. Er wehrt sich entschieden gegen öffentliche Zweifel daran, dass er der Verfasser des Reisebuchs ist. Gegen den Astronomen der »Resolution«, William Wales, der Reinhold Forster für den wahren Autor hält, schreibt er eine polemische Streitschrift. Auch mit der schnöden Behandlung durch das Königshaus und durch die Admiralität will er sich nicht abfinden. Er verfasst einen offenen *Brief an den Grafen von Sandwich*, in dem er das Unrecht, das man seinem Vater und ihm angetan habe, mit scharfen Worten anklagt.

Den König und Lord Sandwich kümmern solche Attacken eines dreiundzwanzigjährigen Jünglings aus verarmter Familie freilich wenig. Sie haben andere Sorgen. Benjamin Franklin hat in Paris sein Ziel erreicht. Am 6. Februar 1778 unterzeichneten Frankreich und Amerika einen Freundschafts- und Handelsvertrag, in dem sie sich gegenseitig zur Kriegshilfe gegen Großbritannien verpflichteten. Im Sommer 1778 beginnt der Krieg zwischen Frankreich und England. Damit ist nach dem Siebenjährigen Krieg eine neue Runde im Ringen der zwei europäischen Großmächte um die Vormachtstellung eröffnet.

Georg verhehlt nicht seine Sympathie für die Sache der

amerikanischen Widerstandskämpfer. Von seiner früheren Begeisterung für England, die er mit seinem Vater geteilt hat, ist dagegen nicht mehr viel übrig geblieben. Seine Sehnsucht nach einem Land, wo Gerechtigkeit, Freisinn und Menschenliebe herrschen, hat inzwischen ein anderes Ziel gefunden: Deutschland. »Ich bin ein Deutscher«, schreibt er in noch ungelenkem Deutsch an Vollpracht, »und so wahr ich ein Deutscher, d. i. ein ehrlicher Mann bin, so ists auch nicht mehr; nicht mehr Ehre, Grosmuth, keine Tugend mehr in England!«[16] Seine Briefe unterzeichnet er jetzt immer öfter mit »Georg« und nicht mehr mit »George«.

Im Spätsommer bietet sich für Georg überraschend die Möglichkeit, nach Deutschland zu gehen. Der Berliner Buchhändler und Verleger Joachim Pauli macht ihm das Angebot, ein Naturlexikon herauszugeben und das Werk des verstorbenen Friedrich Martini weiterzuführen, der angefangen hatte, Buffons vielbändige Naturgeschichte zu übersetzen. Georg kann sich nicht entscheiden. Im Innersten will er weg von London, weg von diesem Leben, in dem er zwischen Sorge und Arbeit langsam zermürbt wird. Andererseits fühlt er sich verpflichtet, seiner Familie im Unglück beizustehen. Er würde sich sonst wie ein Verräter vorkommen. »Stellen Sie sich vor«, schreibt er an Spener, der den Kontakt zu Pauli hergestellt hat, »welch einen Kampf in meiner zerschlagenen Brust Ihr letzter Brief erregt hat – einen Kampf zwischen dem principio das für meine Selbsterhaltung wacht, und der Liebe gegen meine Eltern und Geschwister. Grosser Gott! in welch schrecklicher Lage soll ich diese unglücklichen Verlassen!«[17]

Nach langem Zögern entschließt sich Georg, das Angebot aus Berlin anzunehmen. Wie befürchtet, wirft ihm sein Vater vor, er denke nur an sich selber und lasse seine Familie im Stich. Aber schließlich gibt Reinhold seinen Segen zu Georgs Plänen, als dieser verspricht, den Vater überall zu empfehlen und nach einer geeigneten Stelle für ihn Ausschau zu halten.

Inzwischen ist Georg Forster in Deutschland ein berühmter Mann. Christoph Martin Wieland, der Dichter, Philosoph und Prinzenerzieher am Hof zu Weimar, hat seine Reisebeschreibung im *Teutschen Merkur* euphorisch besprochen. Er nennt Georg einen »Mann von vorzüglichen Fähigkeiten« und »aufgeklärtem Geist«[18]. In deutschen schwärmerischen Kreisen hat Georg mit seinem Buch ein wahres Tahiti-Fieber ausgelöst. Einige Angehörige des »Göttinger Hains«, einem avantgardistischen Dichterzirkel, werden durch die Lektüre des Reiseberichts dazu ermutigt, »der verderbten Brut Europens den Rücken zu kehren« und nach Tahiti auszuwandern.[19] Ihr Plan ist es, Forster in London aufzusuchen und ihn als Anführer zu gewinnen. Das Vorhaben kommt aber über einen unverbindlichen Briefwechsel nicht hinaus.

Am 22. August 1778, kurz nach Mitternacht, reist Georg in London ab. Er hat die Taschen voller »RecamendationsBriefe an Minister, Gelehrte, Akademisten«[20]. Er muss den Seeweg über Holland nehmen. Eine Seereise nach Frankreich ist nicht möglich wegen des Kriegs. Überall lauern französische und amerikanische Kaperschiffe englischen Schiffen auf.

Nach einer mühseligen Landreise über Den Haag und Amsterdam erreicht Georg am 21. November Düsseldorf. Er fühle sich wie ein neuer Mensch, schreibt er an Spener.

Karikatur der Familie Forster von Robinson und Whates. Auf dem Esel Johann Reinhold Forster (»I vil tel de Kinck of you«), dahinter vermutlich Georg Forster, dessen Mutter Justine Elisabeth Forster und weitere Geschwister

Abbruch des Freiheitsbaums 1773 in Worms

Die »Resolution«. Aquarell von H. Roberts

Eismeerleuchten am Südlichen Polarkreis. Gouache, wahrscheinlich von Georg Forster, 1773

oben: Szene aus Tahiti, Stich aus dem 18. Jahrhundert
unten: Cooks Landung auf Erramanga am 4. August 1774.
Gemälde von William Hodges, um 1776

Georg Forster, um 1787

Therese Heyne

James Cook

Johann Reinhold
und Georg Forster, 1782

Johann Reinhold und Georg Forster auf Tahiti.
Ölgemälde von John Francis Rigaud, 1780

Blätter und Frucht des südländischen Barrington-Baumes,
der von den Forsters 1773 entdeckt wurde.
Aquarell von Georg Forster

IX.
Eine Reise durch Deutschland

»Meine Braut sey gewis die Göttingische Bibliothek.«

Das Deutschland, das Georg Forster betritt, nennt sich zwar das Heilige Römische Reich Deutscher Nation, es ist aber keine einheitliche Nation im heutigen Sinn. Seine politische Landkarte ist ein bunter Fleckenteppich von 296 geistlichen und weltlichen Mittel- und Kleinstaaten, durchzogen von vielen Zollgrenzen und durchsetzt von zahllosen Miniaturgebilden, den freien Reichsstädten und Abteien. Politisch und wirtschaftlich gesehen ist dieses zersplitterte Land gegenüber England weit zurückgeblieben. Demokratische Verhältnisse und kapitalistische Produktionsweisen beginnen sich erst in Ansätzen zu entwickeln. Trotzdem haben die aufklärerischen Ideen aus dem Ausland das Bürgertum in Deutschland gestärkt und selbstbewusster gemacht. Dieses Selbstbewusstsein kann sich allerdings nur auf dem Gebiet der Literatur und Kunst Ausdruck verschaffen, politisch bleibt es zunächst ohnmächtig.

In Düsseldorf, Georgs erster Station, hat sich die Anwesenheit des berühmten Weltumseglers schnell herumgesprochen. Er findet in seiner Unterkunft eine Einladung vor. Der Dichter Friedrich Jacobi kann es kaum erwarten, ihn zu sehen. Jacobi ist mit allen großen Geistern der Zeit persönlich bekannt, mit Matthias Claudius, Wieland, Herder. Mit Goethe ist er eng befreundet. Bei einer Abendgesellschaft im Stadthaus der Jacobis wird Georg »auf Händen getragen«. Man verwöhnt ihn mit »Champagner, Xeres- und Capwein«[1]

und Jacobi liest unveröffentlichte Gedichte seines Freundes Goethe vor, unter anderem eines mit dem Titel *Prometheus*, das Georg begeistert. Das Gedicht drückt ganz den rebellischen Geist der Sturm-und-Drang-Generation aus. Frei vom Zwang starrer weltlicher und religiöser Vormundschaft soll das schöpferische Genie seine Kräfte entfalten und sein Recht auf Freiheit und Glück verwirklichen. »Wähnest du etwa, / Ich sollte das Leben hassen, / In Wüsten fliehen, / Weil nicht alle Knabenmorgen- / Blütenträume reiften?«, wirft darin Prometheus dem Zeus vor.

Georg mag bei diesen Zeilen an seinen Vater in London denken, dessen Schatten auch in der Ferne auf ihm lastet. Beim Gedanken an ihn wird ihm jede Freude und jeder Genuss vergällt. Gern würde er etwas mehr haben von »Göthens Gefühl des Vertrauens auf sich selbst«[2]. Stattdessen schämt er sich dafür, dass es ihm im Kreis um Jacobi so gut geht und er sich so wohl fühlt, während die Familie in London am Hungertuch nagt. Das schlechte Gewissen verfolgt ihn bis in die Träume: »O gewiß, die Wonne, die mich bei Tage umgiebt, muß ich Nachts doppelt büßen.«

Von Düsseldorf reist Georg weiter nach Kassel. Dort residiert jener Landgraf Friedrich II., den Georg ein »Unthier« genannt hat, weil er seine Soldaten im amerikanischen Unabhängigkeitskrieg an die Engländer verschachert. Aber solche Abneigungen kann sich Georg in seiner Situation nicht leisten. Er muss »hofieren« und »wedeln«, um sich die Gunst der einflussreichen Herren zu erwerben und seinen Vater anzupreisen. Als der Landgraf von Hessen-Kassel ihm sein Kabinett von Antiquitäten zeigt, nutzt er die Gelegenheit zu bemerken, wie glücklich sein Vater über den Anblick einer »so großen, seltenen, schönen Sammlung« sein würde.[3] Und nach einem Abendessen, das der Minister von Schlieffen zu Georgs Ehren gegeben hat, berichtet Georg zufrieden seinem Vater nach London, dass bei Tisch immer nur auf das Wohl des alten Forster getrunken worden sei. Der Landgraf jedoch kann sich nur zu einem Geldgeschenk an Reinhold Forster entschließen, eine Anstellung ist ihm zu kostspielig. Ein Mann mit einer so großen Familie, der noch dazu völlig verschuldet ist, würde ein zu hohes Gehalt erfordern.

Georg will schon enttäuscht von Kassel abreisen, als man ihm einen unvermuteten Vorschlag macht: Er selbst soll doch als Professor in Kassel bleiben, an der hiesigen Lehranstalt, dem Collegium Carolinum. Das Angebot bringt Georg in Verwirrung. An sich selbst hatte er nie gedacht. Ratlos versucht er noch einmal, die Gunst des Landgrafen auf seinen Vater zu lenken, und er treibt seine Selbstverleugnung so weit, dass er, wie Therese später schreibt, »in Gefahr stand, seine eigene Versorgung zu verscherzen«[4].

Doch die Wahl des Landesfürsten steht fest. Ein Georg Forster als Professor in Kassel, das ist ein ähnliches Aushängeschild wie Goethe am Hof des Herzogs von Weimar-Eisenach. Entsprechend großzügig soll auch die Entlohnung des jungen Gelehrten sein. Freie Wohnung, ein Anfangsgehalt, das weit über der Bezahlung lang gedienter Lehrer liegt, Zeit genug, um sich den Übersetzungsarbeiten für die Berliner Verleger widmen zu können.

Georg nimmt schließlich die Stelle an. Aber wie soll er nun dem Vater den überraschenden Ausgang seines Kasseler Aufenthalts beibringen? In einem Brief an Reinhold stellt er die Sache so dar, als ob er die angebotene Stelle sich nur habe aufdrängen lassen, um ihm, dem Vater, dadurch zu helfen. Aber gegenüber Spener äußert er die Befürchtung, dass man in London seine »Selbstverläugnung« verkennen wird.[5] Besorgt schreibt er Anfang Januar 1779 nach Paddington Green: »Immer wünsche ich, daß mein Entschluß, die Professur in Kassel anzunehmen, gefallen möge.«[6]

Der Landgraf gewährt Georg Urlaub, um seine Geschäfte in Berlin abzuwickeln. Und so setzt Georg seine Reise durch Deutschland fort. Nun nicht mehr als Bittsteller, sondern als wohlbestallter Professor der Naturkunde.

Kurz vor Weihnachten trifft er in Göttingen ein, der berühmten Universitätsstadt, die doch im Vergleich mit London wie ein Dorf wirkt. Georg Christoph Lichtenberg dichtete auf die kleine Gelehrtenrepublik:

»Berühmt in allerlei Bedeutung
Durch Würste, Bibliothek und Zeitung,
Kompendien und Regenwetter,
und breite Stein und Wochenblätter«[7]

Lichtenberg ist ordentlicher Professor in Göttingen. Der kleine verwachsene Junggeselle sorgt seit Monaten für Gesprächsstoff. Er hat im Frühjahr, beim Spaziergang auf dem Wall, das junge, dreizehnjährige Blumenmädchen Maria Dorothea Stechard, genannt »die Stechardin«, kennen gelernt und macht ihr nun den Hof. Lichtenberg kennt Georg von seinem Besuch in der Percy Street und lässt es sich nicht nehmen, den mittlerweile gefeierten Weltmann bei sich aufzunehmen, im Haus des Buchhändlers und Verlegers Johann Christian Dieterich. Zu Ehren des jungen Professors wird eine Abendveranstaltung gegeben, bei welcher Georg neben dem Professor Heyne sitzt, einer Koryphäe in seinem Fach, dem klassischen Altertum, und unbestrittenes geistiges Haupt der Universität. Die beiden sind sich sofort sympathisch.

Georg ist in den nächsten Tagen zu den »vornehmsten Professoren« eingeladen. Er besucht auch Heyne in seinem Haus am Ufer der Leine. Heyne hat eine kleine Tochter, Therese, erst vierzehn Jahre alt, die aber schon recht fleißig mit den Privatstudenten ihres Vaters flirtet. Meistens steckt Therese zusammen mit ihrer Busenfreundin Caroline, der Tochter des Professors Michaelis, die einmal Böhmer, dann Schlegel und dann Schelling heißen wird. Georg schenkt Caroline ein Stück Stoff aus Tahiti. Das Mädchen lässt sich daraus ein Kleid machen, mit dem sie in der Göttinger Gesellschaft Aufsehen erregt.

In Göttingen gibt es viele Professorentöchter, die auf eine gute Partie warten. »Wer in Göttingen einen Professor besucht, der eine mannbare Tochter hat, der muß gleich ein Auge auf die Tochter haben wollen«, schreibt Georg später an Friedrich Jacobi.[8] Bei seinem ersten Besuch in Göttingen ist Georg nicht in der Verfassung, die interessierten Blicke der jungen Frauen zu bemerken, zu sehr bedrückt ihn die erwartete Reaktion des Vaters auf seine Blitzkarriere in Kassel. Was er sucht, ist eine mütterliche Freundin, der er seine Sorgen anvertrauen kann, und die findet er in der zweiundzwanzigjährigen Philippine Gatterer, der Tochter des Geschichtsprofessors Johann Christoph Gatterer. »O! ich will nicht mehr einsame Nächte durchweinen«, schreibt er an Philippine im *Werther*-Ton, »und wenn bange schauerliche Melancholie mit schweren Fittigen mich umflattert – will ich mir zurufen: ›Sie gebot Dir fröhlich zu seyn.‹«[9]

Noch hat Georg keinen Grund, fröhlich zu sein. In Braunschweig, seinem nächsten Reiseziel, erreicht ihn der mit Bangen erwartete Brief des Vaters. Er übersteigt seine schlimmsten Befürchtungen. »O lieber, theurer, bester Freund«, schreibt er an Spener, der ungeduldig in Berlin wartet, »wenn Sie gewußt hätten, was ich den Morgen für Briefe aus London bekommen hatte, Sie müßten nicht anders von dem Ihrigen gehofft haben, als daß er mir in Gnaden *den Rest* geben würde.«[10] Der Brief Reinholds ist nicht erhalten. Aber vermutlich wirft er Georg darin in seiner unverblümten Art vor, die Familie verraten zu haben, nur um sein eigenes Schäfchen ins Trockene zu bringen.

Georg ist völlig demoralisiert. Verzweifelt hält er Ausschau nach einer helfenden Hand, um die Seinen in London von seinem guten Willen zu überzeugen. Er besucht Gotthold Ephraim Lessing im nahe gelegenen Wolfenbüttel, wo der berühmte Dramatiker als Bibliothekar eine Anstellung hat. Lessing liegt immer noch im Streit mit dem Hamburger Hauptpastor Goeze um die bibelkritischen Fragmente des Samuel Reimarus. Weil ihm der Herzog Carl von Braunschweig weitere Veröffentlichungen theologischer Art verboten hat, arbeitet Lessing nun an einem Drama, das er *Nathan der Weise* nennen wird. Aber wichtiger als der kurze Abstecher nach Wolfenbüttel wird für Georg die Bekanntschaft mit Herzog Ferdinand von Braunschweig. Der Herzog ist als Oberhaupt der deutschen Freimaurer ein einflussreicher Mann und er verspricht, unter seinen Ordensbrüdern eine Hilfsaktion für den bedauernswerten Reinhold Forster anzuregen.

Das Angebot des Herzogs ist ein erster Lichtblick: Vielleicht wird es gelingen, Reinhold Forster von seinem Schuldenberg zu befreien. Solange er seine Schulden nicht beglichen hat, darf er England nicht verlassen. Aber auch dann braucht er eine »Fluchtstätte«[11], eine Stellung in Deutschland, wo er mit seiner Familie unterkommen kann. Nicht umsonst hat Reinhold Georgs Reisebericht Friedrich II. gewidmet. Er erwartet vom Preußenkönig, dass er ihn aus der prekären Situation in London befreit.

Mit dieser Hoffnung reist Georg Ende Januar 1778 nach Berlin. Die preußische Hauptstadt ist im Begriff, eine Weltmetropole zu werden. Was die Freizügigkeit der Sitten und die ausschweifende Lebenslust anbelangt, hat sie dieses Niveau schon erreicht. Der Bildhauer Schadow schildert in seinen Memoiren das Berlin dieser Jahre als großes Staatsbordell, in dem man Frauen und Mädchen »um die Wette« angeboten habe. Georgs Deutschland-Bild erhält den ersten Riss. Er ist empört über die »Üppigkeit, Prasserei, ich möchte fast sagen Gefräßigkeit«. Und statt der außerordentlichen Männer, die er zu treffen hoffte, findet er »den Stolz und den Dünkel der Weisen und Schriftgelehrten«[12].

Während seines fünfwöchigen Aufenthalts ist Georg in nahezu sechzig Häuser eingeladen. Er ist es bald müde, die immergleichen Fragen zu seiner Weltreise zu beantworten, und es fällt ihm zunehmend schwerer, freundlich mit Leuten verkehren zu müssen, die ihm eigentlich zuwider sind. Aber seine Liebdienerei hat Erfolg. Der Minister von Zedlitz ist bereit, Reinhold Forster als Professor nach Halle zu holen. Die freudige Nachricht schreibt Georg sofort nach London.

Nach all seinen Anstrengungen in Berlin hat Georg das Gefühl, genug für den Vater und die Familie getan zu haben. Er will nun auch einmal an sich selber denken. Vielleicht deswegen ändert er auf dem Rückweg nach Kassel seine Reiseroute. Er fährt nicht, wie geplant, über Weimar, sondern besucht den Fürsten von Anhalt-Dessau in dessen Schloss in Wörlitz. Der Fürst und seine Frau hatten die Forsters auf ihrer Englandreise in London besucht. Auf dem Landsitz des Fürstenpaars kann sich Georg ungestört erholen. Hier braucht er niemandem lieb Kind zu machen und er wird nicht mit lästigen Fragen bedrängt. Zum Abschied macht ihm der Fürst ein großzügiges Geldgeschenk. Georg schickt das Geld nach London. Dort lebt Reinhold Forster fast nur noch von solchen Geldgeschenken.

Am 31. März ist Georg wieder in Kassel, um seine Stelle als Professor der Naturgeschichte anzutreten. Seine Pflichten sind nicht allzu umfangreich. Am Collegium Carolinum hält er einmal die Woche ein wissenschaftliches Kolleg. Seine Zuhörerschaft besteht dabei nur aus vier oder fünf Studenten. Solche Hörerzahlen sind in Kassel normal. Das Collegium ist gedacht als eine Vorbereitungsschule für die Universität und findet nur mäßigen Zulauf. Als Georg Forster seine Lehrtätigkeit aufnimmt, besuchen insgesamt nur fünfundzwanzig Schüler die Anstalt. Neben dem Kolleg muss Georg noch Grammatikunterricht in der Kadettenanstalt halten, eine Tätigkeit, die ihn wenig befriedigt. »Ich segle um die Welt«, schreibt er missmutig an Spener, »und komme nach Kassel, zwölfjährigen Rotzlöffel ihre Muttersprache buchstabieren zu lehren.«[13] Mehr Anerkennung und Befriedigung erhofft sich Georg von seinen schriftstellerischen Aufgaben. Nach wie vor soll er für den Verleger Pauli in Berlin die Naturgeschichte Buffons übersetzen, außerdem hat er sich Spener gegenüber dazu verpflichtet, den Reisebericht seines Vaters, die *Observations*, ins Deutsche zu übertragen. Das Honorar dafür hat er bereits als Vorschuss erhalten. Die Bücher, die er zu dieser Arbeit braucht, hat er sich von England nachschicken lassen. Im April 1779 erfährt er, dass das betreffende Schiff vor Dänemark gestrandet ist. Er erhält zwar seine Kiste, aber der ganze Inhalt – Herbarien aus der Südsee, Bücher und ein Mikroskop – ist völlig verfault.

Weil Georg die benötigten Bücher auch in Kassel nicht bekommt, bleibt ihm nur die hervorragend ausgestattete Bibliothek in Göttingen. Er wendet sich an den Hofrat Heyne mit der Bitte, Bücher von dort ausleihen zu dürfen. Die Bitte wird ihm gewährt. Sooft es ihm seine Pflichten in Kassel erlauben, reitet Georg hinüber nach Göttingen, das nur einen halben Tagesritt entfernt ist. Dabei versäumt er es nie, beim Hofrat Heyne und seiner Tochter Therese anzuklopfen und Lichtenberg zu besuchen. Der hat zu Ostern 1780 die junge Stechardin zu sich genommen. Georg bekommt sie allerdings nie zu Gesicht. Der verwachsene Professor versteckt seine schöne Geliebte vor allen Besuchern.

Zu den schlechten Arbeitsbedingungen in Kassel kommt jetzt noch hinzu, dass Georg an seiner Bestimmung zum Hochschullehrer zu zweifeln beginnt. Die Routine des Lehrbetriebs und das systematische Dozieren, so bekennt er Jacobi, sind ihm völlig fremd. Georg hat seine ganzen Kenntnisse im unmittelbaren Kontakt mit der Wirklichkeit erworben. Er hat gelernt, dass in der Natur alles mit allem zusammenhängt und ein Naturforscher diesen Zusammenhängen nachgehen muss. Ein Problem isoliert zu betrachten und nicht nach seinem weiteren Sinn und Zweck zu fragen, das widerstrebt seinen innersten Überzeugungen. In einer Vorlesung am Carolinum wendet er sich gegen ein verbreitetes Gelehrtentum, das zu einem bloßen »Gedächtniswerk« verkommt. »Man zerstückte also die Wissenschaft […]. Es entstanden Facultäten, und in diesen fast unzählige Unterabtheilungen und Fächer. Jeder einzelne Theil der menschlichen Kenntnisse erhielt eigne Beobachter, die auf das Ganze Verzicht thun, sich nur einem Theil widmen sollten. Da entwich dem Körper die schönere Seele, und jedes erstarrte, abgeschnittene Glied wuchs durch innerliche Gärung zum Unhold eigner Art. Jeder schätzte nur die Wissenschaft, die er gewählt, und schien zu vergessen, daß sie nur in Verbindung mit den anderen das Glück der Menschheit befördert.«[14]

Georgs eigene Vorstellung vom Sinn der Wissenschaft trägt vielleicht dazu bei, dass er in Kassel kaum Anschluss findet. Er hat eine schöne Wohnung im noblen Viertel Oberneustadt, in Nachbarschaft zu vielen seiner Professorenkollegen. Aber er zieht sich lieber zurück und meidet jeden Umgang. Im Herbst 1780 lädt ihn der Schriftsteller Gottfried August Bürger, Verfasser der Ballade *Lenore*, zu einem Erntedankfest auf sein Gut Appendrode bei Göttingen ein. Bei dem fröhlichen Fest tanzt Georg kein einziges Mal. Er schreibt lieber abseits einen Brief. Jacobi versichert er, seine »Braut sey gewis und wahrhaftig keine andre als die Göttingische Bibliothek«.[15]

Sein alter Freund Vollpracht ist inzwischen erster Stadtprediger in Dietz an der Lahn. Mit ihm hat er nur noch Briefkontakt. Aber ein anderer guter Bekannter aus Londoner Zeiten zeigt Interesse, als Anatom nach Kassel zu kommen. Es ist Samuel Thomas Soemmerring, gleich alt wie Georg und ebenfalls im polnischen Preußen geboren. Georg setzt sich für seine Anstellung in Kassel ein. Kassel ist für einen aufstrebenden Anatom wie Soemmerring ein reizvoller Ort. Friedrich II. hat eine Menagerie mit zahlreichen exotischen Tieren, unter anderem einen Elefanten. Nach ihrem Tod werden die Kadaver der Tiere der Anatomie zur Sektion überlassen. Die Verhandlungen verlaufen erfolgreich, im Herbst 1779 hält Soemmerring seine Antrittsvorlesung. Er und Georg werden untrennbare Freunde. Georg gibt sogar seine Wohnung auf und zieht in ein Arbeiterviertel, nur um in Soemmerrings Nähe zu sein.

Am 14. September kommt ein Besucher nach Kassel, um den berühmten Georg Forster kennen zu lernen. In seiner Begleitung ist ein gewisser Oberforstmeister von Wedel. Georg isst mit den beiden Herren zu Mittag. Weil sie aus Weimar kommen, erkundigt er sich nach Goethe. Zu seinem Erstaunen antwortet der unbekannte Besucher, dass er selber Goethe sei. Und der Oberforstmeister ist kein anderer als der Herzog Karl August, der auf Reisen unerkannt bleiben will. In einem Brief an seinen Vater schildert Georg den dreißigjährigen Goethe als einen gescheiten, schnellblickenden Mann, »der wenig Worte macht«[16]. Goethe seinerseits schreibt in sein Tagebuch über den Abend mit Georg, dass man viel »geschwazzt« habe. Offenbar war Goethe etwas reserviert gegenüber der überschwänglichen Art Georgs, und bei Georg spürt man das Bedauern, gegen den fremden Mann so unbedacht offen gewesen zu sein. Ob Georg auch über seine geheimen Beschäftigungen gesprochen hat? Vielleicht hat Goethe etwas geahnt von Georgs Wandlung?

Goethe ringt seit Jahren mit dem Stoff zu einem Drama, dem *Faust*. Wie Georg ist auch dieser Faust ein Gelehrter, den sein Drang zur Wahrheit über das trockene Schulwissen, dem das »geistige Band« fehlt, hinaustreibt. Weil er wissen will, was die Welt im Innersten zusammenhält, hat er sich der Magie ergeben.

Georg hat in Kassel ebenfalls nicht nur Vorlesungen gehalten und junge »Rotzlöffel« unterrichtet. Er hat Eingang in Kreise gefunden, von denen er hofft, auf geheimen Wegen mehr über sich und die Natur zu erfahren.

X.
Bruder Amadeus

»Trotz aller Ergebung bleibt doch eine Leere im Herzen.«

Das Dorf Veckerhagen liegt nördlich von Hannoversch-Münden, an den Ufern der Weser. An einem Morgen im Spätsommer des Jahres 1780 kann man Georg beobachten, wie er sich auf einer Wiese zwischen Dorf und Fluss herumtreibt. Manchmal kniet er sich auch auf den feuchten Boden, um Erdproben in kleine Behälter zu füllen. Später, im Gasthof von Veckerhagen, schreibt er ein wenig enttäuscht an seinen »Herzensfreund« Soemmerring: »Auch heut Morgen war nichts gefallen. – – Grüsse unsern M.P.A. und F. und schliesse mich in dein Gebet ein, auf daß G.U.S.W.M.U.S. Amen. Dein getreuester B. A.«[1]

Um diese rätselhaften Zeilen entschlüsseln zu können, muss man einiges über Ziele und Umgangsformen der Geheimbünde wissen, die in der zweiten Hälfte des 18. Jahrhunderts ihre Blütezeit erleben. Die Aktivitäten dieser Verbindungen stehen oft unter strengster Geheimhaltung, dazu dienen auch eigene Ordensnamen, symbolische Handlungen, genau festgelegte Rituale und Formeln. M.P.A. und F. sind die geheimen Initialen von Ordensmitgliedern. B.A. steht für den Namen, den Georg im Kreise seiner Mitbrüder trägt: »Bruder Amadeus«, mit dem Zusatz »Sragorifonus Segenitor«, ein Anagramm aus »Ioannis Adamus Forster«. Soemmerring heißt »Marmessos Hermelion Magut«. G.U.S.W.M.U.S. ist der formelhafte Abschluss bei Schreiben und Gebeten und bedeutet: »Gott und seine Weisheit mit uns sei«. Und was Georg auf der Wiese gesucht und nicht gefunden hat, ist die so genannte »Sternschnuppensubstanz«. Aus ihr, so glauben Georg und seine Mitbrüder, könne man den Stein der Weisen gewinnen und mit dessen Hilfe wiederum Gold herstellen.

Was ist mit Georg geschehen? Ist aus dem pragmatischen Naturforscher ein religiöser Fanatiker und wissenschaftlicher Scharlatan geworden?

Georg macht in Kassel keineswegs das erste Mal Erfahrungen mit Geheimbünden. Schon in England haben er und sein Vater in freimaurerischen Zirkeln, den so genannten Logen, verkehrt. Dann, auf seiner Reise durch Deutschland, haben ihm seine Logenkontakte manche Tür geöffnet. Und dass der Herzog von Braunschweig eine Sammelaktion für Reinhold Forster unter den Ordensbrüdern initiierte, war nicht zuletzt dem guten Namen der Forsters in Freimaurerkreisen zu verdanken.

Schon kurz nach seinem Amtsantritt in Kassel ist Georg in die Loge »Zum gekrönten Löwen« aufgenommen worden. Für Georg, der sich den Zielen der Aufklärung verpflichtet fühlt, war das ein naheliegender Schritt. In diesem Orden findet er gleich gesinnte Männer, die wie er vom Wunsch beseelt sind, die aufklärerischen Ideale nicht nur in Schriften zu fordern, sondern im kleinen Kreis auch zu verwirklichen. Die Freimaurer verstehen sich als Keimzelle einer zukünftigen Gesellschaft, in der Zufriedenheit, Glück und wirtschaftlicher Wohlstand herrschen.

Das Mutterland der Freimaurerbewegung ist England, wo sie Anfang des 18. Jahrhunderts entstanden ist und sich dann rasch über ganz Europa verbreitet hat. Der Name »Freimaurer« ist dabei aus dem englischen Wort »freemason« abgeleitet, das den Architekten und Künstler bezeichnet, nicht den handarbeitenden »Maurer«. In ihren Riten und Symbolen lehnen sich die Freimaurer an die Tradition der mittelalterlichen Steinmetzzünfte, der Bauhütten, an, so auch in der Einteilung der Logenbrüder in Lehrling, Geselle und Meister. Wie die damaligen Baumeister wollen die Freimaurer sinnbildlich am »Tempel der Humanität«[2] weiterbauen und die Menschheit zu einer Vollkommenheit führen, zu der sie ihrer Meinung nach bestimmt ist. Das kann durch konkretes soziales Engagement oder durch persönliche Läuterung geschehen. Entsprechend dem Grundsatz der Gleichheit sollen in den Logen Standes- und Religionsunterschiede keine Rolle spielen. Aber an diesen Vorsatz hält man sich in der Wirklichkeit nur eingeschränkt. Handwerker und Juden beispielsweise werden in der Regel nicht aufgenommen.

Bei der Kasseler Loge »Zum gekrönten Löwen« handelt sich um eine Loge der »strikten Observanz«, das heißt, die Mitglieder sind zu strenger Geheimhaltung nach außen und gegenüber den Ordensoberen zu unbedingtem Gehorsam verpflichtet. Diese Ordensoberen, die inkognito bleiben, glaubt man im Besitz besonderer Geheimnisse, die aus der Zeit des 1312 verbotenen Templerordens über verschlungene Wege weitergegeben worden sein sollen. Die Ordnung der »strikten Observanz« ist sehr umstritten, weil sie nach Meinung vieler liberaler Freimaurer den aufklärerischen Idealen von Freiheit und Toleranz zuwiderläuft. In Georgs Kasseler Zeit gibt es deshalb viele Reformversuche. Georg allerdings verteidigt die strenge Logenhierarchie. Es sei, so führt er in einer Logenrede aus, der »Sieg der moralischen Freiheit«, dass »Brüder hier aus eigenem Antrieb ihren Brüdern gehorchen, alles ihnen opfern, nur ihr Gewißen nicht«[3].

Über seine Mitarbeit in der Loge »Zum gekrönten Löwen« ist Georg in Kontakt gekommen mit einer Bruderschaft, die sich in Kassel neu gegründet hat. Dieser neue Geheimzirkel bekennt sich zum Bund der »Rosenkreuzer«. Wie die Freimaurer wollen auch die Rosenkreuzer im Besitz eines geheimen Wissens sein, das ein Kreuzritter namens Rosicrucius im Heiligen Land gefunden haben soll. Aber mit solchen phantastischen Geschichten umgibt sich jeder Geheimbund, um den eigenen Ursprung in ein geheimnisvolles Licht zu tauchen. Neu an den Rosenkreuzern ist, dass sie noch straffer und strenger organisiert sind als die Freimaurer. Und was sie vor allem auszeichnet: Sie versuchen, die Erkenntnis der Natur mit der Gotteserfahrung zu verknüpfen. »Die nähere Kenntnis Gottes aus den Werken der Schöpfung«, wie es in einem Lehrbuch über rosenkreuzerische Experimente heißt.[4]

Diese Verbindung muss für Georg sehr anziehend sein. Er ist enttäuscht von einer Wissenschaft, die ihre einzige Aufgabe darin sieht, einen Haufen loser Tatsachen zusammenzutragen. Georg interessiert, wie die Kräfte der Natur zusammenspielen, und es geht ihm um die Frage, welcher Zweck in diesem Zusammenspiel sichtbar wird. Georg wehrt sich auch dagegen, die natürlichen Abläufe isoliert zu sehen. Für ihn umfasst die Wirklichkeit die Natur und den Menschen, alles ist *eine* Schöpfung. Und diese ganze Schöpfung durchläuft einen geschichtlichen Prozess, in dem ein Plan waltet, der nur ein Ziel kennt: Vervollkommnung oder »Perfektibilität«. Ist da der Gedanke nicht naheliegend, dass es einen göttlichen Lenker gibt, dem man vielleicht durch das Studium der Natur und durch religiöse Übungen in die Karten sehen kann?

Für solche Spekulationen ist im normalen Lehrbetrieb in Kassel kein Platz. Am Carolinum muss Georg trockene Vorträge halten und auch seine Kollegen und die wenigen Fachbücher, die er in die Hände bekommt, können seinen »brennenden Durst nach Gewißheit« nicht befriedigen. Georg kommt es vor, als ob das Studium der Natur zum »Spielzeug« jener Männer verkommen sei, »deren Gedächtnis für die Namen vieler Schneckenhäuser und Schmetterlinge Raum genug enthält«[5].

Mit seiner Unzufriedenheit ist Georg in seiner Zeit natürlich nicht allein. Es gibt einen weit verbreiteten Widerstand gegen das Bild vom Menschen und der Natur, das die Wissenschaften hervorbringen. 1748 erschien ein Buch des französischen Philosophen Julien de Lamettrie, dessen Titel das Programm dieser neuen Sichtweise sein könnte: *L'homme machine*, der Mensch als Maschine. Aus Angst vor einer entzauberten Natur wehrt man sich gegen den aufkommenden Materialismus und eine aufklärerische Vernunft, die für ihre Antworten keinen Glauben an eine übersinnliche Ordnung zu brauchen meint.

Aber es geht bei dieser Auseinandersetzung nicht nur um den Streit zwischen einem mittelalterlichen und einem neuzeitlichen Weltbild. Es geht für Georg auch darum, jetzt, da er selbst über sein Leben bestimmen kann, mit seinen widerstreitenden Anlagen zurechtzukommen. Unter dem Druck seines Vaters hat er gelernt, die Natur nach dem linnéschen System zu systematisieren und zu klassifizieren. Die Leblosigkeit einer solchen Natur empfindet Georg umso stärker, als auch sein eigenes Leben durch seine frühe wissenschaftliche Ausbildung und Arbeit an der Entfaltung gehindert worden ist. Im Dienst an der Wissenschaft musste er eigene Fragen und Bedürfnisse opfern. Jetzt, in Kassel, kann er zum ersten Mal selber sein Leben in die Hand nehmen und er will endlich jene Erfahrungen nachholen, die ihm als Kind und Jugendlicher verwehrt waren.

So gesehen, ist die Anziehungskraft, die die Rosenkreuzer auf Georg ausüben, verständlich. Zum einen findet er hier Freundschaft und Gemeinschaft, nach denen er sich immer schon gesehnt hat. Zum anderen kann er als Rosenkreuzer gegen die Welt seines Vaters rebellieren. Einen offenen Bruch kann und will Georg nicht vollziehen, er sucht eher einen Kompromiss: Er bleibt Wissenschaftler und gleichzeitig kann er – im Geheimen – seine Gefühle in einer schwärmerischen Religiosität ausleben.

Die Kasseler Rosenkreuzer richten sich in einem angemieteten Raum ein kostspieliges, voll ausgerüstetes Laboratorium mit verschiedenen Öfen ein. Dort sind Georg und Soemmerring oft tage- und nächtelang mit ihren Experimenten beschäftigt. Hauptsächlich arbeiten sie mit Quecksilber, Schwefel und Salpeter, aus diesen Grundstoffen hoffen sie ein Lebenselixier gewinnen zu können, das ihnen alle Kräfte der Natur dienstbar macht. Neben ihren Experimenten brüten Georg und Soemmerring über alchimistischen und kabbalistischen Büchern wie Wellings *Opus mago-cabbalisticum* oder der *Aurea Catena Homeri* und suchen daraus geheime Andeutungen zu enträtseln. Später, als er und Soemmerring sich von den Rosenkreuzern abgewandt haben, kann Georg sich nur darüber wundern, »wie tief wir drinne gesteckt haben, wie emsig wir in Kohle gesudelt, gebetet, Reden gehalten, und auf allerlei Art und Weise geschwärmt haben«[6].

Was Georg und Soemmerring in ihrem Labor treiben, ist eigentlich durch den Stand der Wissenschaften ihrer Zeit längst mehr als obskur. Die Chemie hat so gewaltige Fortschritte gemacht, dass die Alchimie ihre Bedeutung verloren hat. Trotzdem ist die Grenze zwischen einer erfahrungsgeleiteten Wissenschaft und pseudowissenschaftlichen Lehren noch sehr ungenau, es gibt noch offene Fragen wie etwa nach den Ursachen des Magnetismus oder nach der Brennbarkeit der Stoffe. Und in diesen Lücken hält sich hartnäckig ein alter Aberglaube, der durch schillernde Gestalten weite Verbreitung findet.

In Paris macht der Wunderheiler Franz Mesmer mit seinem »animalischen Magnetismus« die Leute verrückt; der Graf Cagliostro geistert durch ganz Europa und verkauft in Fläschchen ein Lebenselixier, das ewige Jugend spenden soll; und in England behauptet der ehrenwerte Dr. Price felsenfest, vor Zeugen Gold herstellen zu können.

Aber was veranlasst den nun wirklich nicht leichtgläubigen Georg, sich so tief in okkulte Praktiken und Gedanken zu verstricken? Neben seinem Hang zur Schwärmerei mag sein tief liegender Wunsch eine Rolle spielen, den *einen* Schlüssel zum Verständnis der *ganzen* Wirklichkeit zu finden. Georg würde nie akzeptieren, dass das Universum vom Zufall oder gar von einem unvernünftigen Willen regiert wird. Es muss für ihn eine »Intelligenz des Alls«[7] geben, einen Plan, in dem die Vervollkommnung der Natur und des Menschen beschlossen ist, und er hofft, mit seinen alchimistischen Experimenten der Natur dieses Geheimnis zu entreißen.

Georg nimmt mit Leib und Seele an den Exerzitien und

Experimenten der Rosenkreuzer teil. Ihrer Lehre nach ist die Schöpfung noch mangelhaft, sie sehen es darum als ihre Aufgabe, an der Verbesserung von Natur und Mensch mitzuwirken – und das heißt auch, sie von Mängeln und Fehlern zu befreien. Beim Menschen wird die ›Veredelung‹ durch gewissenhafte Erziehung, strenge Selbstprüfung und religiöse Hingabe erreicht. Die Natur andererseits kann man zu ihrem Ideal befreien, indem man »unreine« Metalle in »reine«, also Gold und Silber, verwandelt. Das ist der Ausgangspunkt für die Goldmacherei.

Zu einer Zeit, als Georg und Soemmerring noch in Rauch und Qualm nach den Lebensgeistern suchen, beschäftigt sich auch Johann Wolfgang von Goethe in Weimar mit naturwissenschaftlichen Studien. Was er entdeckt, ist, so schreibt er an Herder mit einem Seitenhieb auf die Alchimisten, »weder Gold noch Silber«, sondern das »os intermaxillare«, der Zwischenkieferknochen beim Menschen, der dessen Verwandtschaft mit dem Tier beweisen soll. Auch für Goethe ist die Natur beseelt. Aber er hütet sich davor, tiefer in ihre Rätsel einzudringen. »Sie spricht unaufhörlich mit uns«, schreibt er in einem Fragment, »und sie verrät uns ihr Geheimnis nicht.«[8] Für Goethe ist dieses Geheimnis »offenbar«, das heißt, nur dem erschließt es sich, der ehrfürchtig und ohne Entdeckerwut der Natur »zutraulich folgt«. Georg fehlt dieses Vertrauen und diese Gelassenheit. Er hat von Kindheit auf gelernt, dass man nur mit beharrlicher Anstrengung sein Ziel erreichen kann, und so will er jetzt auch mit allen Mitteln das Glück erzwingen, das ihm die Rosenkreuzer versprechen.

Das Engagement bei den Rosenkreuzern kostet Georg viel Kraft und Zeit. Er übernimmt das bedeutende Amt des Redners im Brüderbund, er macht Reisen in dessen Auftrag und besucht die regelmäßigen Treffen der Mitglieder.

Es ist ein Doppelleben, das er führt. Fast könnte man meinen, Bruder Amadeus und der Professor Georg Forster wären zwei verschiedene Personen. Von der religiösen Schwärmerei und dem nächtelangen Experimentieren des Bruders Amadeus darf kein Mensch außer seinen Mitbrüdern etwas erfahren. Seinen täglichen Geschäften geht Georg mit gewohnter Zuverlässigkeit und Sorgfalt nach, von seinem anderen Leben lässt er sich nichts anmerken.

Die Vormittage muss Georg nun im Naturalien-Kabinett des Kurfürsten zubringen, zu dessen Aufseher er ernannt worden ist. Vor der »Antiquarischen Gesellschaft« soll er regelmäßig Vorträge halten und aus Berlin treiben ihn Spener und Pauli an, die versprochenen Übersetzungen fertig zu stellen. Lichtenberg hat ihn dazu überredet, gemeinsam eine neue Zeitschrift zu begründen, das *Göttingische Magazin der Wissenschaften und Literatur*, und für Heynes *Göttingische Anzeigen von gelehrten Sachen* hat er zugesagt, Rezensionen zu liefern.

Georg ist von Arbeit überlastet, er wünscht sich »10 Hände und 3 Köpfe«[9]. Trotzdem reicht ihm das Geld nicht, das er damit verdient. Er verschuldet sich und seine Schulden werden immer höher. Das liegt nicht an einem zu niedrigen Gehalt. Georgs Einkommen als Professor ist überdurchschnittlich, im Oktober 1781 wird es sogar noch auf stolze 800 Taler im Jahr erhöht. Soemmerring bekommt im Vergleich dazu nur die Hälfte. Aber die Zahlungen nach London, die Anschaffung neuer Bücher und die Ausgaben für die Rosenkreuzer lassen ihm das Geld zwischen den Fingern zerrinnen. Im Herbst 1783 belaufen sich seine Schulden auf über 2000 Taler, also zweieinhalb Jahresgehälter. Georg nimmt Kredite auf und erhält von Spener Vorschüsse. Damit stürzt er sich aber nur wieder in neue Schulden, um alte zu begleichen.

Was seinen Umgang mit Geld angeht, zeigt Georg eine erstaunliche Ähnlichkeit mit seinem Vater, der auch Zeit seines Lebens nie Ordnung in seine finanziellen Verhältnisse bringen konnte. »Das verdammte Geld!«, klagt er – und fügt allerdings einsichtig hinzu: »Oder vielmehr das Unglück, daß ich nicht damit haushalten kann.«[10] Seine spätere Frau Therese hat sehr streng über Georgs Unfähigkeit, vernünftig zu haushalten, geurteilt. Er sei, so schreibt sie, in den »traurigen Irrthum« verfallen, »seinen Wohlstand auf die Größe seiner Einnahmen, nicht auf die Beschränkung seiner Ausgaben gründen zu wollen«. Für Therese ist Georgs Anspruch auf Überfluss daran schuld, dass er es nie vermochte, sich einzuschränken. »Jedesmal daß er […] von Entsagung spricht, ist dies immer relativ, und Entbehrung des Überflusses, nie des Nothwendigen, in einem vernüftigen Sinn.«[11]

Inzwischen ist wenigstens Georgs Vater in London schuldenfrei und in gesicherten Verhältnissen. Die von Herzog Ferdinand von Braunschweig eingeleitete Sammlung unter den Logenbrüdern war ein Erfolg. Auch das Angebot, an der Universität Halle zu lehren, hat Reinhold nach langem Hin und Her angenommen. Am 18. Juli 1780 verließ er mit seiner Familie London. Die Reise führte über Hamburg und Berlin, wo ihn Friedrich II. empfing. Reinhold verhielt sich gegenüber dem Preußenkönig wenig respektvoll. »Sire, ich habe bereits fünf Könige gesehen«, soll er gesagt haben, »drei wilde, zwei zahme; aber wie Ew. Majestät *keinen*.«

Zu Weihnachten 1781 besucht Georg zum ersten Mal seine Familie in Halle. Das Wiedersehen ist für ihn wenig erfreulich. Er steht ganz im Banne seiner Rosenkreuzerei und findet bei seinem Vater nicht die geringste Empfänglichkeit für die Gedanken, die seine »Glückseligkeit und einzige Freude« ausmachen. An Soemmerring schreibt er heimlich, er sei hier ganz aus seinem »Centro verrückt, und Du kannst es Dir vorstellen, wie mich nach Dir und unseren lieben Bundesbrüdern verlangt.«[12]

Georg betrachtet den Kasseler Bund der Rosenkreuzer als seine neue Familie. Aber er ist in dieser neuen Familie ebenso wenig glücklich wie in seiner alten. Er genießt in der Bruderschaft keine ruhige Zufriedenheit, er jagt eher einem versprochenen Glück hinterher. Die Kluft zwischen den Ansprüchen, die er aufstellt, und der Unvollkommenheit, die er an sich und anderen feststellt, wird immer größer. In seinen Briefen nimmt ein künstlicher religiöser Ton überhand. Es ist nur noch von »Selbstverleugnung« und »Schuld« die Rede, man müsse, so schreibt er an seine Schwester Regina, seine »Sinnlichkeit kreuzigen«[13]. Georgs Denken kreist unablässig um die Frage, wie er seine eigene »Vollkommenheit« erreichen kann. Um sich her dagegen nimmt er nur noch Verfall und Sünde wahr: »Wirklich, die Masse ist so verderbt, daß nur Blutlassen wirksam sein kann. Vom Throne bis zum Bauer sind alle zwischen inne liegenden Stände von dem, was sie seyn sollten, herabgesunken.«[14]

Von dem, was die Menschen sein sollten, hat Georg eine sehr hohe Vorstellung, es kommt einer paradiesischen Unschuld gleich. Kein Wunder, dass er selber hinter diesem Ideal zurückbleibt. Die Schuld dafür muss er aber wiederum bei sich selbst suchen. Denn nach der ›Philosophie‹ der Rosenkreuzer hängt es von der charakterlichen Lauterkeit eines Menschen ab, ob er in seiner persönlichen »Geistesreinigung« Fortschritte macht. Wenn ein alchimistisches Experiment nicht den gewünschten Erfolg hat oder wenn dunkle Schriftstellen unverständlich bleiben, so muss das ein Adept seiner Unreife und seinem mangelnden Wahrheitseifer zuschreiben. In diesem Teufelskreis ist jeder Bruder einem enormen moralischen Druck ausgesetzt. Ständig muss er die Spürhunde des Selbstverdachts auf sich hetzen. Ständig muss er, wie Georg schreibt, »wachsam auf jeden Flecken und dessen Ausrottung [...] seyn«[15].

Unter diesem Druck bröckelt Georgs Hochstimmung. Seinen Briefpartnern versichert er zwar wiederholt, zu welcher seelischen Ruhe er durch die Religion gefunden habe, aber er muss auch gestehen, dass »trotz aller Ergebung doch eine Leere im Herzen bleibt«[16].

Georg geht es nicht um mehr Wissen oder um eine gesicherte, angenehme Existenz, es geht ihm um »Glückseligkeit«. Aber sein Versuch, diese durch eine quälerische Selbstzucht zu erreichen, hat ihn nicht glücklicher gemacht. Er muss feststellen, dass diese »Theorie der Glückseligkeit und die Praxis [...] bei mir nicht in aeqilibrio«, also nicht im Einklang stehen.[17]

Georg misst sich nun nicht mehr an einem unerreichbaren Selbstbild und verteufelt nicht mehr seine schwache Natur. Er nimmt jetzt seine sinnlichen Nöte ernst, auch wenn es ihn einige Überwindung kostet, wie in dem Brief, den er im August 1783 an Spener nach Berlin schreibt: »[...] nur der Geschlechtstrieb verschlägt mich jetzt zu oft in Gesellschaft (ich sage Geschlechtstrieb, denn so verkappt er auch ist, und so preziös die Argumente sind, die ich selbst mir zum Vorwand anführe, warum ich hie oder dort hingehen will, so bemerke ich doch mehrentheils, daß der Hauptgrund eine innere Unruhe und Unstetigkeit war, die mich nicht zu Hause sitzen ließen; Fleisch und Blut mit einem Wort!) [...].«[18]

Zu Georgs Unruhe und seinen persönlichen Zweifeln kommen noch äußere Ereignisse, die ihn von den Rosenkreuzern abrücken lassen. In den Logen werden jene Stimmen immer lauter, die mit dem Prinzip der strikten Observanz unzufrieden sind und nach einer Reform verlangen. Es sind Gerüchte im Umlauf, dass die Rosenkreuzer und Freimaurer von den Jesuiten unterwandert sind und zu deren Zielen missbraucht werden. Und schließlich kommt es zu einem tragischen Vorfall, der Georgs Glauben an seine Experimente erschüttert. Der berühmte Goldmacher Dr. Price nimmt sich das Leben, als er seine Versuche vor einer Delegation der »Royal Society« wiederholen soll.

Georgs schwärmerische Phase ist vorbei. Ihm ist, also ob er mit kaltem Wasser aus einem bösen Traum gerissen worden wäre.

Im Oktober 1783 macht er zusammen mit Soemmerring einen längeren Besuch bei Lichtenberg. Lichtenberg war in den letzten Monaten schlecht zu sprechen gewesen auf den »superfrommen Forster«[19], weil dieser die Mitarbeit an der gemeinsamen Zeitschrift arg vernachlässigt hatte. Auch den Schicksalsschlag, der sich im Leben Lichtenbergs ereignete, hat Georg nur beiläufig zur Kenntnis genommen. Am 4. August 1782 war seine Geliebte, die kleine Stechardin, gestorben, an einer Gesichtsrose.

Lichtenberg findet nun Georg völlig verändert und voller Arbeitsdrang. Die drei disputieren und experimentieren den ganzen Tag. Sogar über den Hecht, der zum Mittagessen aufgetischt wird, halten sie eine anatomische Lehrstunde. Aber was ihre Köpfe vor allem beschäftigt, ist die Erfindung der Brüder Montgolfier, die am 4. Juni 1783 das erste Mal öffentlich einen Ballon durch erwärmte Luft zum Steigen gebracht hatten. Im August hatte der Physiker Charles den Versuch mit Wasserstoff wiederholt. Sein Ballon ging bei einem Dorf nahe Paris nieder, wo ihn entsetzte Bauern, die zunächst glaubten, der Mond falle vom Himmel, in Stücke rissen. Georg, Soemmerring und Lichtenberg basteln selber kleine Ballons, die allerdings nicht so recht fliegen wollen.

Nach dem Besuch bei Lichtenberg ist Georg wie verwandelt. Er nimmt sich vor, ein neues Leben zu begingen, »nützlich und brauchbar in der Welt, und besonders in meinem Beruf« zu werden.[20] Schmerzlicher denn je spürt er aber, wie unmöglich es ist, diesen Vorsatz in Kassel umzusetzen. Die Arbeitsbedingungen sind für ihn alles andere als zufriedenstellend, aus seinen Schulden wird er auf absehbare Zeit nicht herauskommen und die rosenkreuzerischen Mitbrüder wollen ihn nicht so einfach aus ihren Fängen lassen. Es geht das Gerücht, untreue Mitbrüder müssen sogar um ihr Leben fürchten.

In dieser Misere kommt ihm ein Angebot, das ihm sein Vater aus Halle übermittelt, wie gerufen. Die Universität Wilna bietet ihm eine hoch dotierte Professur an, auch bei der Begleichung seiner Schulden will man ihm unter die Arme greifen. Georg sucht Rat beim Hofrat Heyne in Göttingen, der inzwischen zu einem väterlichen Freund geworden ist. Heyne bestärkt ihn, den Schritt nach Wilna zu wagen.

Georg fällt es umso leichter, Kassel zu verlassen, als das Collegium Carolinum in ernsthaften Schwierigkeiten steckt.

Die Studenten werden immer weniger und immer mehr Professoren wechseln zur Marburger Universität. Die Auflösung des Carolinums bahnt sich an.

In den letzten Monaten seiner Kasseler Zeit wird Georg mit dem Amt des Prorektors betraut. Rund um die Uhr muss er nun Reden schreiben, Besuche empfangen und an »Ministermahlzeiten« teilnehmen. Zum Namenstag des Landgrafen, am 5. März 1784, ist ihm die Gestaltung des Programms auferlegt. Zu diesem Anlass verliest er eine botanische Abhandlung unter dem Titel *Geschichte und Beschreibung des Brodbaums*. Der Vortrag findet viel Beachtung und zeigt, wie weit sich Georgs Denken vom Einfluss der Rosenkreuzer befreit hat. Seinen Ausführungen fehlt jeder Fingerzeig auf letzte Ziele oder gar einen göttlichen Plan.

Georg legt jetzt mehr Wert auf eine genaue Beschreibung und seinem großen Vorbild Buffon folgend interessiert er sich für die Geschichte der Natur. So zeigt er ausführlich, wie eng eine Pflanze wie der Brodbaum mit Lebensweise und Kultur eines Volkes verbunden ist und wie sich in ihrer Verwertung und Pflege auch die Entwicklung dieser Kultur spiegelt. Es ist diese Wechselwirkung von Mensch und Natur, auf die es ihm ankommt. In ihr soll der Mensch seine vielfältigen geistigen und sinnlichen Anlagen so weit wie möglich ausbilden und genießen. Darin liegt, so glaubt Georg jetzt, der Sinn des Lebens.

Zu Ostern reist Georg nach Göttingen. Vordergründig will er sich noch einmal mit Heyne über seine Zukunft in Wilna unterhalten. Doch bald rückt er mit dem wahren Grund seines Besuchs heraus: Er will um die Hand von Heynes Tochter Therese anhalten. Der alte Professor ist nicht wenig überrascht. Georg hat bei seinen Besuchen in Göttingen einige Male mit Therese geplaudert. Aber eine besondere Neigung für sie hat er nicht verraten. Georg selbst hat noch vor wenigen Monaten in einem Brief an Spener über eine mögliche »gute Partie« für sich spekuliert und dabei Therese Heyne ausdrücklich ausgeschlossen. »Jung, unschuldig, gesund und reich« sollte seine Auserwählte sein. Zumindest reich ist Therese Heyne nicht. Aber nach seinem tiefen Fall aus den Träumen der Rosenkreuzerei ist er auch in seinen Ansprüchen an eine zukünftige Lebensgefährtin bescheidener geworden. Er will jetzt sein Leben in Ordnung bringen. Und dazu scheint ihm Therese die richtige Wahl.

Nach einer Unterredung mit seiner Frau Georgine kann Heyne sich weder zu einem Ja noch zu einem Nein entschließen. Es kommt schließlich eine vage Zusage heraus. Eine endgültige Entscheidung will Heyne aufschieben, bis sich Georg in Wilna eingelebt hat. Offenbar will er abwarten, bis Georg sich von den ärgsten Schulden befreit hat. Georg hat sich mehr erwartet, er ist über den Ausgang seiner Werbung über »alle Maasse zerrüttet«[21].

Am 23. April 1784 verlässt Georg mit seinem Reisewagen Kassel. Soemmerring begleitet ihn noch bis Minden, dort nehmen die beiden Freunde tränenreich Abschied. Nachts um halb elf kommt er in Göttingen an. Sein Wagen rollt unter Theresens Fenster vorbei, keine zehn Schritt ist sie von ihm entfernt, »und doch so getrennt«. Im Arbeitszimmer des alten Heyne brennt noch Licht.

Georg übernachtet bei Lichtenberg, im Dieterichschen Haus. Früh am nächsten Morgen, nach ein paar Tassen Tee, bricht er wieder auf. Dieterich weint. Von Lichtenberg, dem der Abschied sehr zusetzt, muss er sich losreißen. Dem gnomenhaften Professor ist bange um Georgs Zukunft. Er hat das ungute Gefühl, dass Georg das ferne Wilna auch gewählt hat, um Buße zu tun für seine rosenkreuzerische Ausschweifung. Georg, so ahnt Lichtenberg, betrachtet Wilna »als sein Fegefeuer«[22].

Auf holperiger Straße fährt Georgs Kutsche aus dem verschlafenen Göttingen hinaus. In seinem Tagebuch hält er fest: »Der Morgen war schön und herrlich, und gelind. Alles lebte im Feld, die Anhöhen und Felder blickten mich in freundlichem Grün an, die Lerche stieg und sang, selbst die liebe melancholische Leine, die sich durchs Tal schlängelte, hatte ihren Reiz, ach sie kam ja so nahe bey dem Hause vorbey, wo mein Herz begraben liegt!«[23]

Die Reiseroute soll ihn über Leipzig, Dresden, Prag und Wien nach Krakau, Warschau und schließlich nach Wilna führen. Eine Strecke von weit über tausend Kilometern.

XI.
Wiener Lebenslust

»Mensch! Mensch! mußt du erst jetzt diese Erfahrungen machen!«

Bevor Georg Kassel verließ, hat er sich vom Kasseler Hofmaler Johann Heinrich Wilhelm Tischbein, einem Onkel von Goethes berühmtem Gefährten auf der Italienreise, malen lassen. Das Porträt zeigt einen fast dreißigjährigen Mann, dessen regelmäßige Gesichtszüge einerseits wach und klar, andererseits weich und schwermütig wirken. Georg hat eine offene Stirn, helle, wässerige Augen und eine markante Nase. Der Mund wirkt fraulich und Georg hat eine Neigung zum Doppelkinn. Sein langes braunes Haar ist seitlich gewellt und nach der Mode der Zeit im Nacken mit einem Band zusammengehalten. Was das Bild nicht zeigt oder diskret unterdrückt: Georgs Gesicht ist von den Kindblattern mit Narben bedeckt und der Skorbut auf der Seereise hat das Weiß seiner Augen gefärbt und seine Zähne gänzlich verdorben. Therese wird einmal über ihn sagen, er hatte das »Glück einer Art unschöner Männer, daß ihm die Frauen auf halbem Weg entgegenkamen«[1]. In Georgs Denken ist, nach seinen eigenen Worten, eine »Revolution«[2] vor sich gegangen. Alle Schwärmerei und Geis-terseherei hält er jetzt für Lug und Trug und er nimmt sich vor, sich nur noch an die Dinge zu halten, die handgreiflich vor ihm liegen. Statt in geistigen Höhen zu schweben, will er seine Reise dazu nutzen, Kenntnisse im Bergbau zu erwerben, um sich auf seine Aufgaben in Wilna vorzubereiten. Zu diesem Zweck besucht er die Bergbaustädte Clausthal und Zellerfeld im Harz.

Bei Hagel und Sturm kommt er in dem düsteren, von dunklen Tannenwäldern umgebenen Clausthal an und findet Quartier beim Vizeberghauptmann Trebra. Bei Trebra und seiner Frau trifft er Dr. Böhmer. Der junge Arzt ist mit Caroline Michaelis, der Freundin Theresens, verlobt. Im Sommer soll die Hochzeit sein. Böhmer weiß von Caroline, dass Therese Georg so gut wie versprochen ist. Caroline hat nämlich bei Therese eine Silhouette von Georg gesehen, Therese damit aufgezogen und ihre Entdeckung gleich brühwarm ihrem Verlobten mitgeteilt.

Am 27. April lässt der Sturm nach und es wird milder. Georg reitet mit Trebra und Dr. Böhmer nach Zellerfeld. Dort kleiden sie sich ein mit »Kittel, Berghosen und Arschleder« und fahren, das Grubenlicht in der Hand, in einen neu erbauten Stollen ein.[3] Georg macht sich kundig über Stollenbau und Gesteinsarten. Aber ganz bei der Sache ist er nicht. Er muss immer an Therese denken. Was und wie soll er ihr schreiben? Georg weiß, dass Therese in Göttingen viele Verehrer gehabt hat und noch hat, und ihn, Georg, kennt sie ja kaum. Außerdem hat der Hofrat Heyne verlangt, dass alle Briefe Georgs an seine Tochter durch seine Hand gehen. Das macht die Sache kompliziert. Offenbar nimmt Georg in seinem ersten Brief zu viel Rücksicht auf seinen mitlesenden Schwiegervater in spe. Denn Therese lässt bei ihrer Antwort durchblicken, dass ihr der Ton des Briefes etwas zu »kalt« sei.

Nach zwei Wochen im unwirtlichen Harz setzt Georg seine Reise fort. Über Nordhausen, Eisleben und Merseburg erreicht er am 12. Mai Leipzig. In der Stadt ist gerade Buchmesse. Georg trifft nach langer Zeit seinen alten Freund Spener wieder, auch der Verleger Voß sowie der Buchhändler Nicolai sind aus Berlin gekommen. Nicolai hat umfangreiche Nachforschungen über die Rosenkreuzer angestellt und überzeugt Georg davon, dass der ganze Geheimbund von den Jesuiten gelenkt wird. Georg schreibt beunruhigt nach Kassel an Soemmerring. Er hat Angst, dass sein Ausstieg aus dem Orden nicht hingenommen wird und die ehemaligen Bundesbrüder auf Rache sinnen. Manchmal glaubt er sogar, dass die Rosenkreuzer mit den Jesuiten in Wilna verbündet sind und er in eine Falle gelockt werden soll.

An einem schönen Frühlingstag kommt auch Reinhold Forster mit Georgs jüngstem Bruder Wilhelm vom nahe gelegenen Halle nach Leipzig. Reinhold hat sich in Halle mehr schlecht als recht eingelebt. Wie immer hat er Geldsorgen, mit seinen Kollegen an der Universität kommt er nicht zurecht, er hat sich schon viele Feinde gemacht und der einförmige Lehrbetrieb an der Universität behagt ihm gar nicht. Bei einem Ausflug auf die Funckenburg kommt es zwischen Georg und seinem Vater wieder zu einer jener Szenen, die Georg so fürchtet. Reinhold fühlt sich von aller Welt ungerecht behandelt, er macht Georg schwere Vorwürfe, beschimpft Spener gröblich, droht sich sogar das Leben zu nehmen, bis Georg ihm eine größere Summe Geld ausleiht, womit er den Alten wieder beruhigt.

Trotz dieses entsetzlichen Auftritts besucht Georg seine Familie in Halle. Aber wohl fühlt er sich dort nicht. Bei den Ausflügen hält er sich abseits und nutzt jede Gelegenheit, in einen Baum ein »T« oder »TG« einzuschneiden. In sein Geheimnis weiht er nur seine Schwestern ein, dem Vater erzählt er nichts von Therese.

Inzwischen hat Georg auch einen Brief von Therese erhalten, mit einer Silhouette von ihr. Mit der auferlegten Zurückhaltung bekennt sie ihm liebevoll, dass »ich Ihnen in einen noch nördlicheren Himmelstrich gern gefolgt wär'«[4]. Sie zeigt sich aber auch betrübt über Georgs Melancholie. Georg verweist in einer Antwort auf seine harte Kindheit und Jugend. Er sei durch seine Familie und seine Erziehung früh an Leiden gewöhnt worden. Das Leben einfach unschuldig zu genießen, das habe er bisher für gefährlich, ja für schädlich gehalten. Nun aber sei er auf dem Weg der Besserung. Er versichert, »daß ich mir's angelegen sein lasse, glücklich zu sein«[5].

Zufrieden und glücklich zu sein, das hängt, wie Georg gegenüber Soemmerring nun beteuert, immer auch von der körperlichen Verfassung ab. Seine »materielle Hälfte« gibt aber, wie schon so oft, Grund zur Klage: »Ein Elend, so einen Körper zu haben!«[6] In Leipzig und Halle plagen Georg »Koliken« und an seinem Fuß hat sich eine Entzündung gebildet. Die Schönheiten Dresdens, Georgs nächster Station, kann er nur unter Beschwerden genießen. Als sich die Entzündung noch verschlimmert, nutzt er einen Ausflug zum Bergwerksort Freiberg, um einen Abstecher zum Kurort Töplitz zu machen. Die warmen Bäder, die Duschen und das entspannende Nichtstun bewirken eine fortschreitende Heilung.

Aber Georg macht sein Körper noch in einem anderen Sinn zu schaffen. Es ist die unerfüllte Sexualität, die sich trotz aller guten Vorsätze nicht unterdrücken lässt. Das Wort »Onanie« geistert durch sein Tagebuch. Einmal notiert er wie erschrocken: »Onanie trotz der besten Entschlüsse! mein Gott! was ist doch das?« Und die Schwäche wird sofort mit Schuldgefühlen bestraft: »[...] bös über das Geschehene, und die Strafe ahnend, scheint mirs, daß ich heute in der

Ecke stehe, von der dortigen Gesellschaft scheel angesehen und verachtet werde.«[7]

Bestimmt kostet es Georg Überwindung, seine kleinen Niederlagen dem Tagebuch anzuvertrauen. Als überzeugter Verfechter der Vernunft, der gerade einem Zirkel erklärter Sinnesfeinde entkommen ist, muss er einigen Mut aufbringen, um sich einzugestehen, dass körperliche Bedürfnisse manchmal stärker sein können als moralische Grundsätze und Ermahnungen. In einem Brief an seine Schwester Regina Barbara hat er den Gedanken geäußert, er könne sich nicht vorstellen, dass irgendeine Anlage des Menschen nicht gottgewollt sei und auch die »gröbsten Triebe« nicht ihren Nutzen haben sollten.[8] Georg lernt jetzt, wie nutzlos solche Einsichten sind, solange er nicht aus seiner Haut kann und seine körperlichen Bedürfnisse immer mit einem schlechten Gewissen verbunden sind. Er möchte mit sich einverstanden sein. Und er wünscht sich Menschen um sich, die ihn so nehmen, wie er ist.

Seine Reiseroute führt Georg nach Prag und dann weiter nach Wien, wo er am 29. Juli eintrifft. Die Kaiserin Maria Theresia, die große Gegenspielerin Friedrich des Großen, ist seit vier Jahren tot. Ihre letzte Tat war die Beendigung des bayerischen Erbfolgekrieges, den ihr Sohn und Nachfolger Joseph angezettelt hatte. Kaiser Joseph II. bewundert die amerikanische Idee der Menschenrechte, aber gleichzeitig will er den habsburgischen Vielvölkerstaat nach preußischem Muster vereinheitlichen. Unter seine Ära fällt die Aufhebung der Leibeigenschaft, aber auch die Auflösung von 1300 Klöstern und die Unterdrückung und Vertreibung von Landeskindern, die protestantischen Glaubens sind.

Im Wien des Sommers 1784 ist von Intoleranz nichts zu

spüren. Die Stadt sprüht vor Lebenslust und Kunstbegeisterung. Kein Vergleich zum öden Kassel, wo eine strikte Kleiderordnung bestand und sich kaum jemand für Theater und Literatur interessierte. Georg wird von der Lebensfreude der Einwohner förmlich mitgerissen. Er lebe hier »in einem Wirbel von Einladungen, Besuchen und Gegenbesuchen, die mich kaum zu Athem kommen lassen«, schreibt er überschäumend an Soemmerring, der in Kassel ohne seinen Freund Trübsal bläst.

Eine besonders herzliche Aufnahme erfährt Georg beim Hofrat Ignaz Edler von Born. Der Hofrat ist sozusagen ein Märtyrer der Wissenschaft. Er hat sich durch wissenschaftliche Selbstversuche und Stromstöße fast zum Krüppel gemacht, worunter seine Gutmütigkeit und sein heiteres Gemüt aber nicht gelitten haben. Born hat zwei Töchter, die Mimi und die Peppi (eigentlich Maria Aloysia und Josepha Theresa), »ein paar niedliche Mädchen«, wie Georg findet. Die Mimi und die Peppi sind alles andere als prüde. Sie toben mit Georg herum wie kleine Kinder und sind dabei auf die natürlichste Art ungeniert. Es ist erstaunlich, wie schnell Georg in ihrer Gesellschaft seine frühere Gehemmtheit ablegt. Die Mädchen lassen es sich gefallen, wenn Georg sie umarmt und ihnen zärtliche Küsse auf den Busen drückt. Sie bringen Georg auch bei, wie man »löffelt« – so nennt man in Wien recht plastisch eine ausführliche Form des Schmusens und Poussierens. »Viel gelöffelt«, resümiert Georg dann auch selig zufrieden nach einem turbulenten Abend.[9]

Der Hofrat Born macht sich ein Vergnügen daraus, Georg in die oberen Kreise der Wiener Gesellschaft einzuführen. Georg, so scheint es, interessiert sich aber in dieser Stadt weniger für die Gelehrten und Politiker als für schöne Frauen und Familien mit jungen Töchtern. Für seine Übersetzung der dritten Cook'schen Reise hat er von Spener Kupferstiche mit Südseemotiven zugesandt bekommen. In Gesellschaft holt er gern diese Sammlung hervor und steht damit sofort im Mittelpunkt. Unter den Stichen befinden sich auch Abbildungen nackter Wilder und Georg nimmt zum allgemeinen Vergnügen diese Bilder zum Anlass, von seinen eigenen Erlebnissen in der Südsee zu erzählen. Auch der berühmtesten Schauspielerin Wiens, Kitty Jacquet, zeigt er die Stiche. Sie sieht ihn dabei mit ihren großen schwarzen Augen »gewaltig scharf« an.

Ist Georg einmal nicht bei Mimi und Peppi, dann besucht er Jeanette und Laura, die Töchter des Hofrats Franz Ritter von Raab, oder die von ihm hochverehrte Gräfin von Thun mit ihren drei Töchtern Elisabeth, Wilhelmine und Maria, »jede ein Engel von einer eigenen Gattung«[10]. Georg ist nicht mehr der introvertierte junge Mann, der bei Festen allein in der Ecke steht und traurigen Gedanken nachhängt. Bei den täglichen Abendveranstaltungen im Palais der Familie von Thun tanzt er ausgelassen und bei einem Ausflug nach Hadersdorf spielt er auf einer Wiese den Hirsch, der von den Mädchen bis zur Erschöpfung gejagt wird. Auf der Heimfahrt werden in der Kutsche »wie rasend« Kanons gesungen. »Mensch! Mensch!«, schreibt er in sein Tagebuch, »mußt du erst jetzt diese Erfahrungen machen?«[11]

Georgs Euphorie wird nur getrübt, wenn er an das ferne, kalte und bestimmt sehr langweilige Wilna denkt, wo er die besten Jahre seines Lebens verbringen soll. Er beginnt, seine Entscheidung zu bereuen. Wie gerne würde er in Wien bleiben! Und von allen Seiten wird ihm versichert, wie sehr man es sich wünsche, er möge hierbleiben. Und Therese? Georg zeigt seinen Gespielinnen oft ihre Silhouette, um sie und wohl auch sich daran zu erinnern, dass er schon versprochen ist. In seinen Briefen an sie verhehlt er nicht, wie glücklich er in Wien ist. Er will jetzt sogar allen gefallen, was er früher für eine »Todsünde« gehalten hat. Der Stolz, mit dem er Therese von seinem Erfolg bei den Frauen berichtet, ist sicher nicht frei von der Absicht, sich interessanter und Therese ein bisschen eifersüchtig zu machen. Er habe schon »eine Menge Frauenzimmer« gesehen, schreibt er berechnend, aber noch keine so kennen gelernt, »um sich auf irgendeine Art für sie zu interessieren«.[12]

Am 24. August 1784 ist Georg zum Kaiser in die Hofburg bestellt. Joseph II. unterhält sich mit ihm eine Stunde lang. Der Kaiser kann nicht verstehen, warum Georg ins halbwilde Polen gehen will, und er prophezeit ihm: »Nun, Sie werden nicht in Polen bleiben.«[13]

Georg zieht es nicht nach Polen. Noch drei Wochen lebt er in Wien in Saus und Braus, dann lässt sich sein Aufenthalt nicht mehr länger hinauszögern. Am 14. September, einem sonnigen Mittwoch, muss Georg Abschied nehmen: von Hofrat Born, von Peppi und Mimi, von Laura und Jeanette, die in Tränen und Wehmut zerfließen, von der hochverehrten Gräfin Thun und ihren engelsgleichen Töchtern. An alle verteilt er Abdrücke von seinem Wachsporträt, Kitty Jacquet schenkt er das Original. Voll von Abschiedsschmerz schreibt er in sein Tagebuch: »Warum? O warum Euch kennen gelernt, um Euch wieder und wer weiß auf wie lang zu verlieren? Ach daß es gut gehen möge mit mir!«[14]

Georg selbst erwartet nichts Gutes. Seine Sehnsucht nach dem Wiener »Paradies« ist zeitweise so stark und seine Zukunft in Wilna erscheint ihm in so düsteren Farben, dass er sich den Tod wünscht.

Über Brünn und Ostrau erreicht er die polnische Grenze. Es ist Herbst geworden, das Wetter ist regnerisch und es weht ein scharfer Ostwind. Die ersten Eindrücke vom Land seiner Bestimmung bestätigen seine Vorurteile. Die Orte sind armselig, die Menschen grob und trunksüchtig, die Landschaft monoton, nur sandiger Boden und dunkle Fichtenwälder, und die Unterkünfte verlaust. In Krakau und später in Warschau ist Georg entsetzt über die Baufälligkeit der Gebäude und die allgemeine »Unreinigkeit«[15]. Überall, wo Georg zu Gast ist, muss er sich der Sitte des Landes, fleißig dem Branntwein zuzusprechen, anschließen. Einmal, auf dem Schloss des Marquis Wielopolski bei Pinczow, erwirbt er sich sogar den Ruf eines »kaltblütigen englischen Säufers«. Aber diesen Beweis muss er mit einem gewaltigen Kater und einem verdorbenem Magen bezahlen. Ohnehin machen ihm sein Bein und rheumatische Beschwerden wieder zu schaffen.

In Grodno, nur noch 180 Kilometer vor Wilna, findet der Reichstag statt. Der Ort ist überfüllt von Abgeordneten, die Straßen sind überschwemmt von einem »Ozean von Kot«[16]. Georg wird dem polnischen König Stanislaus II. vorgestellt und nimmt an einer Versammlung des Unterhauses teil. Polen ist seit seiner Teilung 1772 ein Rumpfstaat, es herrscht ein Wahlkönigtum, das auch eine eingeschränkte Form der demokratischen Mitbestimmung zulässt. Aber die Auseinandersetzungen zwischen dem Senat und den Landesdeputierten lähmen die Entscheidungsfähigkeit der Regierung. Georg wird Zeuge tumultartiger Szenen im Unterhaus. Der Vorsitzende zerschlägt einen Hammer nach dem anderen, ohne dem Lärm Einhalt gebieten zu können.

Am 18. November erreicht Georg Wilna. Von weitem sieht

die in einem schönen Tal gelegene Stadt mit ihren vielen Kirchtürmen prächtig aus. Erst als Georg durch die Straßen fährt, bemerkt er die baufälligen Häuser und verschmutzten Gassen. Wilna ist nicht mehr die Stadt, die sie einmal war. Im 16. Jahrhundert soll sie noch 100000 Einwohner gehabt haben, jetzt, Ende des 18. Jahrhunderts, sind es nur noch 20000.

Wie überall in Europa, so ist auch in Polen der Jesuitenorden verboten. Papst Clemens XIV. hat den Orden 1773 aufgelöst. Im gleichen Jahr wurde in Polen eine staatliche Erziehungskommission gebildet, die das Erziehungswesen neu organisieren und die Bildungseinrichtungen des Ordens übernehmen sollte. Auch die Universität war früher in der Hand der Jesuiten. In einem Trakt der Universität, in dem vormals Ordenszöglinge untergebracht waren, werden Georg Räume als Wohnung zugewiesen. Die Zimmer sind klein, niedrig, kaum möbliert und reparaturbedürftig. Georg fragt sich zerknirscht, was wohl Therese zu ihrem neuen Zuhause sagen wird.

Nachdem er sich einen ersten Überblick über die Situation an der Universität verschafft hat, muss er erkennen, dass die meisten Versprechungen, die man ihm gemacht hat, entweder falsch oder weit übertrieben waren. An Spener schreibt er: »Es ist an Büchern, außer in der Botanik, wenig vorhanden, der Garten ist ein kleiner Winkel, der den Namen nicht verdient, und kein einziges Requisit eines botanischen Gartens hat, die Sammlung von Mineralien ist höchst jämmerlich.«[17] Und was noch schlimmer ist: Es besteht keine Aussicht, dass sich an diesem Zustand etwas ändern wird, denn der Fonds, von dem die Rede war, ist lächerlich gering.

Am liebsten würde Georg Wilna gleich den Rücken kehren. Aber er ist in der Hand der Erziehungskommission. Sie hat zur Tilgung seiner Schulden in Kassel viel Geld gezahlt, das er zurückzahlen müsste, wenn er Wilna vor Ablauf der vereinbarten acht Jahre verlässt. Außerdem: Was würden Hofrat Heyne und Therese von ihm denken, wenn er vor den ersten Widrigkeiten gleich davonläuft? Nein, er will zeigen, dass er sich auch in einer schwierigen Situation behaupten und unter schlechten Voraussetzungen etwas leisten kann.

Wie bescheiden die Bedingungen in Wilna sind, wird Georg noch deutlicher bewusst, als er im neuen Jahr mit seiner Arbeit beginnt. Die Zahl der Studierenden an der Universität liegt noch unter jener in Kassel. Außer acht königlichen Zöglingen, die ein sehr lückenhaftes Medizinstudium durchlaufen, sind es nur noch wenige, die den Namen Student verdienen. Und in den naturwissenschaftlichen Vorlesungen sitzen nur normale Bewohner Wilnas, die Unterhaltung suchen. Die Wirksamkeit, die sich Georg erhoffte, kann er also auch als Lehrer nicht entfalten.

Für seine berufliche Frustration bietet ihm das gesellschaftliche Leben in Wilna keinen Ausgleich. Mit seinen Kollegen an der Universität hat er kaum Umgang. Ein freundschaftliches Verhältnis verbindet ihn nur mit dem Medizin-Professor Langmayer, einem Wiener, bei dem Georg auch seine Mahlzeiten einnimmt. Der Kardinal Massalski, Vorsitzender der Erziehungskommission, lädt ihn oft zu Abendveranstaltungen ein. Dort wird beim Glücksspiel viel Geld gewonnen und noch mehr verloren. Das ist aber nicht das Glück, das Georg sucht. Wien hat andere Maßstäbe gesetzt.

Die Verzweiflung über die enttäuschten Hoffnungen und die hoffnungslose Zukunft entlädt sich bei Georg in einem Groll gegen Wilna, ja gegen die Polen allgemein. Er fühlt sich in eine Falle gelockt. Kein gutes Haar lässt er mehr an Land und Leuten. Er vergleicht die »Polacken«[18] sogar mit den Pässerähs auf Feuerland. In seinen Briefen ereifert er sich oft gegen die »polnische Wirtschaft«[19], die Faulheit der Bewohner, ihre Ungepflegtheit und ihren ungehemmten Branntweingenuss. »Die Polen sind Schweine von Haus aus, so Herren als Diener«, schreibt er an Soemmerring, der endlich auch den Absprung aus Kassel geschafft hat und nun Professor in Mainz ist, »[...] alles geht schlecht gekleidet, zumal das weibliche Geschlecht, putzen sie sich, so sitzt es wie der Sau das güldene Halsband.«[20]

Georg scheint sein schweres Los nurmehr erträglich, wenn er es mit Therese teilen kann. Er möchte nun endlich ein klares Wort von Hofrat Heyne haben, zumal ihm die Nachrichten, die ihn aus Göttingen erreichen, sehr zur Eile raten. Der junge Dr. Michaelis, Carolines Bruder, soll Therese den Kopf verdreht haben. Und im September soll Therese für längere Zeit nach Gotha gereist sein, um die todkranke Mätresse des Herzogs Ernst zu pflegen. Es wird gemunkelt, dass auch hinter dieser plötzlichen Flucht aus Göttingen Männergeschichten stecken. Im Mai schreibt Georg einen Brief an Heyne, der in einem so eindringlichen und flehentlichen Ton verfasst ist, dass dem Hofrat nichts anderes übrig bleibt, als seinen Segen zur Hochzeit zu geben.

Im Sommer will Georg nach Göttingen kommen, seine Therese heiraten und dann mit ihr nach Wilna zurückkehren.

XII.
Ins »Fegefeuer« nach Wilna

»Wir sind ja Gottlob einander genug.«

Während Georg in Wilna schon Betten, Nachtkommoden und »für die Hausfrau« Toilettenartikel und Küchengeräte bestellt, ist Therese in Göttingen in einer schwierigen Lage. Sie ist einem Mann versprochen, den sie eigentlich nur aus seinen Briefen kennt, und die sind wahrlich keine feurigen Liebesbriefe, sondern lesen sich eher wie Predigten. Offiziell soll niemand von der Verlobung auf Widerruf wissen, aber durch die Indiskretion ihrer Freundin Caroline Michaelis haben viele in Göttingen davon Wind bekommen.

Caroline heiratet im Juni ihren Dr. Böhmer und folgt ihm nach Clausthal, wo, wie sie ihrer Schwester trübselig berichtet, der Regen auf die grauen Schieferdächer der Häuser fällt. Für Caroline ist die Ehe mit dem jungen Landarzt nicht die Erfüllung ihrer Wünsche, die Verbindung geschah eher auf Wunsch ihrer Eltern und ihres Bruders, aber Caroline findet sich mit ihrem Schicksal ab.

Die meisten »Universitätsmamsellen«, so nennt man in Göttingen die heiratsfähigen Professorentöchter, sind unter der Haube.

Nur Therese noch nicht. Dabei ist sie hübsch, wenn auch keine Schönheit. Und sie ist intelligent und sehr lebhaft, manchmal vielleicht zu lebhaft und zu scharfzüngig. »Sie spricht unaufhörlich und immer witzig«, schreibt Caroline über sie.[1] In Göttingen hatten viele junge Männer Therese umschwärmt. Aber über kurze Affären und amouröse Abenteuer ging es nie hinaus. Das hängt sicher auch mit Thereses schwierigem Charakter und ihrer unglücklichen Kindheit zusammen.

Thereses Vater, der sich aus ärmlichen Verhältnissen zum angesehenen Professor hocharbeitete, hatte so gut wie nie Zeit für seine älteste Tochter, die er wegen ihrer Lebhaftigkeit »Ruschelhänschen« nannte. Und auch Thereses Mutter scheint sich um ihre Kinder genauso wenig gekümmert zu haben wie um ihren Mann und den Haushalt. Therese litt sehr unter der Verwahrlosung, die im Haus herrschte, und unter der Schamlosigkeit ihrer Mutter. So empört sie sich noch als erwachsene Frau über die »Indelicatesse, womit sie unvermeidliche Unannehmlichkeiten unseres Geschlechtes behandelte«[2].

Therese streunte in zerschlissenen Kleidern herum und bis zum Tod der Mutter 1775 musste sie mit ihren Geschwistern in einem Raum mit den Eltern schlafen. Noch tiefere Wunden hat bei dem Kind die eheliche Untreue der Mutter hinterlassen. Es ist der kleinen Therese nicht entgangen, dass die Hofrätin von Liebhabern besucht wurde. Über die Affären der schon älteren Frau Heyne gab es in Göttingen viel Klatsch und Therese schämte sich maßlos für ihre Mutter, sie hasste sie sogar. Umgekehrt empfing sie keinerlei zärtliche Gefühle. Ihr älterer Bruder Karl wurde ihr vorgezogen, weil er ein Sohn war, die jüngere Schwester Marianne, weil sie hübscher war. Später wird sie ihren Eltern ein bitteres Zeugnis ausstellen: »Ich erinnere mich keiner einzigen Ergießung von Liebe zwischen meinen Eltern und mir, solange ich lebe.«[3]

Weil Thereses Verlangen nach Zärtlichkeit und Liebe von niemandem erwidert wurde, musste sich das Mädchen auf sich zurückziehen. Sie entwickelte einen eigenen Stolz, der sie gegen Verletzungen wappnete, der ihr nach außen hin aber auch den Anschein von Hartherzigkeit gab. Dieser Stolz spornte sie auch dazu an, ihr Wissen zu erweitern. Dabei war sie allerdings auf sich allein gestellt. Es war allgemein unüblich, einem Mädchen eine systematische Ausbildung zukommen zu lassen – auch einer Professorentochter nicht. So verschlang Therese alles, was ihr an Büchern in die Hände kam: geschichtliche Werke, philosophische Abhandlungen, Gedichtbände und vor allem aus dem Englischen übersetzte Liebesromane.

Als Therese zwölf Jahre alt war, starb ihre Mutter. Hofrat Heyne ging kurz darauf eine neue Ehe ein, mit der zwanzigjährigen Georgine Brandes. Die junge Hofrätin aus wohlhabendem Elternhaus war für Therese in allem das Gegenteil ihrer Mutter und die beiden wurden wie vertraute Schwestern. Dennoch wurde Theresens Wunsch immer stärker, das Elternhaus zu verlassen und in feste Hände zu kommen. Die »19jährige Hexe«, wie sie sich selber nannte, gestand in einem Brief: »Wenn jetzt ein Mann, den ich haßte, meine Hand forderte […] ich machte mich elend, meinem Vater, meinen Geschwistern den Vorteil zu verschaffen.«[4]

Als der schüchterne Georg Forster in Göttingen aufkreuzte, war er Therese nicht unsympathisch, es war allerdings auch keine Liebe auf den ersten Blick. Ihr gefiel jedoch das feine und gesittete Betragen des stets sorgsam gekleideten jungen Mannes, und vor allem imponierte ihr der Ruhm des gefeierten Weltumseglers.

Georg in Wilna sieht seiner Hochzeit mit gemischten Gefühlen entgegen. Er ist fest davon überzeugt, dass er mit Therese glücklich sein wird. Allerdings macht ihm der Gedanke an das intime Zusammenleben mit ihr auch Angst. Er weiß, dass Therese von einer Liebe »à la Grenadiere« schwärmt – so nennt Lichtenberg ihre Schwäche für leidenschaftliche Liebschaften.[5] Georg dagegen hofft auf ein ruhiges, dauerhaftes, ein häusliches Glück. In einem Brief dämpft er schon vorsichtshalber mögliche Erwartungen Theresens: »[...] ich glaube nicht, daß Sie sich je über den zu feurigen Liebhaber beklagen werden, aber den treuen, den gutmeinenden, den dankbaren, den zärtlichen [...], den hoffe ich, werden Sie nicht an mir vermissen.«[6]

Solche Aussichten scheinen Therese anzuspornen, ihrer Sehnsucht nach schwärmerischer Liebe noch einmal freien Lauf zu lassen. In der Zeit ihrer Verlobung jedenfalls zeigt sie sich gegenüber Verehrern nicht sehr standhaft. Noch im Sommer 1785 verliebt sie sich heftig in einen jungen Studenten namens Friedrich Ludwig Wilhelm Meyer, der durch seine leichtlebige Art ganz Göttingen in Entzücken versetzt. Therese glaubt, die Liebe ihres Lebens gefunden zu haben. Aber sie muss ihre Gefühle im Zaum halten, ist sie doch eine versprochene Frau, die zur Treue verpflichtet ist.

In ihrem Inneren trägt sie einen Kampf aus zwischen ihren Neigungen und ihren Pflichten. Vielleicht denkt sie an ihre Mutter, die den braven Vater so schmählich betrogen hat. Ihr ist daran gelegen, dass »das Bild einer Kokette, eines Romanmädchens, das die Leute sich von mir machten«, verschwindet.[7]

Im Juli 1785 wartet man in Göttingen immer noch auf Georg. Hofrat Heyne erhält von ihm einen Brief, in dem er seine Verspätung mit »Abhaltungen ganz besonderer Art« entschuldigt. Er verschweigt, dass er lebensgefährlich an einem »Faulfieber« erkrankt war. Erst Ende Juli ist er wieder so weit hergestellt, dass er seine Reise antreten kann. Dieses Mal reist er nicht über Wien, er nimmt den direkten Weg über Breslau und Dresden. Und am 21. August kommt er in Göttingen an.

Georg bleibt nicht verborgen, dass es Therese in seiner Abwesenheit mit der Treue nicht so genau genommen hat. Er lernt ihren Verehrer Meyer kennen. Aber Georg ist nicht der Mann, der einen Nebenbuhler entschlossen in die Schranken weist. Im Gegenteil, er sucht Meyers Freundschaft, ja er will, dass alle drei, Therese, Meyer und er selbst, einen Freundschaftsbund schließen. Meyer wird jetzt »Assad« genannt, in Anspielung auf den Tempelherrn in Lessings *Nathan der Weise*.

Am 4. September findet die Hochzeit zwischen Georg und Therese statt. Und schon drei Tage später brechen die jungen Eheleute nach Wilna auf. Der Reisewagen ist schwer beladen mit einem riesigen Bettsack; mit in der Kutsche sitzt auch Marie, die als Magd nach Wilna mitkommen soll. Die Rückreise nützt Georg, um alte Bekannte zu besuchen und bei dieser Gelegenheit seine Braut vorzustellen. Nach Aufenthalten in Kassel und Gotha entschließt sich Georg auch zu einem Abstecher nach Weimar.

Goethe erweist sich als liebenswürdiger Gastgeber, von den Irritationen beim ersten Zusammentreffen in Kassel ist nichts mehr zu spüren. Goethe veranstaltet zu Ehren der Jungvermählten einen »griechischen Abend«, zu dem auch die Ehepaare Herder und Wieland geladen sind. Georg fühlt sich im Kreise dieser berühmten Männer so wohl wie selten und er genießt es, dass Therese »die Seele der Gesellschaft« ist.[8]

Auch in Halle, bei Georgs Familie, macht Therese einen

guten Eindruck. Besonders Vater Reinhold, der sich in der Rolle des alten Charmeurs gefällt, findet Gefallen an der lebhaften jungen Frau. Fast nebenbei lässt sich Georg von der Universität Halle den medizinischen Doktorgrad verleihen, um eventuell in Wilna als Arzt ein Zubrot zu verdienen.

Nach einem längeren Aufenthalt in Berlin, wo man bei Speners wohnte, geht es in Richtung auf die polnische Grenze. Das Wetter wird immer schlechter, in Polen regnet es seit Wochen. Bei Crossen, einem polnischen Grenzort, kippt der Reisewagen samt Bettsack auf dem schlammigen Weg um und landet in einer großen Pfütze. Therese zeigt sich ganz unbeeindruckt. Sie klettert aus dem Fenster, wobei sie die anderen Wageninsassen als Fußtritt benutzt, und spaziert auf der lackierten Wagenseite herum.

Georgs große Sorge, dass Therese über die primitiven Zustände in Wilna schockiert sein würde, erweist sich als unbegründet. Therese findet, Georg habe alles viel zu schwarz gesehen. Mit großem Elan macht sie sich daran, das neue Heim einzurichten und den Haushalt zu führen. Schon bald meldet Georg seinem Freund Soemmerring nach Mainz, er sei überzeugt, dass »die Ehe der glücklichste Zustand der Erde sei«. »Wir leben miteinander wie die Kinder und freuen uns wie Kinder; wir genießen unsere Liebe und wissen, daß alles übrige nichts wert ist.«[9]

Auch seine Bedenken, dass Thereses Lebhaftigkeit nicht zu ihm passen könnte, haben sich schnell zerstreut. Er findet jetzt, dass Therese nur mit ihm auf Dauer glücklich sein könne, weil ihr launenhaftes Temperament und seine besonnene Art sich ausgleichen und ergänzen würden.

In den ersten Monaten der Ehe wird Georg durch sein privates Glück für alle Widrigkeiten entschädigt, unter denen er ohne Therese so gelitten hat. Jede freie Minute verbringen sie nun zusammen. Sie nehmen gemeinsam ihre Mahlzeiten ein, lernen zusammen Polnisch und abends liest Georg Therese vor, am liebsten aus Herders *Ideen zur Philosophie der Geschichte der Menschheit*, das für ihn zu einer Art Bibel geworden ist. Vom öffentlichen Leben halten sie sich fern. Sie wollen nicht »verpolackisieren«, nicht auf eine »sarmatische Thierheit« zurückfallen, der nur »französischer Luxus« aufgepfropft sei.[10] »Wir sind ja Gottlob einander genug, meine Therese und ich«, versichert er Soemmerring.[11]

Anfang des neuen Jahres 1786 wird Therese schwanger. Ihr Leben ist nun noch mehr auf die Wohnung beschränkt. Die Hausarbeiten fallen ihr zunehmend schwerer. Sehr gerne würde sie öfter ins Freie kommen. Aber an Spazierengehen ist bei dem schlechten Wetter und den unbefestigten Wegen nicht zu denken und einen Wagen, wie ihn andere Professoren besitzen, können sie sich nicht leisten. Auch Georg hat jetzt nicht mehr so viel Zeit für sie. Er soll zur Unterhaltung vornehmer Frauen aus Wilna einen Kurs in Botanik halten. Wie schon in Kassel schafft es der sonst so rede- und schreibgewandte Georg nicht, einigermaßen frei zu reden. Er muss jeden Buchstaben seines lateinischen Vortrags vorher aufschreiben, was ihn viel Zeit und Mühe kostet.

Neben den Verpflichtungen an der Universität hat er sich eine Menge schriftstellerischer Arbeit aufgehalst. Für Spener muss er Cooks letzte Reise übersetzen, er will eine Preisschrift über Cook verfassen und der Verleger Campe hat ihn dazu überredet, ein Schulbuch über Naturgeschichte zu schreiben. Für alle diese Arbeiten ist Georg auf Bücher und Fachliteratur angewiesen, die er in Wilna nicht bekommt und die er sich aus Deutschland nur mit großen Schwierigkeiten liefern lassen kann. Oft dauert es Monate, bis endlich ein bestelltes Werk bei ihm ankommt, manchmal geht auch ein Paket auf dem Weg nach Wilna verloren.

Kein Wunder, dass sich Georg von aller Welt ausgeschlossen fühlt, noch dazu reißen auch viele freundschaftliche Kontakte nach Deutschland ab. Nur Soemmerring und der Schwiegervater Heyne schreiben regelmäßig. In Georg bricht die alte Verzweiflung über seine Lage wieder auf. Der Gedanke, dass er noch sieben Jahre in dieser »sarmatischen Wildnis«[12] bleiben soll, ist ihm unerträglich, er verflucht Wilna als sein »Exilium«, sein »Egypten«. Seine einzige Hoffnung ist, dass ihm eine andere Stelle angeboten und er aus Wilna freigekauft wird.

Im Sommer 1786 bietet sich für Georg eine Chance, die wissenschaftliche Welt wieder auf sich aufmerksam zu machen. In der *Berlinerschen Monatsschrift* hat der berühmte Philosoph Immanuel Kant aus Königsberg zwei Aufsätze veröffentlicht, in denen er sich mit der Frage nach der Abstammung des Menschen beschäftigt. Georg verfasst gegen Kant einen leidenschaftlichen Aufsatz. Dabei geht es ihm weniger um die strittige Frage, ob nun der Mensch, wie Kant meint, aus einem Stamm hervorgeht oder ob er auf mehrere Stämme zurückzuführen ist, wie Georg es für möglich hält.

Es ist Kants Art zu denken und zu argumentieren, die Georg zum Widerspruch reizt und gegen die er zu Feld zieht. Er, Georg Forster, hat die Welt durchreist und dabei die verschiedensten Völker und Menschenrassen studiert. Und jetzt soll er es hinnehmen, dass ein Stubengelehrter, der noch nie seinen Fuß aus seiner Heimatstadt gesetzt hat, sich auf diesem Gebiet ein Urteil anmaßt? Für Georg sind Kants Bemerkungen zur menschlichen Abstammung bezeichnend für dessen ganze Philosophie, die er allerdings nur oberflächlich wahrgenommen hat. Kants neuen Ansatz, nach den »Kategorien« in unserem Kopf zu fragen, die allen sinnlichen Erfahrungen vorausliegen und diese ordnen, versteht Georg als den Versuch, die Mannigfaltigkeit und Buntheit der Welt auf letzte abstrakte Wahrheiten zu reduzieren. Für Georg dagegen erfasst der Mensch die Wirklichkeit zuerst über seine sinnlichen Erfahrungen, aus denen er dann allgemeine Gesetze ableiten kann, die allerdings nie letzte Wahrheiten sein können. Es ist die unbestreitbare Evidenz der Dinge, nach der sich Georg richten will, und man darf, so drückt er es aus, »den Gegenständen nicht die Farbe seiner Brille leihen«[13].

In solchen Überzeugungen drückt sich auch Georgs gewandelte Lebenseinstellung aus. Er jagt nicht mehr, wie in Kassel, einem übernatürlichen Wissen oder dem »Wesen« der Dinge nach, sondern er will aus den gegebenen Möglichkeiten das Beste machen und damit zufrieden sein. Es gebe eben, so schreibt er an Soemmerring, »keine Glückseligkeit wie die erträumte der Engel im Himmel«[14] und Wilna scheint ihm der richtige Ort, um sich in dieser Entsagung zu üben.

Am 10. August 1786 bringt Therese ein Mädchen zur Welt. Es wird nach der Mutter benannt. Therese stillt das Kind selbst, sie mag es keiner polnischen Amme anvertrauen. Außerdem lässt sie sich ein zweites Dienstmädchen aus Göttingen kommen.

Am 17. August 1786 stirbt Friedrich II. von Preußen, der »Große«. An der Machtbörse Europa geraten die Kurse wieder ins Schwanken. Das russische Reich will seinen Einfluss erweitern. Es verstärkt seinen Druck auf Polen. Und im Verein mit dem österreichischen Kaiser beginnt die Zarin Katharina II. einen Krieg gegen die Türkei.

Georg verfolgt die politischen Vorgänge in Europa nur am Rande. Er hat andere Sorgen. Die Arbeit frisst ihn fast auf. Schon um fünf Uhr morgens beginnt er sein Tagwerk. In jeder Ecke seines kleinen Studierzimmers steht ein Tisch mit einem Band von Cooks Reisebeschreibung, nebst Tintenfass und Papier. Georg arbeitet ganz »fabrikmäßig«[15]. Ihm geht das Schreiben aber nicht leicht von der Hand, manche Passagen verfasst er bis zu zwanzig Mal neu. Abends ist er dann so erledigt, dass er sich Therese und dem Kind kaum mehr widmen kann und nur noch schlafen will.

Von Oktober an ist in Wilna Dauerfrost. An manchen Wintertagen sinkt das Thermometer unter dreißig Grad. Dabei ist es tagsüber monatelang duster wie bei einer Sonnenfinsternis. Georg leidet unter einem starken Husten, der seine Lunge angreift. Auch Therese kränkelt. Sie sehnt sich nach einem Ort, »wo ich Nahrung für meinen Kopf fänd, und Menschen um mich säh, die ich schätzen und für welche ich mich interessieren könnte«[16].

Georg geht es nicht anders. Er will weg aus »dieser Dreckstadt«. Spener teilt ihm mit, dass in Berlin die Stelle des Direktors des Botanischen Gartens frei ist. Auch die Wiener Freunde melden sich wieder und lassen Georg wissen, dass in der österreichischen Hauptstadt eine geeignete Stelle neu besetzt werden muss. Von einer ähnlichen Vakanz an der Universität Marburg berichtet auch der Hofrat Heyne. Aber alle diese Möglichkeiten müssen letztendlich scheitern, weil Georg durch seine Schulden an Wilna gefesselt ist. Und diese Schulden haben sich im Laufe der Zeit noch erhöht. Georg machte Ausgaben, die durch seine Einnahmen nicht gedeckt waren. Die Mitgift, die Therese in die Ehe brachte, war mehr als kläglich. Er sieht sich in die peinliche Lage gebracht, seinen Schwiegervater um Unterstützung bitten zu müssen.

Am 2. Juni 1787 sitzt Therese gerade beim Nähen, als sie durchs Fenster einen Mann in Uniform auf das Haus zugehen sieht. Er trägt die Uniform der russischen Marine und stellt sich als Kapitän Grigory Ivanowitsch Mulowsky vor. Der gut aussehende, junge Offizier wünscht Professor Forster zu sprechen. Als der Kapitän in Georgs Arbeitszimmer Platz genommen hat, übergibt er ihm einen Brief des Grafen Stackelberg, des Gesandten der Zarin, und nennt den Grund seines Besuchs: Er sei persönlich von Katharina II. beauftragt, eine Expedition mit fünf Schiffen in den Pazifik vorzubereiten und zu befehligen. Georg soll die wissenschaftliche Leitung des Unternehmens übernehmen. Im März 1788 sollen die Schiffe von England aus aufbrechen. Für seine Dienste will man Georg großzügig entlohnen. 4000 Rubel für die Vorbereitung, dann 2000 Rubel Jahresgehalt. Georgs Familie soll während seiner Abwesenheit versorgt werden und im Falle von Georgs Tod kann Therese mit einer Pension rechnen. Auch ist man bereit, die Schulden Georgs bei der Erziehungskommission zu übernehmen.

Georg hatte immer geglaubt, nur ein »Deus ex machina« könne ihn vor der Zeit aus Wilna retten. Jetzt ist dieser Gott tatsächlich da. Therese rät ihm zu, das Angebot anzunehmen.

Auch für sie bedeutet die Aussicht, Wilna zu verlassen, eine Erlösung – nicht nur, weil sie wieder in Gesellschaft kommen wird. Das isolierte Leben hat zu Missstimmungen in der anfangs so glücklichen Ehe geführt, die mehr sind als nur vorübergehende Krisen. Später wird Therese sogar behaupten, sie seien »vertraute Freunde«, aber »sehr unglückliche Eheleute« gewesen.[17]

Georg kann seine Begleiter für die Reise selbst bestimmen. Natürlich denkt er sofort auch an Soemmerring, der in Mainz die Trennung von seinem Freund Georg immer noch nicht verkraftet hat. Soemmerring ist von dem Vorschlag begeistert. Im Juni 1787, als der Weggang von Wilna schon beschlossene Sache ist, schreibt Georg an Soemmerring: »Noch wage ich es nicht recht, mich dem süßen Taumel der Idee zu überlassen, daß wir beide auf eine Art, die unsere heißesten Wünsche übertrifft, wieder vereinigt, gemeinschaftlich eine so tätige Laufbahn betreten, einander in die Hand arbeiten, für Ruhm und Glück zugleich sorgen, England, Lisabon, Madeira, Brasilien, Vorgebirge der guten Hoffnung, Neu-Holland, Neu-Seeland, Freundschafts-, Societäts-, Sandwichinseln, Küste von Amerika, Kurilische Inseln, Japan und China besuchen, und überall uns unserem Eifer für die Wissenschaft ungehindert überlassen werden!«[18]

Was Georg in seinem Freudentaumel irritiert, ist, dass Therese die Zeit seiner Abwesenheit partout nicht in Göttingen, sondern in Gotha verbringen will. Er besteht auf Göttingen und Therese beugt sich widerwillig.

Nachdem er seine Cook-Übersetzung beendet hat und alle Angelegenheiten geregelt sind, verlässt Georg mit seiner Familie am 20. August Wilna. An Spener schreibt er erleichtert: »Ich bin frei!«

XIII.
Leidenschaft und Trägheit
»Unser kleiner Bund heißt die Dreyeinigkeit.«

Göttingen ist festlich geschmückt, als Georg, Therese und das kleine »Röschen« am 16. September 1787 dort ankommen. Die Dekoration gilt jedoch nicht den Heimkehrern aus Wilna. Die Stadt hat sich herausgeputzt für das fünfzigjährige Jubiläum der Georg-August-Universität, das am nächsten Tag gefeiert werden soll.

Ganz Göttingen ist seit Wochen fieberhaft mit Vorbereitungen beschäftigt. Für den Professor Hollmann, den einzigen übrig gebliebenen Lehrer der ersten Stunde, war die Aufregung zu viel, er starb wenige Tage vor der Feier. Am Jubeltag selbst ziehen die Professoren in ihren Talaren, die Studenten, Vertreter der Geistlichkeit und des Hofes unter Glockengeläut und Musikklang durch die Straßen zur Pauliner Kirche.

Im Rahmen der Feierlichkeiten wird der siebzehnjährigen Dorothea Schlözer der philosophische Doktorgrad verliehen: Sie ist damit der erste »Dr. phil.« weiblichen Geschlechts in Deutschland. Die junge Frau Doktor darf allerdings die Urkunde nicht persönlich in Empfang nehmen, das gilt als »unschicklich«. Um dennoch ihre Ehrung mitzuerleben, schleicht sich Dorothea in die angrenzende Bibliothek, von wo sie durch ein zerbrochenes Fenster in die Kirche zur Festversammlung hinunterschauen kann.[1]

Auch Georg Forster wird geehrt. Er wird in die »Königliche Gesellschaft« aufgenommen. Von den Göttinger Professoren fehlt nur Lichtenberg. Er entschuldigt sich mit Halsschmerzen, aber jeder weiß, wie sehr er solche feierlichen Auftritte meidet.

Georg hat nicht vor, länger in Göttingen zu bleiben. Er wartet auf einen Brief von Kapitän Mulowsky, um dann gleich nach London weiterzureisen und dort die notwendigen Vorbereitungen für die Reise zu treffen. Für Therese mietet er eine Wohnung beim Pastor Weymann, dessen Haus am Wall liegt.

Tag für Tag, Woche für Woche vergeht, ohne dass eine Nachricht aus St. Petersburg eintrifft. Nichtsdestoweniger schaut sich Georg, wie verabredet, nach geeigneten Begleitern für die Expedition um. Was er braucht, sind Astronomen, Zeichner und weitere Naturforscher.

Im Oktober kein Wort aus St. Petersburg. Im November auch nichts. Dafür meldet sich Reinhold Forster aus Halle. Er will unbedingt an der Reise teilnehmen. Das hat Georg schon befürchtet. Soemmerring sitzt währenddessen in Mainz wie auf Kohlen. Er möchte endlich wissen, ob er seine Zelte dort schon abbrechen oder seine Pläne noch geheim halten soll. Georg beschwört Zuversicht: »Sorge nur, daß Du Hemden und Strümpfe genug mitnimmst.«[2]

Aber auch er wird langsam unruhig. Er kann sich die Verzögerung nur so erklären, dass die russische Admiralität durch den Krieg mit den Türken abgelenkt ist. Er vertreibt sich die Zeit mit Ausflügen nach Kassel und in den Harz, wohin ihn sein Schwiegervater und F. W. L. Meyer begleiten. Therese – und auch Georg – hatten Meyer aus Wilna viele schwärmerische Briefe geschrieben. Und nach der Rückkehr wurde Meyer, mittlerweile Bibliothekar und Professor in Göttingen, schnell wieder zum Hausfreund der Familie. Jeden Tag sitzt er mit am Mittagstisch. »Er ist unser Bruder und unzertrennlicher Freund«, schreibt Georg an Herder. »Unser kleiner Bund heißt die Dreyeinigkeit, und er heißt Assad.«[3]

Als im Dezember Georg immer noch nichts von seinen russischen Auftraggebern gehört hat, beschließt er, selbst aktiv zu werden. Er reist an Heiligabend nach Hannover zum königlichen Leibarzt Johann Georg von Zimmermann. Zimmermann, den Lichtenberg wegen seines Dünkels »Don Pomposo« nennt, unterhält gute Beziehungen zur Zarin und Georg bittet ihn, sich in seiner Angelegenheit an sie zu wenden. Zimmermann tut ihm, wenn auch zögernd, den Gefallen.

Während er in Göttingen auf eine Antwort der Zarin wartet, erhält Georg Anfang Januar einen Brief von Kapitän Mulowsky, der seine Befürchtungen zur Tatsache macht: Die Reise ist abgesagt. Grund ist der russisch-türkische Krieg. Georg ist maßlos enttäuscht. Die Aussicht, noch einmal die Südsee zu sehen, bleibt »ein schöner Traum«. Das einzig Tröstliche ist der Gedanke, dass die gescheiterte Expedition ihn immerhin aus Wilna befreit und zu einem schuldenfreien Mann gemacht hat. Seine berufliche Zukunft ist jetzt wieder völlig offen.

Überraschend verlässt Georg schon bald wieder Göttingen. Angeblich will er nach Berlin, um seinen Vater für eine frei gewordene Stelle zu empfehlen. Aber das ist nur ein Vorwand. Tatsächlich muss es zu einem Zwischenfall gekommen sein, der sein Verhältnis zu Therese tief erschüttert hat. Was genau passiert ist, lässt sich nicht sagen, da Therese später alle Briefe Georgs aus dieser Zeit vernichtet hat. Es sollte »das Geheimnis der beiden Gatten«[4] bleiben, warum ihrer Ehe kein Glück beschieden war. Dennoch macht Therese später Äußerungen, aus denen für »scharfsinnige Seelenkundige« manches erklärbar werden soll. So bekennt sie etwa in einem Brief: »Meyer hatte mich hingerissen, aber er wendete mich nie von Forster ab [...]. Aber auch ohne die Dazwischenkunft eines Dritten wäre meine Ehe für mich unselig gewesen, weil bei mir Gefühl und Geist allein herrschte, und ihn das Geschick mit einer tierischen, heftigen Sinnlichkeit begabt hatte.«[5]

Und an anderer Stelle heißt es: »Ich bin die gewißenhafteste Mutter, Hausfrau, und Freundin dieses edlen Mannes gewesen, aber eine unglückliche Gattin, denn mein Herz von Einbildungskraft und Lebhaftigkeit verführt suchte Liebe – als Leidenschafft – [...] aber er steifte sich auf eine in seinen Karakter sehr natürliche Art leidenschafftliche sinnliche Liebe von mir zu erzwingen.«[6]

Georg durchleidet in Berlin eine »Periode der Melancholie und halben Verrücktheit«[7]. Er kann nicht mehr schlafen, nichts mehr essen und schließlich wird er von einem heftigen Fieber befallen. Spener und seine Frau, bei denen er wohnt, kümmern sich um ihn.

Lichtenberg schreibt ihm, dass in Göttingen viele Gerüchte über ihn im Umlauf sind. Manche glauben, er sei in Berlin engagiert und komme nicht mehr zurück. Lichtenberg teilt ihm auch mit, dass Carolines Mann, Dr. Böhmer, in Clausthal plötzlich gestorben ist, er war erst einundvierzig Jahre alt. Georg kommt erst am 2. März nach Göttingen zurück. Meyer findet er nicht mehr vor, er hat schon acht Tage vorher die Stadt verlassen – für immer. Wahrscheinlich hat der Hofrat Heyne auf diese Lösung gedrängt. Georg hat in Briefen aus Berlin dem Schwiegervater seine Not geschildert.

Therese zeigt sich reuig. »Ich habe mit meinem lieben Weibe Rücksprache genommen«, schreibt Georg erleichtert an Spener, »alles ganz bis auf den Grund abgehandelt, und zu meiner größten Freude finde ich, daß sie über das Vergangene vollkommen einstimmig mit mir denkt, das unnatürliche, oder besser unzweckmässige des vorigen Verhältnisses einsieht und fortan durch mich glücklich sein zu wollen verspricht.«[8]

Mittlerweile ist Georg auch offiziell aus den kaiserlichen Diensten entlassen. Die Zarin gewährt ihm für die geplatzte Reise eine finanzielle Entschädigung, von der er bequem ein Jahr lang leben und seine weitere Zukunft planen kann. Katharina bietet ihm sogar eine hoch bezahlte Stelle als Lehrer in St. Petersburg an. Doch Georg lehnt dankend ab. Er will nicht noch einmal, wie in Wilna, in eine abgeschiedene Fremde ziehen und die Erfahrungen in Litauen haben ihn auch davon überzeugt, dass er nicht zum Lehrer taugt. Am liebsten würde er sich ganz seiner Schriftstellerei widmen. Aber dazu wirft sie zu wenig Geld ab. Es gibt in dieser Zeit nur wenige Schriftsteller, die ausschließlich von ihren Büchern leben können. Die meisten, auch die berühmten wie Goethe, Lessing oder Herder, stehen in Diensten eines Landesherrn, der ihnen genügend Zeit für das Schreiben lässt. Von Soemmerring erfährt Georg nebenbei, dass der bisherige Bibliothekar in Mainz, Johannes Müller, in den diplomatischen Dienst gewechselt ist. Er zeigt sich an der frei gewordenen Stelle interessiert.

Anfang April 1788 reist Georg nach Mainz. Er will sich persönlich um die Bibliothekarsstelle bewerben. Der Frühling hat schon Einzug gehalten. Die Bergstraße ist von Blüten übergossen. In Mainz will Georg möglichst unerkannt bleiben. Er mietet sich in einem Gasthof ein und trifft sich mit Müller und Soemmerring. Am nächsten Tag begleitet ihn Müller zum Kurfürsten Friedrich Karl Joseph von Erthal. Das Gespräch muss für Georg günstig verlaufen sein, denn schon drei Tage später schreibt er an Therese: »Mein Schicksal ist entschieden. Ich werde Bibliothekar an Müllers Stelle mit 1800 Gulden Gehalt.«[9]

Dass Georg gerade in Mainz eine berufliche Zukunft findet, ist eine kleine Sensation, denn in dieser Zeit ist es weder Protestanten noch Juden erlaubt, sich auf Dauer in der erzkatholischen Stadt niederzulassen. Mit diesem Verbot sollen alle Änderungen an der starren politischen und wirtschaftlichen Ordnung verhindert werden.

Im ohnehin rückständigen Deutschland ist das Kurfürstentum Mainz eines der konservativsten Länder. Es ist ein geistlicher Staat, in viele große und kleine Territorien zersplittert. Die Macht liegt in den Händen des so genannten Domkapitels, das sich aus Mitgliedern einiger weniger Familien des hohen Adels zusammensetzt. Das Domkapitel wählt den Landesfürsten, der zugleich auch Erzbischof ist. Ihre privilegierte Stellung nutzt die aristokratische Oberschicht in erster Linie dazu, sich fette Pfründe zu sichern und ein luxuriöses Leben zu führen. Der immense Reichtum des Adels kommt aber der wirtschaftlichen Entwicklung nicht zugute. In Mainz gibt es keine Fabriken, die Bodenschätze bleiben ungenützt, das Gewerbe ist immer noch durch eine mittelalterliche Zunftverfassung bestimmt und die breite Masse der Bevölkerung versinkt in Armut.

Georg erhält sechs Monate Urlaub, um sich in Göttingen auf seine neue Aufgabe vorzubereiten. Die Göttinger Bibliothek gilt in Deutschland als das Musterbeispiel einer Bibliothek schlechthin. Georg macht sich kundig über alles, was die Einrichtung und Organisation einer Bibliothek betrifft, und er nutzt das reiche Angebot an Büchern auch für zahlreiche schriftstellerische Arbeiten. Unter anderem schreibt er einen Aufsatz mit dem Titel *Über Leckereyen*, in dem er seinen »Materialismus« entwirft.

Materialist ist Georg nur insofern, als er sich gegen ein einseitiges Verständnis von Aufklärung wendet. Aufklärung heißt für ihn nicht nur Entwicklung des Denkens, sondern Entwicklung aller menschlichen Anlagen, vor allem auch der sinnlichen. Darum isst und trinkt man für Georg nicht nur, um satt zu werden und seinen Durst zu löschen. Essen, riechen, schmecken – das ist auch eine geistige Fähigkeit, ein Talent zum lebensfrohen Genuss, an dem sich der Stand einer Kultur ablesen lässt. Die goldene Fülle der Düfte und Geschmäcker will Georg auch mit seiner Sprache einfangen: »Gegohrene Säfte und Getränke, Aufgüsse aller Art, […] wohlriechende Essenzen, Pflanzenmilchen aus Öl und Gummi gemischt, einheimische aromatische Kräuter, und jene im heißen Erdstrich mit Feuer gesättigten Gewürze, wie Zimt und Vanille, Nelken und Muskat, Cayenne, Pimento und Pfeffer […].«[10]

Im September zieht Georg mit seiner Familie nach Mainz um. Er muss seine private Bibliothek, immerhin 1100 Bände, verfrachten. Mit nach Mainz geht auch Jeanette, eine Tochter Heynes aus zweiter Ehe, um deren Erziehung Therese und Georg sich kümmern wollen. Die nunmehr vierköpfige Familie bezieht eines der so genannten »Professoren-Häuser«, geräumige, dreistöckige Reihenhäuser mit klassizistischer Fassade.

Georg und Therese werden in Mainz schon sehnsüchtig erwartet, von jemandem, den sie noch gar nicht kennen. Es ist Ludwig Ferdinand Huber. Huber ist ein kleiner Beamter in sächsischen Diensten, aber im Grunde fühlt er sich zum Dichter berufen. Es liegt von ihm bereits ein unvollendetes Drama vor mit dem Titel *Das Heimliche Gericht*, das Friedrich Schiller, mit dem er eng befreundet ist, in seiner Zeitschrift *Thalia* auszugsweise veröffentlicht hat. Schiller ist allerdings von Huber etwas abgerückt. Er hat ihm vorsichtig geraten, nicht allzu sehr auf seine literarische Begabung zu setzen und lieber seine Beamtenkarriere voranzutreiben. Das hat Huber in tiefe Selbstzweifel gestürzt und er sucht nun nach einem neuen Förderer, der ihn in seinen dichterischen Plänen bestärkt. »Forsters werden in kurzem erwartet«, schreibt er an einen Freund. »Da glänzt mir doch ein Strahl von Hoffnung; sie soll auch sehr viel Geist haben.«[11]

Huber findet in Georg tatsächlich einen Freund und Anhänger. Georg macht ihm Mut, sein Drama fertig zu schreiben, und er nutzt seine Verbindungen, um das Stück auch auf die Bühne zu bringen. Mit Therese versteht sich Huber anfangs nicht sehr gut. Erst allmählich kommen sie sich näher, indem sie sich gegenseitig ihr Leid anvertrauen. Therese spricht über ihre unglückliche Ehe und sie hört geduldig und verständnisvoll zu, wenn Huber von seiner Verlobten Dora Stock erzählt oder darüber klagt, wie er seinen Brotberuf hasse und wie er an seiner Bestimmung als Dichter vorbeilebe.

Georg ist es recht, dass Therese einen Gesprächspartner gefunden hat. Er hat für sie wenig Zeit. Eine erste Besichtigung der Buchbestände, die er verwalten soll, fällt ziemlich deprimierend aus. Die Bücher befinden sich in verschiedenen Gebäuden. In einem sind sie einfach auf dem mit Papierschnitzeln bedeckten Boden gestapelt. Seit Jahren ist der Raum nicht entstaubt und gelüftet worden. Die fünfzigtausend Bände liegen wie Kraut und Rüben durcheinander. Viele Titel gibt es mehrfach, die meisten sind theologischen Inhalts und zahlreiche Bände sind für den wissenschaftlichen Gebrauch nicht mehr verwendbar – ein »Raritätenkasten«[12].

Georg sieht seine erste Aufgabe darin, einen geeigneten Raum für die Bücher zu finden und eine systematische Bestandsaufnahme durchzuführen. Dazu erstellt er ein penibel ausgearbeitetes *Pro Memoria* an die Regierung, in dem er sich für die Umsiedlung der Bibliothek in das leer stehende Klarissenkloster einsetzt. Der Bericht wird zur Kenntnis genommen, der Landesfürst zeigt sich aufgeschlossen – aber konkrete Schritte bleiben aus.

Der Winter 1788/89 ist hart und lang. Es gibt Minusgrade wie in Wilna. Im Januar setzt kurzfristig Tauwetter ein, der Rhein tritt über die Ufer. Die unteren Stockwerke der Häuser müssen geräumt werden. Georg, dessen Gesundheit seit seiner Weltreise so sehr vom Wetter abhängig ist, wird wieder durch Krankheiten geschwächt. Grippe, Rheuma, Koliken. Mit seinen guten Vorsätzen als Bibliothekar ist er fürs Erste ins Leere gelaufen. Ihm ist klar geworden, dass von ihm gar keine großen Taten erwartet werden, oder noch deutlicher gesagt: Dem Domkapitel ist es am liebsten, wenn er alles beim Alten belässt. Mit seiner Anstellung wollte man einen ›Mann von Ruf‹ gewinnen, der – ähnlich wie Lessing in Wolfenbüttel – das Ansehen des Landesfürsten aufwerten soll.

Georg nimmt seine Arbeit als Bibliothekar trotzdem sehr ernst. Mit seiner Forderung nach einem neuen Raum für die

Bibliothek lässt er nicht locker. Und solange die Entscheidung darüber auf die lange Bank geschoben wird, bemüht er sich, wenigstens das Durcheinander der Bücher zu ordnen. In der Bibliothek sind ihm drei Helfer unterstellt, die sich allerdings nur widerwillig zur Arbeit antreiben lassen. Umso eifriger durchkämmen sie dafür nach Feierabend die zahlreichen Weinlokale der Residenzstadt und am nächsten Morgen sind sie dann so verkatert und stinken so fürchterlich, dass es für Georg am gemeinsamen Arbeitstisch fast nicht auszuhalten ist.

Mehr als drei bis vier Stunden täglich muss Georg für seine Arbeit in der Bibliothek nicht aufwenden. Das stattliche Gehalt von fast 1800 Gulden, das er dafür bekommt, liegt weit über dem Einkommen von Soemmerring und den meisten anderen Kollegen. Und im Vergleich zu den 200 bis 300 Gulden, die ein Mainzer Handwerker im Jahr verdient, ist das eine astronomische Summe. Trotzdem kommt Georg mit dem Geld nicht aus. Im Jahr 1788 verschlingt sein Haushalt 3000 Gulden. Zu seinem festen Gehalt verdient er durch Übersetzen noch etwa 880 Gulden. Es bleibt also unter dem Strich noch ein Minus, für dessen Begleichung er auf das gesparte Geld der russischen Zarin zurückgreifen muss.

Das Übersetzen fremdsprachiger Reiseberichte ist für Georg immer noch die Hauptstütze seiner Einnahmen. Es ist ein einträgliches Geschäft, in dem jedoch ein unerbittlicher Konkurrenzkampf herrscht. Oft steht Georg unter einem enormen Zeitdruck, weil ihm ein anderer Autor eine Übersetzung wegzuschnappen droht oder weil er mit seiner Übersetzung zu einer der großen Buchmessen fertig sein muss. In Mainz fängt er damit an, sich Mitarbeiter heranzubilden, es entsteht eine Art Übersetzerwerkstatt. Einer seiner Zuarbeiter ist Huber, dem er vornehmlich die schöngeistigen Werke anvertraut. Aber eine noch wichtigere Stütze wird ihm Margarete Dorothea Forkel, genannt »Meta« Forkel, für die Gottfried August Bürger den Spitznamen »Furciferaria« erfunden hat, was im Lateinischen so viel heißt wie »Spitzbübin«. Sie ist ihrem Mann, dem Göttinger Musikdirektor Johann Forkel, davongelaufen. Der war pikanterweise früher der Liebhaber von Thereses Mutter gewesen.

Das Übersetzen ist für Georg beileibe keine mechanische Arbeit. Er betont immer wieder, wie viel Kreativität und sprachliches Einfühlungsvermögen dafür nötig sind. Dennoch fühlt sich Georg oft wie ein Galeerensträfling, der durch seine Verpflichtungen unerbittlich an den Schreibtisch gekettet ist. Um noch Zeit für eigene literarische Versuche zu finden, muss er sich strengste Selbstdisziplin auferlegen. Schon um halb fünf Uhr morgens sitzt er jeden Tag in seinem Arbeitszimmer und es ist erstaunlich, welche Produktivität er in Mainz entfaltet. Neben zahlreichen Rezensionen für den *Göttinger Anzeiger* entstehen unter anderem für den Verleger Archenholtz in Berlin eine *Geschichte der englischen Literatur* und für das *Neue Deutsche Museum* von Heinrich Christian Boie ein *Leitfaden zur künftigen Geschichte der Menschheit*.

Im April reisen Georg und Therese nach Pempelfort, dem idyllischen Landsitz Friedrich Jacobis bei Düsseldorf. Mit Jacobi hat Georg wieder einen Briefwechsel aufgenommen, der sich zu einem philosophischen Disput ausgeweitet hat. Der Anlass dafür war Jacobis Werk über den Philosophen Spinoza, das er Georg zur Beurteilung zugesandt hatte. Georg fühlt sich geehrt, aber er sieht sich lieber als philosophischer Dilettant, der sich vom Wortgeklingel und den hochfliegenden Gedanken der Metaphysiker fernhält. Wie schon in der Auseinandersetzung mit Kant, zeigt sich Georg gegenüber Jacobi als Feind alles Abstrakten. Philosophie hält er deswegen »im Leben für ziemlich entbehrlich«[13]. Er will nur eine »gesunde Philosophie« zulassen, sie soll sich damit begnügen, die Grenzen unseres Wissens aufzuzeigen und über die Dinge jenseits davon – zu schweigen. Die Grenzen unserer Erkenntnisfähigkeit überschreiten wir für Georg bereits, wenn wir nach einem »Wesen der Dinge« suchen. Und erst recht verlassen wir den Bereich des uns möglichen Wissens, wenn wir über Gott Aussagen machen. Gott ist für den früheren Rosenkreuzer nun etwas, das schlichtweg über unsere Gedanken hinausgeht, jenseits aller Begriffe liegt, und wir sollten uns stets darüber im Klaren sein, dass es immer nur unsere menschlichen Vorstellungen sind, die wir uns von Gott machen.

Diese Einsichten hängen für Georg unmittelbar mit einem praktischen Verhalten zusammen. Eben weil wir immer wieder neue Erfahrungen machen, die scheinbar sicheres Wissen als Vorurteile entlarven, ergibt sich notwendig das Gebot der Toleranz. Jeder soll nach bestem Wissen und Gewissen seine Meinung vertreten und gleichzeitig seine Irrtumsanfälligkeit einräumen. Kein Mensch, der eine andere Meinung hat, darf als Gegner betrachtet werden, denn der Gegner wird bald zum Feind, und der Feind zum bösen Menschen, und so fort.

Georgs Offenheit und seine vielfältigen Interessen machen sein Haus zum Treffpunkt für die wenigen freien Geister in Mainz. Besonders der Legationsrat Huber lehnt sich immer enger an ihn und Therese an. »Mit Forsters und mir fängt es an, sich sehr gut zu machen«, schreibt er an seinen Freund

Körner. »Wir sind nahe daran, einen Zirkel unter einander zu bilden, wie ich ihn so sehr brauchte.«[14] Der Freundschaftsbund im Hause Forster sorgt in Mainz für böse Gerüchte. Aber wie schon in Göttingen, widerstrebt es Georg, eifersüchtig über Thereses Liebe zu wachen. Auch das gehört zu seiner liberalen Einstellung. Allein Vertrauen und nicht Vorwürfe und Drohungen soll Grundlage seiner Ehe sein. Viele seiner Bekannten legen ihm das als fehlende Stärke aus, so Caroline Böhmer, die ihn unverhohlen den »schwächste[n] aller Menschen« nennt.[15]

Außerhalb seines häuslichen »Zirkels« ist es mit der Toleranz in Mainz nicht weit her. Überall herrscht die »vis inertiae«, die Kraft der Trägheit, die Georg manchmal schier zur Verzweiflung treibt. Anstatt seine Vorschläge zu einem neuen Bibliotheksraum zu befördern, werden hinter seinem Rücken Intrigen gesponnen und ihm nur Schwierigkeiten in den Weg gelegt. Manchmal hat Georg das Gefühl, das Jahrhundert wie das Menschengeschlecht rücke überhaupt nicht mehr vorwärts, sondern bewege sich in einer »unaufhörlichen Rotation«[16]. Daher hört er begierig die Nachrichten, die von jenseits der Grenzen, aus Frankreich, herüberdringen.

Am 17. Juni 1789 hat sich der dritte Stand, die Bürger der oberen und unteren Schichten, zur Nationalversammlung erklärt. Nachdem Gerüchte über die beabsichtigte Auflösung der Nationalversammlung aufgekommen sind, brechen im Juli in Paris Unruhen aus. Am 14. Juli stürmen die Massen das Pariser Staatsgefängnis, die Bastille. Die Adligen verlassen fluchtartig die französische Hauptstadt.

Georg schreibt an seinen Schwiegervater: »Was hat Ihnen denn zu der Revolution in Frankreich gedünkt? [...] Schön ist es aber zu sehen, was die Philosophie in den Köpfen gereift und dann im Staate zustande gebracht hat, ohne daß man ein Beispiel hätte, daß je eine so gänzliche Veränderung so wenig Blut und Verwüstung gekostet hätte. Also ist es doch der sicherste Weg, die Menschen über ihren wahren Vorteil und über ihre Rechte aufzuklären; dann gibt sich das übrige wie von selbst.«[17]

XIV.
Die Kunst des Reisens

»Das Maaß in unserm Kopfe allen Dingen anzupassen, macht uns zu Menschen.«

An einem nebligen Tag im Herbst 1789 fährt der kursächsische Gesandte Freiherr von Brünau in seiner Kutsche durch Mainz. In einer engen Gasse muss die Kutsche anhalten, weil eine Gruppe friedlich debattierender Studenten im Wege steht. Der Freiherr ist erbost über den unfreiwilligen Halt und befielt seinem Kutscher, die Studenten mit der Peitsche auseinanderzutreiben. Daraufhin kommt es zu einem Handgemenge, in dessen Verlauf der Student der Kameralistik Dittmeier dem Kutscher die Peitsche entreißt.

Der Vorfall hat ein langes Nachspiel. Umfangreiche Verhöre werden durchgeführt. Schließlich werden fünf Rädelsführer, darunter Dittmeier, ausgemacht, die sich beim Freiherrn von Brünau entschuldigen müssen. Zusätzlich werden Dittmeier und ein Kommilitone zu Karzer und Arrest verurteilt. In einer Eingabe protestiert Dittmaier gegen die Strafe. Er beruft sich auf sein natürliches »Recht der Selbstverteidigung« und fordert seinerseits, den Grafen wegen der Misshandlung zur Rechenschaft zu ziehen.[1]

Die Beschwerde des inhaftierten Studenten ist in den Augen der Regenten natürlich eine Unverschämtheit, aber sie ist doch symptomatisch für den freiheitlichen Geist, der von Frankreich herüberweht. Ohne genau zu wissen, was in Frankreich eigentlich vor sich geht und warum das alles so gekommen ist, fühlen sich viele Menschen in Deutschland durch die französischen Ereignisse ermutigt, gegen eingefahrene Ordnungen und ungerechte Verhältnisse aufzubegehren. In Trier, Lüttich und in Brabant entzünden sich lokale Unruhen, die ganz unterschiedliche Gründe haben, aber von einem neuen Selbstbewusstsein getragen werden. Ein nationaler Aufstand wie in Frankreich ist freilich in Deutschland nicht zu befürchten. Schon gar nicht in Mainz.

Im September bekommt Georg Besuch vom Berliner Pädagogen Campe und dem Studenten Wilhelm von Humboldt. Die beiden sind auf der Rückreise von Frankreich und berichten begeistert, was sie im revolutionären Nachbarland erlebt und gesehen haben. Die Erhebung des Volkes schildern sie als ein großes Volksfest. Das Feudalsystem sei aufgehoben, eine einheitliche Steuerpflicht beschlossen worden!

Georg wird durch die Nachrichten aus Frankreich die eigene Lage noch schmerzlicher bewusst. Die dumpfe katholische Atmosphäre von Mainz, in der er zur Untätigkeit verdammt ist, hat ihn in eine geistige und körperliche Krise gestürzt. Seit Monaten leidet er an Depressionen und an Kraftlosigkeit. Auch ein Landaufenthalt in Eltville und regelmäßiges Baden im Rhein haben keine Besserung gebracht. »Ich werde in diesen Tagen fünfundreißig Jahre alt«, schreibt er Mitte November, »die beste, weit die beste Hälfte meines Lebens ist dahin; und mir wie unnütz verflossen!«[2]

Am 21. November wird Georg zum zweiten Male Vater eines Mädchens. Es wird auf den Namen Klara getauft. Doch im familiären Glück kann Georg jetzt keine Ruhe mehr finden. Und die Aussicht auf einen Winter, in dem er wieder im Akkord übersetzen soll, nimmt ihm jede Hoffnung. »Mein Kopf ist leer, ich weiß der Welt nicht eigenes mehr zu sagen«, bekennt er Jacobi.[3] Georg fühlt, dass er sich aus seiner Lethargie herausreißen muss. Er muss raus aus Mainz, wenn auch nur für kurze Zeit. Egal wohin. Hauptsache weg!

Eine Zeit lang spinnt Georg Pläne zu einer Reise nach Italien. Doch Anfang des neuen Jahres reift ein anderer Plan in ihm heran. Er will den Rhein aufwärts reisen, nach Brabant und den Niederlanden, von dort nach England segeln und über Frankreich nach Mainz zurückkehren. Als Begleiter gewinnt er den jüngeren Bruder Wilhelm von Humboldts, Alexander, den Georg von einem Besuch her kennt. Vom Kurfürsten erwirkt Georg einen Urlaub von drei Monaten.

Am 20. Februar 1790 stirbt Kaiser Joseph II. Der Monarch war bei den geistlichen Machthabern in Mainz unbeliebt. Durch seine kirchlichen Reformen verärgert, hatte man sich von Österreich abgewandt und die Nähe zu Preußen gesucht. Trotzdem läuten zur Trauer sechs Wochen lang täglich für eine Stunde alle Mainzer Glocken.

Am 25. März 1790, um sieben Uhr morgens, brechen Georg und Alexander von Humboldt zu ihrer Reise auf. Georg empfiehlt Therese der Obhut Ludwig Ferdinand Hubers. Außerdem soll ihre Jugendfreundin Caroline, nun die Witwe Böhmer, bald nach Mainz kommen und längere Zeit bleiben.

Den ersten Teil der Reise legen Georg und Alexander auf dem Wasser zurück, in einer »Segeljacht«, also einer Art großem Kahn. Das Wetter ist kühl und regnerisch und die Reisenden ziehen sich in die Kabine zurück, um zu lesen und zu schreiben. Georg hat von Anfang an geplant, seine Reiseeindrücke in einem Buch zu verarbeiten. Er wird ihm später den Titel *Ansichten vom Niederrhein*[4] geben.

Der Doppelsinn im Wort »Ansichten« trifft dabei recht genau Georgs Vorstellung vom Reisen. Er will alles genau beschreiben, was er sieht und wahrnimmt. Und gleichzeitig will er über das Gesehene seine Betrachtungen anstellen – gemäß der Maxime Goethes, dass man erst sieht, was man weiß.[5]

In Boppard bei Koblenz schreibt Georg seinen ersten Brief an Therese. Er wird im Verlauf der Reise noch viele schreiben. Im Gegensatz zu den Briefen aus Wilna sind es jetzt wirkliche Liebesbriefe, die deutlich machen, wie sehr Georg – trotz allem – an seiner Frau hängt. In diesen Briefen hält Georg auch genau alle Erlebnisse auf der Reise fest. Zusammen mit seinen Aufzeichnungen in den Tagebüchern sollen sie die Grundlage für die spätere literarische Ausarbeitung sein.

In Koblenz gesellt sich der Schauspieler und Regisseur August Wilhelm Iffland zu den beiden Freunden. Zu dritt werfen sie sich nun in einem wahren Heißhunger auf alles, was die Welt zu bieten hat. Georg schildert die Landschaft am Rhein und stellt Vermutungen über ihre geologische Entstehung an. Er beschreibt die Lage der Weinbauern, deren Erträge fast gänzlich in die Taschen der Geistlichen und Fürsten wandern. Die Reisenden steigen hoch zur Festung Ehrenbreitstein, die als Gefängnis dient. In Neuwied besuchen sie die Fabriken der Herrnhuter Brüderschaft. Sie sammeln Gesteinsproben in einem Basaltbruch bei Unkel und inspizieren einen vorgeschichtlichen Menschenschädel in einem Naturalienkabinett in Bonn.

Dann, in Köln, der erste Höhepunkt: Ergriffen stehen die Reisenden im »steinernen Wald« des Domes, dessen Bau im Jahr 1560 eingestellt worden war. »Läßt sich auch das Unermeßliche des Weltalls nicht im beschränkten Raume versinnlichen«, schildert Georg in den *Ansichten* seine Eindrücke, »so liegt gleichwohl in diesem kühnen Emporstreben der Pfeiler und Mauern das Unaufhaltsame, welches die Einbildungskraft so leicht ins Grenzenlose verlängert.«[6]

Das ganz in Reliquienfrömmigkeit versunkene Köln lässt man schnell hinter sich, um sich desto länger im schönen Düsseldorf aufzuhalten. Dort wartet die berühmte Galerie. Mit Stift und Notizblock verbringt Georg viele Stunden vor den Gemälden. Keinen »trockene[n] Katalog« will er erstellen, sondern wiedergeben, was er angesichts der Kunstwerke empfindet. Seine Liebe gilt dabei den »transalpinischen Werken«, den Italienern wie Raffael, Andrea del Sorto und Guido Reni. Weniger anfangen kann Georg mit den niederländischen und flämischen Malern, ihre Bilder kommen ihm hölzern und geschmacklos vor. Besonders stoßen ihn die »traubenähnlichen Gruppen von Menschen« bei Rubens ab, die ihn immer nur an »Fleischbänke« erinnern.[7]

Ein Besuch bei Jacobi im nahe gelegenen Pempelfort ist Pflicht. Man nützt auch gleich die Gelegenheit, bei Jacobis Schwiegervater, dem reichen Tuchfabrikanten Johann Arnold von Clermont, in Vaals vorbeizuschauen. Clermont liefert seine Tücher bis nach Venedig und in die Türkei, er setzt im Jahr Waren im Wert von sechs Millionen Gulden um. Außerdem ist er Vater von fünf unverheirateten Töchtern. Das meldet Georg gleich seinem Freund Soemmerring nach Düsseldorf. Denn der ist schon seit langem auf der Suche nach einer geeigneten Braut und Georg hält für ihn Ausschau.

Georg besichtigt die Industrieanlagen »mit unbeschreiblichen Genusse«[8]. Wie augenfällig wird ihm hier, dass technischer Erfindungsgeist, Aufklärung und politischer Fortschritt zusammenhängen. Welch ein Unterschied zu Mainz, wo man ängstlich jede Veränderung des Status quo abwehrt. Ist nicht das Bedürfnis, das Gegebene zu etwas Besserem weiterzuentwickeln, ein Grundtrieb des Menschen? fragt sich Georg. Und er antwortet selbst: »Nur dieses innere Streben, das Maaß in unserm Kopfe allen Dingen anzupassen, macht uns zu Menschen.«[9]

Er übersieht jedoch nicht die Folgen dieses Strebens. So hat in der Gegend um Aachen und auch in den Niederlanden vielerorts der Bedarf an Brennmaterial durch die Fabriken dazu geführt, dass die Wälder verschwunden sind. Man ist dazu übergegangen, »unterirdische Wälder«, also Steinkohle, zu verfeuern. Was aber wird sein, wenn diese Gruben ebenfalls erschöpft sind? Vielleicht, so lässt er seine Phantasie schweifen, gelingt es der Physik und der Chemie, »das zarte Element des Feuers« zu »fangen« und zu »verdichten«.[10]

Weiter geht die Reise, nun wieder ohne Iffland und im Eilpostwagen, ins Bistum Lüttich. »Ein wildes, wüstes Leben ists aber, das wir führen«, schreibt Georg an Therese. Er und Alexander reisen nur mit leichtem Gepäck. Die Pflege ihres Äußeren kommt oft zu kurz, sie sehen dann wenig »präsentabel« aus. Immerhin erleichtert es ihr Aussehen, sich unters Volk zu mischen. In den Wirts- und Kaffeehäusern der schönen Stadt Lüttich wird viel debattiert über die vergangenen Unruhen. Was war geschehen? Das Volk von Lüttich hatte darauf gedrungen, ein Edikt abzuschaffen, das die Geistlichkeit von allen Abgaben befreite und den normalen Mann von allem politischen Einfluss ausschloss. Nachdem der Fürstbischof zu allen Forderungen seine Einwilligung gegeben hatte, floh er plötzlich in eine Abtei und erklärte alle Zusagen für null und nichtig. Daraufhin beschloss das Reichskammergericht in Wetzlar, Lüttich durch preußische Truppen zu besetzen.

In seinen *Ansichten* nimmt Georg die Vorfälle in Lüttich zum Anlass, über Revolutionen im Allgemeinen nachzudenken. Das oberste Ziel aller Regierungen müsse bleiben, »den höchstmöglichen Grad sittlicher Vollkommenheit durch die Entwicklung aller in uns gelegten Anlagen zu erreichen«[11]. Das sei natürlich nur ein abstraktes »Maaß in unserem Kopf«, ein Ideal. Aber wir müssen, so Georgs Überzeugung, an diesem »Maßstab« festhalten, weil der Mensch sonst keine Orientierung hätte und für ihn nicht einmal der Punkt erreichbar wäre, »wohin seine Kräfte ihn bringen könnten«[12]. Ein »weiser« Herrscher wird die Rechte seiner Untertanen nur so weit einschränken, als es die Erhaltung des Staates unbedingt erfordert. Gesteht er ihnen aber in despotischer Willkür keine eigenen Rechte zu oder hält er sie bewusst als »ewige Kinder«[13] in Unwissenheit, dann wird der »Druck« eines Tages so groß, dass es nurmehr eines kleinen Funkens bedarf, um eine Explosion auszulösen.

Georg ist klug genug, um mit seinen Überlegungen seine Leser, auch die Leser in Mainz, nicht vor den Kopf zu stoßen. Wem im Ernstfall seine Sympathien gelten würden, das spürt man zwischen den Zeilen, wenn er diplomatisch schreibt: »Gegen den Landesherrn sich auflehnen ist Empörung; die Herrschermacht mißbrauchen ist unter allen Verbrechen das schwärzeste […], weil man auf die sittliche Vortrefflichkeit des Regenten volles Vertrauen setzte.«[14]

Von Lüttich reisen Georg und Alexander weiter nach Brabant, den damaligen österreichischen Niederlanden, die ungefähr dem heutigen Belgien entsprechen. Auch in Brabant ist das Volk auf die Straße gegangen, aber nicht für mehr Freiheit, sondern gegen jede Veränderung. Der verstorbene Kaiser Joseph II. wollte in Brabant den Geist der Aufklärung einführen, er hatte Klöster aufgehoben und wollte die verkrusteten Strukturen in Schulen und Universitäten neu beleben. Aber er bedachte nicht, dass alte gewachsene Verhältnisse, auch wenn sie noch so rückständig und ungerecht sind, sich nicht von heute auf morgen mit einem Federstrich aufheben lassen. Die Stände und vor allem die Geistlichkeit wehrten sich gegen die verordneten Reformen und stachelten das Volk zum Widerstand auf, bis alle Neuerungen wieder rückgängig gemacht werden mussten. Für Georg sind diese Ereignisse ein belehrendes Beispiel dafür, dass auch ein weiser Herrscher mit seinen freiwilligen Reformen eine unglückliche Hand haben kann. Für die Brabanter kam die Freiheit zu früh. Georg ist erschüttert, als ihm in der Hauptstadt Brüssel die Leute zurufen: »Nous ne voulons pas être libres!« – wir wollen nicht frei sein.

Über Lille geht die Reise weiter nach Dünkirchen, wo Georg zum ersten Mal seit seiner Weltreise wieder das Meer sieht. Die nächsten Stationen sind Ostende, Brügge und Antwerpen. Keine Sehenswürdigkeit, keine Kirche wird von den beiden Reisenden ausgelassen. Georg hält in seinem Tagebuch und seinen Briefen die Veränderungen der Landschaft fest und es macht ihm spürbar Vergnügen, auch das Aussehen und die Eigenarten der Mitreisenden in den Reisekutschen zu beschreiben.

Das Wetter ist schlecht, Nebel und immer wieder Regen, von Osten weht ein kalter Wind. Es wird erst besser, als sie sich nach Amsterdam der Grenze zur Republik der Vereinigten Niederlande nähern. Georg und Alexander sind froh, endlich das finstere, dumpfgeistige Brabant hinter sich zu lassen. In den Niederlanden öffnet der immer noch klingende Name Georgs den Reisenden alle Türen. Alexander nennt Georg deshalb ein »Meerwunder« oder »Wallfisch«, sich selbst sieht er als »Waalfischlaus«. Überhaupt ist »Ahlex-andre«, wie Therese ihn nennt, oft ein rechter Kindskopf. Er schläft gern und viel, selbst in unbequemster Lage, und wenn er seine alberne Phase hat, will er mit seinen Wortspielen gar nicht mehr aufhören.

In Rotterdam, Amsterdam und Harlem werden die beiden zu Banketten eingeladen und man rechnet es sich als Ehre an, ihnen luxuriöse Kutschen und Schiffe zur Verfügung zu stellen. In Amsterdam nehmen sie, auf den besten Plätzen, am Stapellauf eines neuen, riesigen Schiffes teil. Und der berühmte englische Bankier Henry Hope gibt ihnen den Schlüssel zu seinem Landhaus, in dem er eine wertvolle Gemäldesammlung zusammengetragen hat.

Anfang Mai geht es dann, bei schönstem Sonnenschein, über Leiden nach Maas-sluis und Helvoet, von wo man nach England überschiffen will. Georg und Alexander bedienen sich als Fortbewegungsmittel eines »Treckschuites«, eines der Kähne also, die auf den vielen Kanälen, die das Land durchziehen, verkehren. Diese »Treckschuites« werden von Pferden, die am Ufer traben, gezogen. Vor einer Brücke werden die Seile losgebunden und danach wieder aufgenommen. So geht es langsam und gemächlich vorwärts.

Am 5. Mai, nachmittags um vier Uhr, werden die beiden Deutschen zum »Packetboot« gerudert, das sie nach England bringen soll. Ihre Kajüte ist eng und finster, trotzdem ist es für Georg ein »Fest«[15], wieder auf einem Schiff übers Meer zu fahren.

Der Aufenthalt in London steht für Georg unter einem ungünstigen Stern. Zunächst nimmt ihm eine schwere Erkältung, die er von der Seereise davonträgt, alle Lebensgeister. Dann muss er erfahren, dass alle Bekannten, die er in London besucht, ihm mit auffallender Kälte begegnen. Schuld daran ist offenbar eine kürzlich erschienene, recht boshafte Schrift über England, die man einem der Forsters zuschreibt. Tatsächlich ist Reinhold Forster der Autor.

Besonders enttäuscht ist Georg über Sir Joseph Banks' höfliche Distanziertheit. Georg hatte im Stillen gehofft, vielleicht doch noch eine Abfindung für seine Weltreise in die Südsee erwirken zu können, um sich für ein paar Jahre »aus dem Übersetzerjoch zu ziehen«[16]. Der Einzige, von dem er eine freundliche Aufnahme in London erwartet hat, der gute alte Pastor Woide, der Wohltäter aus früheren Londoner Tagen, ist wenige Stunden nach seiner Ankunft gestorben.

In seinem Tagebuch zeichnet Georg ein Gemälde von London, in dem große Ereignisse wie kleinste Veränderungen enthalten sind: vom spektakulären Prozess gegen den einstigen Gouverneur von Bengalen, Warren Hastings, den man des Amtsmissbrauchs anklagt, bis zur neuesten Mode, die Fingernägel lang wachsen zu lassen. Auch den Attraktionen des gesellschaftlichen Lebens gilt seine Aufmerksamkeit. So hat ein Wunderdoktor namens Mayersbach ungeheuren Zulauf. Er behauptet, aus dem Urin alle Krankheiten herauslesen zu können. Als der Londoner Arzt Dr. Lettsom ihm boshafterweise die Urinprobe einer Kuh zuschickte, erklärte der »Quaksalber« die Patientin für eine schwangere Frau. Diese Diagnose tut seinem Erfolg aber keinen Abbruch.

Am 7. Juni 1790 verlassen Georg und Alexander London zu einer »Tour« ins Landesinnere. Viel Zeit steht ihnen nicht zur Verfügung, in zehn bis zwölf Tagen müssen sie weiter nach Frankreich. Über Bristol und Birmingham reisen sie bis zur Grenze nach Schottland und dann wieder in südlicher Richtung über Derby, Oxford und den Shakespeare-Geburtsort Stratford zurück nach London. Schon wenige Tage später setzen sie von Dover über nach Calais.

In einer schweren, achtsitzigen Kutsche fahren Georg und Alexander Richtung Paris. Mit im Wagen sitzt ein Franzose, der von Zeit zu Zeit ein »Vive la Nation!« durchs Fenster ruft, worauf ihm jedes Mal mit einem allgemeinen Jauchzen geantwortet wird.

In Paris ist man in fiebriger Vorbereitung zum Fest des 14. Juli, dem Jahrestag des Sturms auf die Bastille. Auf dem Marsfeld, einem Exerzierplatz, sind Tausende von Freiwilligen aus allen Schichten damit beschäftigt, Schubkarren voll Erde heranzukarren, um ein riesiges Amphitheater anzulegen. Der Augenzeuge Georg ist von dem allgemeinen nationalen Enthusiasmus überwältigt. »Alte und Junge, Männer und Weiber, Herzöge und Tagelöhner, Generalpächter und Schuhputzer, Bischöfe und Schauspieler, [...] Betschwestern und Venuspriesterinnen, Schornsteinfeger und Stutzer, Invaliden und Schulknaben, Mönche und Gelehrte, Bauern aus den umliegenden Dörfern, Künstler und Handwerker unter ihren Fahnen kamen Arm und Arm in buntscheckigem Zuge, und griffen rüstig und muthig zur Arbeit.«[17] Die Begeisterung erreicht ihren Höhepunkt, als auch der König, Ludwig XVI., ohne Leibwache und Gefolge auf dem Marsfeld erscheint und unter allgemeinem Jubel zur Schaufel greift. Georg findet diese Ereignisse »beispiellos in den Jahrbüchern der Menschheit«.

Zum eigentlichen »Fest der Menschheit« auf dem Marsfeld, bei dem Talleyrand eine Messe mit 200 Priestern zelebriert und 300 000 versammelte Menschen unter Kanonendonner den Eid auf die Nation ablegen, ist Georg nicht mehr in Paris. Er musste zurück nach Mainz.

Am 12. Juli meldet er sich dort von seiner Reise zurück.

XV.
Im Schatten der Revolution

»Es ist mir des Schreibens zu viel und des Handelns zu wenig in der Welt.«

In Mainz gibt es seit Ende 1791 zwei Lesegesellschaften, eine im Schröder'schen Kaffeehaus, die andere beim Verlagsbuchhändler Sartorius. In diese Gesellschaften werden hauptsächlich Adlige, Universitätsprofessoren und Diplomaten aufgenommen. Studenten sind ausgeschlossen. In den verrauchten Räumen wird über die politischen Ereignisse im Nachbarland diskutiert und jeder versucht, eine der ausliegenden französischen Zeitungen zu bekommen. Die Lesegesellschaften sind Inseln der Gedankenfreiheit in Mainz, denn seit es im Herbst 1790 zu Schlägereien zwischen Schreinergesellen und Studenten gekommen ist, gibt es einen Erlass, nach dem »alle Redereien, Gespräche gegen Religion, Sitten, Staat und landesherrliche Verordnung« verboten sind.[1]

Georg und Huber gehen fast täglich in die Lesegesellschaft bei Sartorius. Georg liest begierig die Artikel im *Moniteur*. Die deutschen Zeitschriften lässt er liegen, sie sind ihm allesamt zu verlogen. Zu den Vorgängen in Frankreich hat er sich eine sehr differenzierte Meinung gebildet. Er begrüßt die Revolution, aber er hält sie nicht für auf die deutschen Verhältnisse übertragbar. Deutschland, so glaubt er, ist noch nicht reif für grundsätzliche Änderungen. Deshalb redet er auch nicht einer deutschen Revolution das Wort, im Gegenteil, er warnt vor ihr. Und solange er so entschieden dagegen eintritt, es den Franzosen nachzutun, verzeiht man ihm in Mainz auch seine Sympathie für die Pariser Sansculotten*.

Die Reise mit Alexander von Humboldt hat ein großes Loch in Georgs Finanzen gerissen. Mit der literarischen Verwertung der Erlebnisse will er einiges von dem verbrauchten Geld wieder hereinholen. Gleich nach der Rückkehr macht er sich daran, den ersten Teil der Notizen zu überarbeiten. Georg hält es für ausgemacht, dass sein alter Freund Spener in Berlin seine *Ansichten* verlegt. Aber der verhält sich sehr zögerlich und uninteressiert. Verärgert sagt ihm Georg die langjährige Zusammenarbeit auf und wechselt zu Speners Konkurrent in Berlin, dem Verleger Christian Friedrich Voß, von dem er sich auch eine bessere Entlohnung verspricht.

Für Voß nimmt Georg in den folgenden Monaten eine ganze Reihe von Arbeiten in Angriff. Natürlich übersetzt er wieder Reiseberichte, er übernimmt aber auch die Übersetzung politischer Texte wie Thomas Paines *The Rights of Man*. Diese hochbrisante Aufgabe überlässt er aus Sicherheitsgründen Meta Forkel. Georg selbst schreibt aber, wie auch bei den Reisebüchern, eine Einleitung, in der er mehr oder weniger verdeckt seine eigenen Überzeugungen zum Ausdruck bringt.

Je mehr er sich mit den Vorgängen in Frankreich beschäftigt, desto weniger genügt es ihm, über Freiheit und Toleranz immer nur zu schreiben. Er fühlt sich dazu verdammt, ein unbeteiligter Beobachter zu sein, der »keinen Antheil« nimmt und alles mit »gleichgültigem Auge« verfolgt.[2] Dabei

* Als »Sansculotte« bezeichnet man den Patrioten aus dem Volk. Er trägt eine rote Mütze und eine blau-weiß-rot gestreifte lange Hose statt des Hutes und der culotte, der »feudalistischen« Kniehose.

spürt er, dass in der Welt ein gewaltiger Umbruch stattfindet und von ihm eine Entscheidung und persönliches Engagement verlangt sind. Schon im Jahr 1789 schrieb er Jacobi, es sei ihm »des Schreibens zu viel und des Handelns zu wenig in der Welt«[3]. Aber kann Georg handeln? Darf er es?

Mit seiner Einstellung zur Revolution hat er sich in eine Zwickmühle gebracht. Wie schon so oft widersprechen sich bei ihm rationale Einsicht und spontanes Bedürfnis. Einerseits predigt er immer wieder, dass die Revolution als eine Stufe in der geschichtlichen Entwicklung gesehen werden muss, für die in Deutschland die Zeit einfach noch nicht reif ist. Wenn das aber so ist, dann verbietet sich jeder gewaltsame Protest. Andererseits wünscht sich Georg nichts sehnlicher, als unter anderen Verhältnissen zu leben. Die Mainzer Kraft der Trägheit wird ihm mit jedem Tag unerträglicher. Und hat er nicht selber in seinen *Ansichten* gesagt, dass es zu einer Explosion kommen muss, wenn das Maß an Not und Leid voll ist? In gleichem Sinn schreibt er in seinem Vorwort zur Übersetzung von Paines Buch: »[…] *nur* die positive Erfahrung des Übels wirkt das tätige Verlangen nach dem Guten, nur die allgemeine Not zerreisset die Bande der Gesellschaft.«[4]

Ob Georg bei diesen Worten auch an seine private Situation und an die Bande seiner Ehe gedacht hat? Jedenfalls wird seine Verbindung mit Therese einer Zerreißprobe ausgesetzt. Georg kann nicht die Augen davor verschließen, dass Huber für Therese mittlerweile mehr ist als ein guter Hausfreund. Seit er von seiner Reise zurück ist, wird er von allen Seiten auffällig schonungsvoll behandelt, so als wolle man ihn vor einer peinlichen Entdeckung bewahren. Die Situation erinnert fatal an Thereses Affäre mit Meyer in Göttingen. Und wieder scheinen Georgs Leidensbereitschaft und seine Geduld keine Grenzen zu kennen. Er verhält sich so, als wolle er das Unglück bewusst heraufbeschwören: Er sucht noch mehr Hubers Freundschaft, protegiert ihn, wo immer er nur kann, und im Herbst 1790 macht er ihm sogar das Angebot, mit in seinem Haus zu wohnen.

Huber nimmt an. Welche Spannungen sich daraus ergeben haben, kann man nur vermuten. In seinen Briefen lässt Georg kaum einen Blick in sein Innenleben zu. Er deutet nur eine »fatale häusliche Angelegenheit«, »Disharmonie im Hause«, »unangenehme Familienauftritte« an oder er schreibt wie nebenbei, dass ihn ein »stiller Kummer« krank mache. Andererseits spricht er nur in den höchsten Tönen von dem neuen Dreierbund zwischen Huber, Therese und ihm. »In Hubers Umgang genießen wir hier, mein liebes Weib und ich, sehr viel, ich möchte sagen, die einzige ästhetische Freude, der man in Mainz habhaft werden kann; denn außer unserem Kreise versteht uns kein Mensch.«[5]

In Theresens Äußerungen stößt man auf einen ähnlichen Widerspruch. Drei Jahre später beteuert sie in einem Brief, sie habe Georg inständig darum gebeten, Huber von ihr fernzuhalten. Dann, in einem anderen Brief, heißt es wieder: »Der Mann und ich wünschten nur zusammen unter Forsters Augen zu leben […].«[6]

Im Winter 1790 wird Therese schwer krank, aus Kummer darüber, wie sie später meint, Pflicht und Liebe nicht vereinen zu können.

Georg stürzt sich in die Arbeit. Von seiner Reise hat er ein indisches Drama, angeblich 1900 Jahre alt, mit dem Titel *Sakontala* mitgebracht, das er nun aus dem Englischen übersetzt. Anfang des neuen Jahres erscheint der erste Band der *Ansichten*. Das Echo ist sehr zurückhaltend, offenbar geht Georg mit seinen Gedanken vielen zu weit. Auch der Schwiegervater Heyne mahnt ihn, er möge doch mit seinen Bemerkungen zu Politik und Religion vorsichtiger sein. Der alte Gelehrte aus Göttingen legt Georg nahe, es so zu halten wie er, nämlich aus seinem Arbeitszimmer gelassen »das Narrenspiel der großen Welt durch ein kleines Fensterchen oder Ritz mit anzusehen«[7].

Auf die »erkünstelte Existenz« eines Stubengelehrten aber will Georg sich nicht beschränken. Umso weniger, als er um die Gefahren einer scheinbar neutralen Wissenschaft weiß. Schlimmer als jede offene Unterdrückung ist für Georg nämlich ein geistiger »Despotismus«, der alle Gedanken in ein starres System zwingt. Gegen diesen »gelehrten Zunftzwang« schreibt er einen engagierten Aufsatz, der nach seinem Erscheinen verboten wird.

Am 4. Juni 1791 bringt die wieder genesene Therese ein Mädchen zur Welt, das Louise genannt wird. In klatschsüchtigen Kreisen nicht nur in Mainz gilt es als sicher, dass nicht Georg, sondern Huber der Vater des Kindes ist. Auch einige Biographen Georg Forsters stellen solche Vermutungen an. Dafür gibt es aber nur vage Hinweise, die vorschnelle Behauptungen nicht zulassen.

Am 21. Juni 1791 unternimmt der französische König Ludwig XVI. einen Fluchtversuch ins Ausland. In Varennes, einem kleinen Ort nahe der Grenze zu den österreichischen Niederlanden, wird seine riesige Kutsche angehalten und der König festgenommen. Eine Kammerfrau der Königin, sie ist die Geliebte des stellvertretenden Befehlshabers der Nationalgarde, hat den Fluchtplan verraten. In einer dreitägigen schmachvollen Reise wird der Monarch nach Paris zurückgebracht. Der vereitelte Fluchtversuch Ludwigs XVI. verschärft die feindliche Haltung des Auslands gegen Frankreich. Der Kaiser und Preußen drohen in der so genannten Pillnitzer Erklärung mit einem europäischen Eingreifen, falls Ludwig etwas passiert.

Hinter dieser Kriegshetze stecken vor allem die geflüchteten französischen Aristokraten. Das ganze Rheinland ist von ihnen überschwemmt. In Koblenz, Trier und Mainz haben sie ihre Hochburgen. Bei der Bevölkerung sind sie unbeliebt, wegen ihres arroganten Auftretens und weil sie alle Gasthäuser besetzen und die Preise hochtreiben. Von den Landesfürsten dagegen werden sie hofiert. In Mainz hat sich der Prinz Condé mit seinem Gefolge eingenistet.

Der Kurfürst von Erthal, den die Emigranten ihren »Papa« nennen, veranstaltet zu Ehren seiner französischen Gäste ein großes Fest, auf dem mit Champagner auf die baldige Einnahme von Paris angestoßen wird. Das sind nicht nur markige Trinksprüche. Die Emigrierten sind im Begriff, eine Armee aufzustellen, und sie werden von einigen Fürsten dabei kräftig unterstützt. Anfang 1792 will die französische Nationalversammlung nicht mehr länger hinnehmen, dass die Konterrevolutionäre von einigen deutschen Fürsten aufgerüstet werden. Sie droht mit militärischem Vorgehen und einige Wochen lang muss man in Mainz tatsächlich einen Einmarsch der Franzosen befürchten. Schließlich lenkt der Kurfürst ein und untersagt dem Prinzen Condé den weiteren Aufenthalt auf Mainzer Gebiet.

Georg verfolgt die politischen Ereignisse mit großer Sorge. »Wenn unsere Fürsten es nicht lassen können, sich in die französische Sache zu mischen«, schreibt er an Heyne, »so kommt uns um fünfzig Jahre zu früh die Revolution über den Hals.«[8]

Mit seiner Sympathie für die französischen Revolutionäre und der Kritik an den Revolutionsgegnern isoliert sich Georg in Mainz. Anonyme Briefe wollen ihn gotteslästerlicher Aussagen überführen und er wird angegriffen, weil er als Protestant die Jesuitenkirche zur Bibliothek umbauen will. Überhaupt ist seine Lage bedrückender als je zuvor. Seine häusliche Atmosphäre ist vergiftet, durch unüberlegten Kauf von Büchern und sündhaft teuren Landkarten hat er sich in eine prekäre Geldnot gebracht und auch sein Körper versagt ihm wieder einmal den Dienst.

Das Übermaß an Arbeit führt im Herbst zu einem gesundheitlichen Zusammenbruch. Rasende Kopfschmerzen machen ihm jede geistige Anstrengung unmöglich und sein altes skorbutisches Leiden bricht wieder auf. Georg ist nahe daran, seine Zähne samt Zahnfleisch zu verlieren. Das nimmt er noch mit Humor. Was ihn aber fast zur Verzweiflung treibt, ist, dass zwei seiner Töchter, Klara und die kleine Louise, an Pocken erkranken. Klara überlebt, das schwache, sechsmonatige »Louischen« wird am 17. November vom Fieber dahingerafft.

Dieser Schicksalsschlag tut ein Übriges, Georg in eine verzweifelte Stimmung zu stürzen. »Es kommt mir vor«, schreibt er resigniert an Jacobi, »daß ich älter werde, ohne glücklicher zu werden.«[9] Ihm ist klar, dass es nicht mehr so weitergehen kann. Er ruiniert seine Gesundheit, um die Familie zu ernähren, und trotzdem wird sein Lage nur immer schlimmer. Therese vertraut er seine Geldsorgen nicht an. Er verfällt auf die Idee, Briefe zu schreiben an einflussreiche Freunde und Fürsten, um einen Mäzen zu finden, der ihn wenigstens für ein, zwei Jahre vom Joch der Übersetzerei befreit. Diese Zeit will er nützen, um endlich in aller Ruhe seine Pflanzenzeichnungen, die er von der Weltreise mitgebracht hat, herauszubringen. Aber seine Anfragen bleiben ohne Erfolg. Ebenso wenig findet er jemand, der ihm einen zinsgünstigen Kredit gewährt.

Am 24. April 1792 meldet Georg überraschend seinem Schwiegervater Heyne, dass Therese vor zwei Tagen von einem Jungen entbunden worden sei. Über die Schwangerschaft seiner Frau hat er in seinen vorangegangenen Briefen kein Wort verloren. Das Kind wird nach dem Vater benannt. Der kleine Georg ist eine Frühgeburt, er ist »winzig klein«[10]. Um Therese und den Säugling kümmert sich auch die Witwe Böhmer, Caroline Michaelis, die mittlerweile nach Mainz gezogen ist.

Georg bleibt nichts anderes übrig, als wieder seine Arbeit aufzunehmen. Voß in Berlin wartet auf den zweiten Teil seiner *Ansichten* und darüber hinaus soll Georg unterhaltende kurze Texte zu einem Kalender schreiben, in dem die wichtigsten Ereignisse aus dem Jahr 1790 in Wort und Bild dargestellt werden.

In Paris spitzt sich der Kampf um die Macht zu. Die Girondisten sind für einen Krieg gegen die europäischen Nationen. Der Jakobiner Robespierre warnt vor einem solchen Schritt. Die Girondisten setzen sich durch. Am 20. April 1792 erklärt Frankreich Österreich den Krieg. In ganz Frankreich herrscht überschwängliche Begeisterung. Doch diese wird schnell gedämpft, als die ersten militärischen Vorstöße kläglich scheitern. Man macht Verräter in den eigenen Reihen für den Misserfolg verantwortlich. Der Zorn des Volkes richtet sich vor allem gegen den König, der sich mit seinen doppelzüngigen Reden für viele schon längst als Feind der Revolution entlarvt hat. Im Juni schickt die Stadt Marseille eine bewaffnete Truppe nach Paris, um das Königtum zu stürzen. Die Männer aus Marseille tragen ein Lied auf den Lippen, das man bald im ganzen Land singen und »Marseillaise« nennen wird.

In Deutschland bereitet sich mittlerweile alles auf die Krönung des neuen Kaisers, Franz II., am 14. Juli vor. Sein Vorgänger, Kaiser Leopold II., ist nach kaum einjähriger Regentschaft gestorben. Georg reist mit Huber nach Frankfurt, um die Feierlichkeiten mitzuerleben. Nach der Krönung begeben sich der Kaiser, die Minister, Gesandte und – wie Georg in seiner Darstellung der Ereignisse schreibt – »ein ganzes Pantheon von kleineren Erdengöttern«[11] nach Mainz, um auf dem Fürstentag letzte Vorbereitungen für die beschlossene Intervention in Frankreich zu treffen. Drei Tage lang ist Mainz der Mittelpunkt des deutschen Reiches. Ein Fest folgt auf das andere, auf Konzerten und Bällen drängt sich ein illustres Publikum. Kunstvolle Feuerwerke werden abgebrannt, die sich im Wasser des Rheins spiegeln. In der Nacht sind die ganze Stadt, die umliegenden Kirchen und die Schiffe auf dem Rhein eindrucksvoll erleuchtet.

Inmitten des ganzen Jubels und Trubels kehrt der Tod im Hause Forster ein. Der kleine Georg liegt im Sterben. Die zahlreichen Gäste verlassen das Trauerhaus. Therese ist völlig zerrüttet. Huber steht ihr bei. Georg zieht sich in sein Zimmer zurück. Über den Tag, an dem das Kind beerdigt wurde, schreibt Therese in ihren Erinnerungen: »Wie der Knabe ins Grab getragen ward, sah ich ihm von meinem Fenster nach und weinte. Da zürnte Forster und sagte: ›Bis ich auch dahin getragen werde, wird nichts besser werden.‹

Da wußte ich, daß wir schlechter wurden vom Zusammenbleiben […].«[12]

Die von den Emigrierten aufgewiegelte Stimmung gegen Frankreich erreicht in Deutschland ihren Höhepunkt, als am 25. Juli 1792 der Herzog von Braunschweig ein Manifest unterzeichnet. Darin wird den Einwohnern von Frankreich unter anderem mit einer »beispiellosen, auf immer merkwürdigen Rache« und der Stadt Paris mit einer »militärischen Exekution« gedroht, falls die Tuilerien angegriffen oder der König und seine Familie nur im Geringsten zu Schaden kommen oder beleidigt werden.[13]

Georg befürchtet, dass der Herzog mit seinem Manifest genau das Gegenteil seiner Absicht erreichen und die Entschlossenheit der Revolutionäre nur noch stärken wird. Seine Ahnung wird sich bestätigen.

In Paris eskaliert am 20. August die Lage. In den frühen Morgenstunden werden die Sturmglocken geläutet. Die Abordnung aus Marseille und viele Menschen aus den Vorstädten stürmen die Tuilerien, wo der König von der Schweizer Garde beschützt wird. Sie können die Angreifer nicht lange aufhalten. Die aufgebrachte Menge metzelt die Soldaten auf grausamste Art nieder – viele, nachdem sie sich ergeben haben. Der König wird gefangen genommen.

Die Ereignisse rufen im Ausland große Empörung hervor. Viele, die bisher die Ideale der Revolution noch verteidigt haben, wenden sich jetzt angewidert von ihr ab. Nicht so Georg. Für ihn wäre es fatal, wegen »der paar Unvollkommenheiten« die ganze Sache der Revolution in Frage zu stellen.[14]

Im Herbst 1792 ist der alliierte Feldzug der preußischen und österreichischen Armee gegen Frankreich in vollem Gange. Im Strom der Fuhrwerke und Soldaten, der sich Richtung Westen wälzt, befindet sich auch Johann Wolfgang von Goethe, der seinen Fürsten begleitet. Goethe macht Halt in Mainz und verbringt »zwei muntere Abende« in Gesellschaft von Georg, Therese, Caroline, Huber und Soemmerring, der im März die Frankfurterin Margaretha Elisabeth Grunelius geheiratet hat. In seiner *Campagne in Frankreich* schreibt Goethe später über dieses Zusammensein: »Von politischen Dingen war die Rede nicht, man fühlte, daß man sich wechselseitig zu schonen habe: denn wenn sie republikanische Gesinnungen nicht ganz verleugneten, so eilte ich offenbar, mit einer Armee zu ziehen, die eben diesen Gesinnungen und ihrer Wirkung ein entschiedenes Ende machen sollte.«[15]

Höflich umgeht Goethe bei seinem Besuch wohl auch die Beziehungsprobleme im Hause Forster, die inzwischen über Mainz hinaus für Gesprächs- und Schreibstoff sorgen. In Bürgers *Göttinger Almanach* ist unter einem Pseudonym eine ziemlich geschmacklose Satire mit dem Titel *Huberulus Murzuphlos oder Der poetische Kuß* erschienen, in dem über Georgs »Hörner« und Hubers gemutmaßte literarische und sexuelle Impotenz gewitzelt wird. Goethe erfasst die Seelennöte seiner Gastgeber sehr viel tiefer. Seine Eindrücke werden ihn später zu seinen *Wahlverwandtschaften* inspirieren.

Der siegessichere Vormarsch der verbündeten Armeen gerät bald ins Stocken. Nach einer Kanonade durch die Franzosen bei Valmy ist man zum Rückzug gezwungen. Bei strömendem Regen und auf verschlammten Wegen bewegen sich unabsehbare Kolonnen von Fahrzeugen und Fußvolk wieder Richtung Deutschland. Gleichzeitig stoßen die Franzosen nach Savoyen und an den Rhein vor. Am 29. September erobert der französische General Custine das Hochstift Speyer, dessen Magazine auch von Mainzer Soldaten bewacht wurden. Die Nachricht löst in Mainz eine Panik aus. Adlige und Emigranten packen in aller Eile ihre Habseligkeiten und Schätze zusammen und verfrachten sie auf Schiffe. Unaufhörlich fahren unzählige Jachten und Nachen, mit Gepäck und Menschen schwer beladen, nach Koblenz den Rhein hinunter. Die Geistlichkeit lässt den Domschatz nach Düsseldorf bringen. Drei Tage lang rollen Kutschen, Frachtwagen und Karren aus der Stadt. Und im Schutz der Dunkelheit sucht schließlich auch der Kurfürst das Weite – nicht ohne sich vorher die vergoldeten Wappen von seiner Kutsche kratzen zu lassen.

In Georgs Straße ist – außer seinem eigenen – nur noch ein Haus bewohnt. Auch Huber ist nach Frankfurt geflohen. Er hat seine Verlobung mit Dora Stock inzwischen aufgelöst. Soemmerring kehrt von seiner Hochzeitsreise nicht mehr nach Mainz zurück. Die Zurückgebliebenen versuchen, die Stadt gegen einen möglichen Angriff notdürftig zu befestigen. Immer noch besteht Hoffnung, dass Custine gar nicht gegen Mainz vorrückt. Aber in der Schustergasse, so berichtet Georg an Heyne, werden schon fleißig französische Kokarden verkauft.

Am 19. Oktober frühmorgens, die Mainzer schlafen noch, kündigt ein Alarmschuss den Feind an. Georg besteigt mit anderen den Stefansturm und sieht von dort die französischen Vorposten. Die Mainzer schießen ihre Kanonen ab, verfehlen aber ihr Ziel weit. Als die Franzosen mit einer vierundzwanzigpfündigen Kugel antworten, hören die Mainzer Bürger das Geschoss kaum über ihre Köpfe pfeifen, als sie auch schon ihre Flinten wegwerfen. Der Mainzer Widerstand ist damit gebrochen.

Die Franzosen zeigen sich im Folgenden alles andere als feindselig. Sie helfen sogar Mainzer Frauen, die Wäsche einzusammeln, die sie außerhalb der Stadt zum Trocknen aufgehängt haben. Es wird eine Kapitulation unterzeichnet und schon am 21. Oktober stehen die Stadttore offen. Staunend verfolgen die Bürger den Einmarsch ihrer Eroberer. Im krassen Gegensatz zu den deutschen Paradesoldaten mit ihren strammen Uniformen und gewichsten Gamaschen sind die französischen Soldaten zerlumpte Kerle, zum Teil ohne Schuhe und Strümpfe. Auf ihren verrosteten Bayonetten haben manche Kommisbrot und ein Stück Fleisch aufgespießt.

Mainz ist in französischer Hand.

XVI.
Ein deutscher Jakobiner

»Man wird Partei ergreifen müssen.«

Am 25. Oktober 1792 sucht eine Abordnung der Mainzer Universität den französischen General Custine auf. Georg ist der Wortführer der Gruppe. Er liest eine Erklärung in französischer Sprache vor, in der er um den Schutz der Güter und Einkommen der Universität bittet und um die Erlaubnis, die akademischen Geschäfte fortführen zu dürfen. Von der Gewährung dieser Bitte hängt das Überleben der Universität ab. Denn seit die Bauern nach dem Einmarsch der Franzosen keinen Zehnten mehr bezahlen, entfällt ihre Haupteinnahmequelle. Georg hat mit seiner Rede Erfolg. Custine sagt seine Unterstützung zu. Georg merkt, dass der General ihn schätzt und ihn gern auch im Jakobinerklub sehen würde.

Dieser Jakobinerklub ist tags zuvor im prächtigen Konzertsaal des kurfürstlichen Schlosses gegründet worden. Custine liegt sehr an diesem »Verein der Freunde der Gleichheit und Freiheit«, wie sich der Klub auch nennt. Denn die französischen Soldaten verstehen sich nicht als Eroberer, sondern als Befreier. Die Mainzer Bürger sollen sich frei entscheiden können, ob sie eine neue Verfassung nach französischem Vorbild annehmen oder bei der alten bleiben wollen. Nur im ersten Fall freilich will die französische Nation die Mainzer unter ihren Schutz stellen. Die deutschen Jakobiner sollen in der Bevölkerung Aufklärungs- und Erziehungsarbeit leisten. In den ersten Tagen treten zahlreiche Bürger aus allen Ständen in den Klub ein. Und Tausende von Menschen strömen täglich in den Versammlungsraum, um jubelnd den Schmähreden gegen den geflohenen Kurfürsten zuzuhören.

Georg geht gegenüber den Klubisten auf Distanz. Es haben sich einige Leute unter ihnen in den Vordergrund gedrängt, die ihm viel zu marktschreierisch und unbesonnen sind. So zum Beispiel der ehemalige Gymnasialprofessor Georg Wilhelm Böhmer, ein Schwager Carolines. Er hat die Idee, zwei Bücher auszulegen. Ein rotes, in das sich die Befürworter der Freiheit eintragen sollen, und ein schwarzes, mit Ketten umwundenes, in das jene ihren Namen setzen sollen, die sich nach dem alten Joch zurücksehnen.

Georg ist voller Zweifel darüber, wie er sich verhalten soll. Als kurfürstlicher Beamter, der er immer noch ist, macht er sich als Kollaborateur verdächtig, wenn er im besetzten Mainz bleibt. Er setzt seine berufliche Zukunft aufs Spiel. Andererseits hat er in seinen Schriften mehr oder weniger deutlich seine politische Meinung geäußert. Muss er jetzt nicht Farbe bekennen? »Die Neutralität ist mißlich«, schreibt er an Voß, »die Krisis naht heran, und man wird Partei ergreifen müssen.«[1]

Am 28. Oktober fährt Georg mit Therese und dem jungen Engländer Thomas Brand, der in Kassel studieren will und seit März bei den Forsters zur Miete wohnt, in den nahe gelegenen Ort Höchst. Dort will sich Huber mit ihnen in einem Gasthof treffen. Frankfurt ist kurz nach Mainz von den Franzosen besetzt worden. Huber fürchtet, dass beide Städte bald wieder von den preußischen Truppen zurückerobert werden und dann die Rache der alten Machthaber zu spüren bekommen. Er dringt auf Georg ein, wenigstens Therese und die Kinder in Sicherheit zu bringen. Er bietet sogar an, im Fall einer Trennung die Versorgung der Familie zu übernehmen. Auch der junge Brand, Sohn aus wohlhabendem Hause, will Georg dazu bewegen, Mainz zu verlassen. Er macht ihm den Vorschlag einer gemeinsamen Italienreise. Georg geht auf alle diese Angebote nicht ein. Er kann nicht glauben, dass sich die Franzosen so schnell aus Mainz vertreiben lassen. Und davonlaufen will er nicht, das käme ihm vor wie Verrat. Er weiß aber auch nicht, wie er sich in Mainz verhalten soll.

Noch wankelmütiger machen ihn die Pläne seines Verlegers Voß, der Georg nach Berlin holen will. Voß hat Kontakt zum ehemaligen Minister Hertzberg aufgenommen und der stellt Georg eine Professorenstelle in Berlin in Aussicht. Georg schätzt Hertzberg sehr, er teilt dessen politische Reformbestrebungen. Darum will er sich dieses Hintertürchen vorläufig noch offen halten. Aber er weiß selbst, dass er bald eine Entscheidung fällen muss. In Mainz rennen ihm Klubmitglieder die Türe ein und drängen ihn, seine neutrale Haltung aufzugeben. Sogar der ehemalige Berater des Kurfürsten, Johannes Müller, der einige Tage in Mainz weilt, rät ihm zu, unter den gegebenen Umständen die Franzosen zu unterstützen. Und General Custines Werben um Georgs Mitarbeit wird immer konkreter. Er will eine provisorische Administration für das ganze französisch besetzte Gebiet zwischen Landau und Bingen einsetzen und er lässt Georg wissen, dass er ihm eine bedeutende Rolle dabei zudenkt. Das wäre für Georg die einmalige Chance, praktisch an einer politischen Ordnung mitzuwirken, für die er bisher nur mit der Feder gekämpft hat.

Er wartet noch bis Anfang November auf neuerliche Nachrichten von Voß und Hertzberg. Als bis dahin kein klärendes Wort aus Berlin eingetroffen ist, fällt er seine Entscheidung:

gegen »alles Angenehme« einer »bürgerlichen Existenz«, für die Revolution und eine unsichere Zukunft.

Am 7. November 1792 tritt Georg in den Jakobinerklub ein. Zehn Tage später hält er im Klub eine furiose Rede, die als Flugblatt gedruckt wird. Darin beschwört er alle Mainzer, die Gunst der Stunde zu nutzen, als Erste in Deutschland die »Ketten« abzulegen und sich der französischen Nation anzuschließen. Was viele Mainzer vor diesem Schritt zurückhält, ist die Angst, dass die Stadt zurückerobert wird und sie dann für ihren Freimut büßen müssen. Georg zieht alle Register seiner Redekunst, um seine Mitbürger davon zu überzeugen, dass die einmal getroffene Entscheidung zur Freiheit nicht mehr rückgängig gemacht werden kann: »Noch neulich glaubte ich, Deutschland jenseits des Rheins sei zur Freiheit nicht reif; aber die Hand des Schicksals thut Wunder und nichts kann dort die privilegirten Stände noch erhalten, als schleuniger Friede, Aufopferung dessen, was schon verloren ist, und weise, den Umständen angemessene Nachgiebigkeit und Gelindigkeit gegen das Volk.«[2]

Über Georgs nun eindeutiges politisches Bekenntnis ist man in Deutschland schockiert. Eine Anstellung in preußischen Diensten kommt natürlich jetzt nicht mehr in Frage. Für Friedrich Wilhelm II. ist er nun schlichtweg ein Verräter. Voß und Hertzberg hegen noch die zarte Hoffnung, dass Georg ein »guter Preuße« bleiben möge. Und der gute alte Heyne in Göttingen versteht die Welt nicht mehr. Wie, so schreibt er an Therese, könne Georg gegen seinen Kurfürsten so »undankbar« sein und die »große Straße« verlassen? Georg solle nun alle Klugheit anwenden, »den künftigen Aufenthalt, Unterkommen und Versorgung zu sichern, wenn einmal die Sachen wieder umschlagen«[3].

Von solchem Sicherheitsdenken hat sich Georg schon weit entfernt. Lieber will er alles aufs Spiel setzen als wieder in ein normales Leben zurückkehren: übersetzen, Vorlesungen halten und in der Bibliothek herumhocken. Die Würfel sind für Georg gefallen. Er ist dazu bereit, »als Republikaner zu leben und zu *sterben*«[4].

Am 2. Dezember nähert sich ein Reiter in rasendem Galopp dem Mainzer Stadttor. Einige Male zügelt er sein Pferd, bläst in seine Trompete und schreit etwas auf Französisch von Frankfurt, Verrat und Massaker. Die Nachricht des Boten verbreitet sich in Mainz wie ein Lauffeuer. Die preußisch-hessischen Soldaten haben Frankfurt zurückerobert. Beim Anrücken der Truppen sollen Frankfurter Bürger, ausgerüstet mit Messern, den Verteidigern in den Rücken gefallen sein. Nach dem Fall der Stadt sollen der Pöbel und sogar gebildete Männer über die Franzosen hergefallen sein und ein Blutbad angerichtet haben. Die Meldungen und Gerüchte rufen in Mainz Entsetzen hervor. In den *Mainzer Neuesten Nachrichten* wird die Befürchtung geäußert, dass es in Mainz zu ähnlichen Exzessen kommen könnte.

Therese hat bisher die Entscheidung ihres Mannes mitgetragen. Ihr republikanischer Feuereifer ging manchmal sogar so weit, dass sie jeden, der aus Mainz flüchtete, in die Hölle wünschte. Jetzt will sie selber weg. Sie fürchtet um ihr Leben und das ihrer Kinder. Das kann ihr Georg nicht zum Vorwurf machen. Trotzdem ist er maßlos enttäuscht und er versucht, sie umzustimmen. Aber Therese lässt sich nicht mehr von ihrem Entschluss abbringen. »Daß ich von Therese das Opfer, mit mir zu leben und zu sterben, nicht fordern kann, fühle ich«, schreibt Georg deprimiert an Huber.[5]

Am 9. Dezember 1792 verlässt Therese mit ihren Kindern

Mainz. Ihr Ziel ist Straßburg. Der junge Brand begleitet sie. Caroline missbilligt den Schritt ihrer Freundin. Sie vermutet »geheime Gründe« hinter der Trennung. Caroline selbst bleibt in Mainz. Sie fühlt sich als eine »moralische Krankenwärterin« für den verlassenen Forster, den sie gleichermaßen bewundert und bedauert. »Er ist der wunderbarste Mann –«, schreibt sie in einem Brief, »ich habe nie jemanden so geliebt, so bewundert und dann wieder so gering geschätzt.«[6]

Georgs Leben hat sich vollständig geändert. Er ist als eines von neun Mitgliedern in die Administration gewählt worden und muss eine Fülle von Verwaltungsaufgaben erledigen. Er kommt sich vor »wie ein Geschäftsmann«. Um fünf Uhr morgens ist er schon auf den Beinen und vor elf Uhr abends kommt er nicht ins Bett. In seinem rastlosen Einsatz für die Sache der Freiheit fühlt er sich aber oft alleingelassen.

Nach dem Fall von Frankfurt haben viele anfänglich Begeisterte Angst vor ihrer eigenen Courage bekommen. Zudem droht der Kaiser allen mit der Reichsacht, die in französische Dienste treten. Einige Klubisten lassen sich von der Mitgliederliste streichen, weil angeblich die Namen dem preußischen König hinterbracht werden sollen. Die anfallenden Aufgaben im Klub werden immer mehr Georg aufgehalst: »[…] dem willigen Esel wird alles aufgepackt«, schreibt er an Therese nach Straßburg. Georg ist trotz aller Beschäftigung sehr einsam. Nur die »zwei Witwen« kümmern sich um ihn, Caroline und Meta Forkel, die sich nun endgültig von ihrem Mann getrennt hat und nach Mainz zurückgekehrt ist.

Von Soemmerring hört Georg nur noch einmal. Der alte Weggefährte verlangt in einem ziemlich unverschämten

Brief, dass Georg auf sein Haus und die darin gelagerten wissenschaftlichen Geräte aufpassen soll. Georg gibt ihm in seiner Antwort zu verstehen, dass er Wichtigeres zu tun habe und er, Soemmerring, doch zurückkommen und selber aufpassen solle. Das ist das Ende einer langen Freundschaft. Auch den Briefwechsel mit Huber muss Georg abbrechen. Der Legationsrat befürchtet, dass er durch die Briefe aus Mainz Verdacht auf sich zieht.

Ende Dezember bekommt Caroline von Therese einen Brief, der sie davon überzeugt, dass Thereses Flucht aus Mainz ein abgekartetes Spiel zwischen ihr und Huber war. Sie schreibt an Huber in Frankfurt und fordert ihn auf, endlich mit dem Versteckspiel ein Ende zu machen. Huber fühlt sich nun bei der Ehre gepackt. Er schreibt, gleichzeitig mit Therese, an Georg und schenkt ihm reinen Wein ein. Georg merkt jetzt erst, wie weit Therese und Huber schon vorausgeplant haben. Sogar über die Aufteilung der Kinder haben sie sich schon Gedanken gemacht. Georg soll die kleine Therese bekommen.

Zur Jahreswende zieht Therese mit ihren Töchtern nach Neuchâtel, einem neutralen Gebiet zwischen der Schweiz und Frankreich, wo sie bei der Familie ihres Jugendfreundes Rougemont ein Unterkommen findet. Damit wird die Familie für Georg unerreichbar.

Wie er diesen Schlag verkraftet, lässt sich nur erahnen. Er scheint nicht wahrhaben zu wollen, dass Therese für ihn verloren sein soll. Er schreibt ihr weiter fleißig Briefe und er spricht sie darin an wie seine einzige Vertraute, die kurze Zeit verreist ist, mit der er aber bald wieder vereint sein wird. Insgeheim hat Georg schon längst geplant, nach Frankreich zu gehen, wenn die Lage in Mainz unhaltbar wird. Er malt sich aus, wie er mit Therese und den Kindern im sonnigen Süden der Republik ein neues Leben beginnen wird.

Einstweilen werden seine Kräfte jedoch in Mainz noch ganz in Anspruch genommen. Seit Anfang des neuen Jahres ist er Präsident des Jakobinerklubs, in der Administration ist er an der Vorbereitung für die Wahlen zum Rheinisch-Deutschen Nationalkonvent beteiligt und darüber hinaus ruft er auch noch eine neue Zeitung ins Leben, die zwei- bis dreimal wöchentlich erscheint. Die Beiträge für diese *Neue Mainzer Zeitung*, die im Untertitel *Der Volksfreund* heißt, schreibt er mehr oder weniger alle selber.

In der dreizehnten Ausgabe seiner Zeitung berichtet er von einem Ereignis, das die Welt erschüttert. Der König von Frankreich, mit bürgerlichem Namen Louis Capet, ist vom Nationalkonvent zum Tode verurteilt und hingerichtet worden. Georg schildert die letzten Minuten des Königs: »Auf dem ganzen Wege herrschte tiefes Stillschweigen; blos beim Einsteigen in den Wagen schrien einige Stimmen um Gnade. Am Blutgerüste [...] blieb Ludwig eine oder fünf Minuten in der Kutsche sitzen und redete leise mit dem Beichtvater; sodann stieg er mit entschlossenem Ausdruck aus [...]. Er stieg auf das Gerüst, und der Nachrichter schnitt ihm die Haare ab [...]. Er wandte sich gegen das Volk, oder eigentlich gegen die Truppen, welche den ganzen Platz anfüllten, und sprach mit sehr lauter Stimme folgende Worte: ›Franken, ich sterbe unschuldig; vom Schaffot herab, und im Begriffe vor Gottes Gegenwart zu erscheinen, sag' ich euch diese Wahrheit. Ich verzeihe meinen Feinden; ich wünsche, daß Frankreich‹ ... – Hier unterbrach ihn das Geräusch der Trommeln [...]. Er nahm sich seine Halsbinde selbst ab, und bot sich dem Streiche dar. Um Viertel auf eilft Uhr fiel der Kopf. Der Nachrichter hob ihn auf, hielt ihn in die Höhe, zeigte ihm den Volk, und gieng zweimal damit um das Gerüst. Aus tiefer Stille erhob sich ein lauter Ruf: ›Es lebe die Nation! es lebe die Republik!‹ […]. Mit Papier, mit weißen Schnupftüchern, nahm man das auf den Platz herabgeflossene Blut auf […] andere kauften Ludwigs Haarband mit den Haaren für einen Louisd'or.«[7]

Georg hält die Hinrichtung des Königs für gerechtfertigt. Für ihn ist der Zeitpunkt gekommen, von dem ab es keine Halbheiten mehr geben darf. Entweder man ist für Freiheit oder für Unterdrückung: »Ein Mittelding gibt es nicht.«[8] Und wer seine Wahl zwischen beidem getroffen hat, der muss auch die Folgen in Kauf nehmen.

So entschieden und selbstlos wie Georg sind die wenigsten Klubisten in Mainz. Sein großer Gegenspieler im Klub, der einstige Professor Hofmann, zettelt Intrigen gegen ihn und andere an. Nur mit einer eindringlichen Rede kann Georg als Präsident eine Spaltung des Klubs verhindern. Manchmal ist er nahe daran, alles hinzuschmeißen, weil doch immer die Populisten und »Lärmmacher« am meisten Gehör finden.

Die preußischen und hessischen Truppen rücken weiter auf Mainz zu. Am 6. Januar 1793 erobern sie den strategisch wichtigen Ort Hochheim, nur wenige Kilometer entfernt.

Am 13. Januar findet in Mainz ein Fest zur Befreiung der Stadt durch die Franzosen statt. Unter dem Donner von Kanonen und unaufhörlichem Jubelgeschrei und »während der heilige, begeisternde Freiheitshymnus der Marseiller tausendstimmig« ertönt, wird auf dem großen Speisemarkt ein Freiheitsbaum gepflanzt. Sechs als Sklaven verkleidete

Männer treten auf, sie tragen Insignien der alten Herrschaft wie Krone, Zepter und Adelsbriefe bei sich. Diese Symbole werden ihnen entrissen und auf einem Altar der Freiheit verbrannt. Zur Feier des Tages erhalten die Schulkinder einen Spieltag ohne Aufgaben. Und am Abend besuchen über dreihundert Bürger den »Ball der Freiheit und Gleichheit« im Redoutenhaus.

Die pompöse Selbstdarstellung der Mainzer Jakobiner kann nicht darüber hinwegtäuschen, dass die revolutionäre Begeisterung in der Stadt und in der ländlichen Umgebung sich in Grenzen hält. Das hängt auch mit den Meldungen über das Heranrücken der alliierten Truppen zusammen. Georg weiß, dass die Zeit drängt. Es müssen endlich die Wahlen zum Rheinischen Nationalkonvent stattfinden, damit der Schutz durch die Franzosen gewährleistet ist.

Am 1. Februar treffen endlich die zwei Kommissäre Simon und Gregoire ein. Sie sind per Dekret bevollmächtigt, die Durchführung der Wahlen vorzubereiten. Als Termin setzen sie den 24. Februar fest. Wählen darf jeder über einundzwanzig Jahre, der einen Eid auf die republikanischen Grundsätze ablegt. Frauen, Hausknechte und Lakaien sind ausgenommen.

In den folgenden Wochen werden so genannte Kommissare aufs Land geschickt. Georg ist einer von ihnen. Die Kommissare haben in erster Linie die Aufgabe, in den Dörfern und Städtchen Wahlversammlungen abzuhalten und dafür zu sorgen, dass überall der Eid geleistet wird. Wer den Eid verweigert, wird über die Grenze gebracht und sein Vermögen wird in Beschlag genommen. Georg muss die Erfahrung machen, dass viele Bauern treu zu ihren adligen Herren stehen und sich keineswegs nach der neuen Freiheit sehnen.

Im Amt Kirchheim beispielsweise lehnt die ganze Einwohnerschaft die angebotenen Vorteile dankend ab und Georg und seine Helfer müssen unverrichteter Dinge wieder abziehen. »Die deutsche Trägheit und Gleichgültigkeit ist zum Ausspeien«, schreibt Georg enttäuscht an Therese.[9]

Im Dorf Grünstadt gibt Georg nicht klein bei. Als die dort ansässigen Grafen von Leiningen sich weigern, den Eid abzulegen und sich in ihrem Schloss verschanzen, stellt sich Georg an die Spitze eines Trupps von Soldaten, stürmt das Schloss, nimmt die Grafen gefangen und lässt sie nach Landau ausweisen. »So muß uns alles weichen, was der guten Sache widerstrebt«, schreibt er nicht ohne Stolz über seine Heldentat an Therese.[10]

Die Wahlen am 24. Februar erfüllen nicht die Erwartungen. In Mainz gaben nur 372 von 4600 Berechtigten ihre Stimme ab. In den Städten Worms und Speyer sowie auf dem Land lag die Beteiligung höher. Georg ist von den Bauern aus Wöllnstein als Deputierter in den Konvent gewählt worden. Sie hätten ihn »freßlieb«, behauptet er.

Am 17. März 1793 tritt zum ersten Mal der Rheinische Nationalkonvent im Deutschherrenhaus in Mainz zusammen. Es wird ein von Georg vorgeschlagenes Dekret verabschiedet, in dem die Souveränität des neuen Rheinstaates erklärt und alle bisherigen weltlichen und geistlichen Herren ihrer Macht enthoben werden. In der zweiten Sitzung, am 20. März, wird Georg zum Vizepräsidenten gewählt, Hofmann zum Präsidenten. Am 21. März wird beschlossen, dass »das rheinischdeutsche freie Volk die Einverleibung in die fränkische Republik wolle, und bei derselben darum anhalte«[11]. Eine Delegation von Abgeordneten soll den Beschluss der

Nationalversammlung in Paris überbringen. Der Kaufmann André Patocki, der studierte Philosoph und Landwirt Adam Lux und Georg Forster werden für diese Aufgabe bestimmt.

Am 25. März reisen die drei Abgeordneten in Begleitung des Kommissars Nicolas Hausmann nach Paris ab. Georg nimmt nur einige Hemden und Reisegeld mit.

»In drei Wochen werde ich vermutlich wieder hier sein«, schreibt er an Therese.[12]

XVII.
Im Labyrinth der Revolution

»Und am Ende entgeht man sich selbst doch nicht.«

Am 30. März 1793, einen Tag nach seiner Ankunft in Paris, tritt Georg in der Nationalversammlung, der höchsten Institution der bürgerlichen Revolution, auf. Der Konvent, wie die Versammlung auch genannt wird, ist im Manege-Saal, einer ehemaligen Reithalle am Rande des Tuileriengartens, untergebracht. In dem lang gestreckten Raum ziehen sich die rot bepolsterten Sitzreihen stufenweise hinauf bis zur Galerie. In den oberen Rängen befindet sich der so genannte »Berg«, das sind die radikalen Abgeordneten, darunter Robespierre, Danton, Marat und ihre Gefolgsleute. Die unteren Plätze zur Mitte hin werden von den politisch Gemäßigten eingenommen. Dieser Bereich wird der »Bauch«, der »Sumpf« oder die »Ebene« genannt. Seitlich sind die Tribünen für das Publikum, das die Reden der Mitglieder ständig mit Beifall oder Zwischenrufen begleitet.

Georg hält eine kurze Rede, in der er mit pathetischen Worten das Gesuch des Rheinisch-Deutschen Konvents um Anschluss an das Frankenreich vorträgt. Seine Worte werden mit viel Beifall aufgenommen, der Präsident umarmt Georg und seine Mitdelegierten und der Antrag wird angenommen.

Am Abend sind Georg und seine Gefährten Gäste im berühmten Jakobinerklub, der so heißt, weil er im ehemaligen Dominikanerkloster in der Rue St. Jacques sein Quartier gefunden hat. Georg hält eine kleine Ansprache. Die Deutschen seien zwar nicht so lebhaft und begeisterungsfähig wie die Franzosen, so verkündet er, aber wenn sie sich einmal für etwas entschlossen hätten, hielten sie bis zum Tod daran fest.

Die Mainzer Delegierten werden im »Haus der holländischen Patrioten« in der Rue des Moulins Nr. 542 untergebracht. Hier hatte vor einigen Monaten auch ein junger korsischer Offizier namens Napoleon Bonaparte gewohnt. Die Herberge ist nur wenige hundert Meter vom Jakobinerklub, vom Konvent und vom Palais Royal entfernt. Aber Georg zieht es nur selten zu diesen Zentren des politischen Lebens. Schon in den ersten Tagen seines Aufenthaltes in Paris hat er eine entschiedene Abneigung gegen die Machenschaften und Intrigen in den politischen Zirkeln gefasst. »Ich hange noch fest an meinen Grundsätzen«, schreibt er an Therese, »allein ich finde die wenigsten Menschen ihnen getreu: alles ist blinde leidenschaftliche Wuth, rasender Partheigeist, und schnelles Aufbrausen, das nie zu vernünftig ruhigen Resultaten gelangt.«[1]

Die Französische Revolution ist in einer entscheidenden Phase. Die Gefahr von außen wächst ständig an. Die halbe Welt scheint sich gegen das Land verschworen zu haben. England und Holland hat man den Krieg erklärt. Russland, die deutschen Staaten, Neapel, Sardinien und Portugal haben sich mit den Gegnern Frankreichs verbündet. Gleichzeitig ist die revolutionäre Bewegung auch durch inneren Widerstand gefährdet. In der Vendée, einem westfranzösischen Departement, kommt es zu einem Aufstand von Monarchisten und Kirchentreuen, die Massaker gegen Anhänger des revolutionären Regimes verüben.

Um gegen diese äußeren und inneren Feinde vorgehen zu können, wurde am 10. März das Revolutionstribunal geschaffen und am 5. April wird ein mit besonderen Vollmachten ausgestattetes Gremium, der so genannte Wohlfahrtsausschuss, ins Leben gerufen. Neu geschaffene Gesetze erlauben es nun, mit Unruhestiftern kurzen Prozess zu machen. Die Luft ist voll von Verdächtigungen und Denunziationen. Die Spannungen zwischen den Sansculotten und den gemäßigten Girondisten nehmen zu und führen schließlich zu einem Bürgerkrieg, in dem die Jakobiner eine Schreckensherrschaft errichten.

Georg sieht sich nur noch von »herzlosen Teufeln« umgeben. In seinen Abscheu gegen die Guillotine, die »Schande der Revolution«, und die willkürlichen Verhaftungen mischt sich auch etwas von der Niedergeschlagenheit über seine private Situation, die sich dramatisch verschlechtert hat. Er muss sich nun damit abfinden, dass er nicht mehr nach Mainz zurückkehren kann. Von dorther haben ihn schlechte Nachrichten erreicht. Die Armee des preußischen Königs hat das Rheinland von Bingen bis Worms erobert. Custine leistete kaum Widerstand. Mainz ist eingeschlossen und wird nun belagert.

Caroline und Meta Forkel sind bei dem Versuch, aus Mainz Richtung Frankfurt zu fliehen, gefangen genommen worden. Man hat sie auf die Festung Königstein gebracht, wo sie seither festgehalten werden. Für Caroline ist die Situation besonders kritisch. Man hält sie für die enge Komplizin, ja Geliebte Forsters, der als Vaterlandsverräter verschrien und auf den ein Kopfgeld ausgesetzt ist. Und zu allem Überfluss ist Caroline auch noch schwanger von einem jungen französischen Offizier, mit dem sie sich in Mainz eingelassen hat.

Georg fühlt, dass alles, was er in langjähriger Anstrengung

unternommen hat, um sein privates und berufliches Glück zu sichern, fehlgeschlagen ist. Therese hat ihn mit den Kindern verlassen. Seine Karriere als Hochschullehrer und Bibliothekar hat er mit der Entscheidung für die Revolution zunichtegemacht. Sein politisches Amt als Abgeordneter des Rheinischen Konvents ist mittlerweile eine Farce. Er ist mit Schulden überhäuft und abgesehen von dem Deputiertengeld, das er erhält, ist er mittellos.

Georg muss wieder ganz von neuem anfangen. Aber was soll er tun? Wovon soll er leben? Ohne seine Bücher und Manuskripte, die in Mainz liegen, kann er nicht schriftstellerisch arbeiten. Einen ganz anderen Beruf zu erlernen, dafür fühlt er sich schon zu alt und für eine politische Karriere im revolutionären Frankreich fehlt ihm, das muss er sich gestehen, der Machtinstinkt.

Georg versucht, Mut zu fassen und nicht allzu sehr an seine ausweglose Lage zu denken. Aber manchmal übermannt ihn seine Verzweiflung. Dann ist der einzige Mensch, an den er sich wendet, Therese. Am 4. Mai schreibt er an sie: »Wenn ich heute einsam im palais royale auf und abging, kamen mir unwillkürlich die Thränen in die Augen, daß ich nun auf mein Zimmer zurückkehren sollte und in der unendlich großen Stadt keinen Menschen hätte, der sich im mindesten um mich bekümmerte, keinem, der Anteil an mir nähme, und dem es nicht völlig gleichgültig wäre, wenn ich morgen verschwände! Gewiß eine sonderbare Wendung meines Schicksals, nachdem ich so lange meine Kräfte alle aufgeboten habe, um Menschen an mich zu knüpfen [...]. Ich darf auch nicht mehr an meine armen Kinder denken, denn diese Erinnerung tötet mich.«[2]

Immer noch klammert sich Georg an die Hoffnung, mit

Therese wieder zusammenzuleben. Diese Hoffnung gibt er auch nicht auf, als er erfährt, dass Huber seine Entlassung aus dem diplomatischen Dienst erwirkt hat und nach Neuchâtel, in Thereses Nähe zieht.

In Paris hat Georg wenig Umgang, obwohl er täglich in öffentlichen Gasthäusern isst, um unter Leute zu kommen. Die meisten Kontakte sind kurzlebig und oberflächlich. Am vertrautesten ist er noch mit dem Grafen Schlabrendorf, einem etwas verschrobenen, langbärtigen deutschen Aristokraten, der wie Georg die Revolution verehrt und die Revolutionäre verabscheut. Ein gern gesehener Gast ist er auch bei dem englischen Bankier Thomas Christie, der mit Frau und Schwester in Paris lebt. Mit den Christies macht Georg Ausflüge nach Luciennes und Versailles, wenn es in Paris wieder einmal zu gefährlich wird.

Thomas Christie macht sich auch Gedanken um Georgs Zukunft. Er denkt sogar an eine Verbindung Georgs mit seiner Schwester Jane, um ihm die Leitung einer familieneigenen Druckerei zu übertragen. Aber Georg fühlt sich immer noch Therese zugehörig. Er selbst spielt mit dem Gedanken, eine deutschsprachige Zeitung ins Leben zu rufen. Als sich dieser Plan zerschlägt, will Georg Arabisch und Persisch lernen, um eine Reise nach Indien zu unternehmen.

Mitte Juli versetzt ein spektakulärer Mord ganz Paris in Aufregung. Jean Paul Marat, ein führender Kopf der Jakobiner, so genannter Freund des Volkes, der in seiner Zeitung eine skrupellose Mordhetze betrieben hat, wird am Vorabend des 14. Juli von einer jungen Frau in seiner Badewanne erstochen. Charlotte Corday d'Armont, so der Name der Täterin, ist eine glühende Verfechterin der Republik und sah Marat als abwegigen Friedensstörer. Georg wohnt ihrer Hinrichtung auf dem Schafott bei. Er ist ungeheuer beeindruckt von ihrer Schönheit und der »Reinheit ihrer Seele«. Einen noch stärkeren Eindruck hinterlässt die Corday bei Georgs Mainzer Gefährten Adam Lux. Der junge idealistische Mann verbreitet auf eigene Kosten Streitschriften, in denen er die Mörderin Marats als Märtyrerin verteidigt. Georg versucht, den Freund von dieser selbstmörderischen Aktion abzuhalten. Vergebens, Lux wird verhaftet und in das Gefängnis La Force gebracht.

Mainz, das Georg und Adam Lux an Frankreich anschließen wollten, steht inzwischen kurz vor dem Fall. Die Stadt wird seit dem 17. Juni mit Brandbomben beschossen. Von weit her kommen Schaulustige, um das ›Feuerwerk‹ zu bestaunen. Die Liebfrauenkirche, der Dom und die Bibliothek werden getroffen und brennen aus. Am 22. Juli kapitulieren die Verteidiger. Nun beginnt eine gnadenlose Hetzjagd auf die vermeintlichen Vaterlandsverräter. Johann Wolfgang von Goethe, der Belagerung und Übergabe von Mainz miterlebt, wird Zeuge zahlreicher Fälle von Selbstjustiz der Zivilbevölkerung.

Einmal hält der Mob einen eleganten Reisewagen mit französischen Damen an und entdeckt darin einen stadtbekannten »Erzklubisten«. Man zerrt ihn an den Füßen aus der Kutsche, schleppt ihn auf den nächsten Acker und prügelt auf ihn ein, bis ihm alle Glieder am Leib zerschlagen sind und sein Gesicht unkenntlich ist. Erst als eine Wache einschreitet, lassen die Peiniger widerwillig von ihrem Opfer ab.

Goethe reitet als einer der Ersten in die zerstörte Stadt. Dort trifft er überraschend Soemmerring, der in den übel zugerichteten Zimmern seines Hauses umherstreift. Goethe ist entsetzt über das Ausmaß der Zerstörung: »In Schutt und

Trümmer war zusammengestürzt, was Jahrhunderte aufzubauen gelang [...].«[3]

Goethe hatte nach dem missglückten Feldzug gegen Frankreich zu seinen Mitstreitern die ahnungsvollen Worte gesprochen: »Von hier und heute geht eine neue Epoche der Weltgeschichte aus, und ihr könnt sagen, ihr seid dabei gewesen.« Auch Georg ist bei der Geburt dieser neuen Epoche dabei, im Zentrum des Geschehens, in Paris. Aber er weiß nicht mehr so recht, ob er darauf stolz sein soll. Georg hat immer an dem Glauben festgehalten, dass durch den Sturz der alten, morschen Ordnungen auch sein Glück, ja das Glück aller Menschen befördert wird. Jetzt scheinen alle Ereignisse einer solchen Überzeugung hohnzusprechen.

Es gibt Augenblicke, in denen er von dem »zerfleischenden Bewußtsein« gemartert wird, nach dem Verlust seiner Familie und seiner Freunde nie wieder glücklich sein zu können. Dann erwartet er auch nichts mehr von der Revolution. »An eine Politik, die sich auf eine allgemeine Glückseligkeit, auf das wahre Interesse gründet«, schreibt er verbittert an Therese, »höre nur ja auf zu glauben, sie existiert nirgends.«[4] Georg kann sich aber auch nicht damit abfinden, dass in der Geschichte nur blinder Zufall, ein »Ungefähr« walten soll. Es muss für ihn einen Sinn in dem Ganzen geben, der »raisonirt« ist.[5] Aber wie kann man an eine Vernunft in der Geschichte glauben, wenn gleichzeitig die geschichtlichen Ereignisse den eigenen Vorstellungen von »Humanität« zuwiderlaufen? Diese Frage lässt ihm keine Ruhe.

Ende Juli erhält er eine neue Gelegenheit, in das politische Geschehen einzugreifen. Im Zusammenhang mit den Bemühungen Dantons um einen Frieden mit England soll Georg in Sondermission an die Nordfront reisen, um mit dem britischen General Murray über einen Gefangenenaustausch zu verhandeln. Am 1. August bricht er mit einem zweiten Gesandten namens Petry nach Combray auf. Als die beiden dort eintreffen, herrscht in der Stadt heilloses Chaos. Die Alliierten haben überraschend eine Offensive gestartet. Die französischen Truppen ziehen sich in die Gegend um Arras zurück. In Arras gelingt es Georg, Kontakt mit dem englischen General aufzunehmen und ihm seine Botschaft zu übermitteln. Doch Murray reagiert nicht auf die Vorschläge.

Georg und seinem Begleiter bleibt nichts anderes übrig, als in Arras auf Weiteres zu warten. Sie bewohnen ein kleines verlaustes Zimmer in einem Gasthof. Mit seinem wortkargen Zimmergefährten kann Georg wenig anfangen. Um nicht sinnlos in ihrem Zimmer herumzusitzen, beginnt er eine Darstellung der Mainzer Revolution zu schreiben. Am liebsten aber geht er spazieren am Kanal, der von Arras nach Douay führt. Dabei zerbricht er sich den Kopf darüber, wie ein Leben mit Therese in Zukunft aussehen könnte. Einmal pflückt er Blumen, die er seinen Kindern schickt. Er weiß, dass inzwischen auch Huber in Neuchâtel wohnt. Um dem Gerede zu entgehen, hat er sich ein eigenes Zimmer am Rande der Stadt gemietet. Er will jetzt eine Zeitung herausgeben mit dem Namen *Friedenspräliminarien*.

Wovor Georg sich schon lange gefürchtet hat, trifft nun ein: Therese will sich von ihm scheiden lassen. Äußerlich reagiert er auf diese Nachricht gefasst. Er sieht Thereses Gründe ein und er will ihrem zukünftigen Glück nicht im Wege stehen. Aber hinter dieser vernünftigen Fassade wird er von panischer Angst getrieben. Therese aufgeben zu müssen hieße für ihn, sich selbst aufzugeben. »Ich kann nicht mit dir leben und kann dich auch nicht entbehren«, hat er Therese aus Paris geschrieben.[6]

Georg weiß, dass er von Therese nichts mehr fordern kann, er will sie auch nicht durch penetrante Bitten verärgern. Also versucht er, Therese und Huber davon zu überzeugen, dass es nur zu ihrem Vorteil ist, wenn er wenigstens in ihrer Nähe leben kann. Er weist auf Hubers finanzielle Situation nach seinem freiwilligen Abschied aus der Diplomatie hin. Bei einem Leben zu dritt könnte man sich gegenseitig unter die Arme greifen, schlägt er vor. Aus Mainz hat er die Nachricht erhalten, dass ein Großteil seiner Manuskripte und Bücher in Sicherheit gebracht werden konnte. Wenn es ihm gelänge, seine Sachen nach Paris zu bringen, könnte er dort wieder als Schriftsteller anfangen. Außerdem spekuliert er auf eine Stelle als Bibliothekar in Paris. Wenn sie ihr Gehalt zusammenlegen, so können doch Therese, Huber, er und die Kinder ganz gut über die Runden kommen. Das alles gibt Georg Therese zu bedenken.

Es ist nicht zu sagen, inwieweit Therese in ihren Briefen Anlass für solche Hoffnungen gibt. Spätere Äußerungen von ihr lassen eher vermuten, dass sie zu keinem Zeitpunkt bereit war, nach Paris zu gehen. Sie wollte mit der Scheidung auch den gebrandmarkten Namen Forster ablegen, um mit Huber nach Deutschland zurückkehren zu können.

Am 8. Oktober werden die beiden Kommissare nach Paris zurückbefohlen. Die Mission war ein Fehlschlag. Georg betrachtet seine politische Laufbahn als beendet. In Paris hält er sich nicht lange auf. Er hat mit Therese vereinbart, sich in Pontarlier, einem Ort an der Grenze zur Schweiz, zu treffen, um die Scheidungsformalitäten zu besprechen. Georg gelingt es, einen offiziellen Auftrag für diese Reise zu bekommen. Er soll die Haltung der Schweizer zu Frankreich erkunden. Mit einem Pass, der ihn als Sonderagent ausweist, in der Tasche fährt Georg in der letzten Oktoberwoche in den Südosten der Republik. In Pontarlier ergeben sich neue Schwierigkeiten. Therese darf die Grenze nicht überschreiten, sie will auch nicht, dass Georg nach Neuchâtel kommt. Man einigt sich schließlich auf Travers, einen kleinen Gebirgsort im Jura, als Treffpunkt.

Am 3. November 1793, einem kalten, spätherbstlichen Tag, kann Georg nach langer Trennung endlich Therese und seine Kinder wieder in die Arme nehmen. Das Röschen ist schon sieben Jahre alt, das Clärchen fast schon vier. Drei Tage verbringen die Familie und Huber in einem Gasthof in Travers. Was alles in diesen Tagen vorgefallen und besprochen worden ist, das bleibt wohl für immer im Dunkeln. Therese schildert in ihrer Lebensbeschreibung Georgs das damalige Zusammensein, trotz der beschlossenen Scheidung, als sehr harmonisch. Aber ihrer Darstellung darf man nicht allzu sehr trauen. Sie hat nachweislich viele Briefe zerstört oder bewusst verfälscht und zahlreiche Dokumente verschwinden lassen. Offenbar wollte sie ihr Verhältnis zu Georg in einem bestimmten Licht erscheinen lassen. Man kann allerdings annehmen, dass Huber und sie Georg in seinem Glauben an ein mögliches Leben zu dritt in Paris belassen haben, obwohl dieser Plan völlig unrealistisch war. Ob sie Georg aus Mitleid, schlechtem Gewissen oder mangelnder Courage etwas vorgemacht haben, lässt sich nicht sagen.

Georg jedenfalls kann sich bei seinem Abschied aus Travers auf eine vage Zuversicht stützen. Dennoch zerreißt ihm die neuerliche Trennung von Therese und den Kindern fast das Herz. »Meine Einzige Therese«, schreibt er aus Pontarlier, »Alles habe ich aufgeboten, um mich zu *halten*, aber jetzt brichts los. O meine Kinder! wie blutet mein Herz bei diesem Abschied! […] Der Blick auf die nächsten Wochen und Monate vielleicht – ist für mich Vereinzelten traurig. Die Erinnerung an mein verlorenes Glück und das Gefühl meiner jetzigen Ohnmacht, uns allen zu helfen, die Tränen, die ihr alle vergossen habt, und der Schmerz, der uns alle preßte, werfen mich nieder. Ich will und werde mich aufraffen; seid unbesorgt. […]. Die Freude, meine süßen Kleinen geherzt zu haben, rechne ich meinem Schicksal hoch an.«[7]

In Pontarlier hält sich Georg noch einige Tage auf. Er beginnt damit, seine Gedanken zur Revolution aufs Papier zu bringen. Die in Briefform gehaltenen Abhandlungen sollen in Hubers *Friedenspräliminarien* erscheinen.

Noch in Pontarlier ereilt Georg die Botschaft, dass Adam Lux hingerichtet worden ist. Er sei auf das Schafott gesprungen, heißt es in der Nachricht. Die Bemühungen seiner Freunde, sein Leben zu retten, waren vergeblich. Lux wollte sterben, er wollte ein Zeichen setzen. Auch Hoffmann, der frühere Präsident des rheinischen Nationalkonvents, konnte zum Schluss nicht mehr für ihn tun, als ihm für die Hinrichtung seine Schuhe zu borgen.

In Paris bezieht Georg wieder sein »altes Nest« im »Haus der holländischen Patrioten«. Es geht ihm nicht gut. Auf der Rückfahrt nach Paris ist die Kutsche eine ganze Nacht durchgefahren. Tags darauf spürte er einen »fatalen rheumatischen Krampf«[8] in der Brust. Er macht sich in seinem Zimmer Flanellumschläge, die eine Linderung der Schmerzen bewirken.

In Georgs Abwesenheit von Paris hat der Terror der Jakobiner eine neue Dimension erreicht. General Custine war wegen seiner Kriegsführung an der Nordfront zur Rechenschaft gezogen und Ende August hingerichtet worden. Am 16. Oktober starb Marie Antoinette auf dem Blutgerüst. Dann begann die Revolution ihre eigenen Kinder zu fressen. Gegen die Girondisten wurden serienweise Todesurteile verhängt. Von November an steigt die monatliche Zahl der landesweiten Hinrichtungen. Im November sind es noch 500, im Dezember schon 3300. In Bordeaux schafft die Guillotine die Vielzahl von Todeskandidaten nicht mehr. Man geht dazu über, die aneinandergefesselten Opfer haufenweise mit Kanonen niederzuschießen.

Mit der zunehmenden Radikalisierung der Revolution gerät Georg immer mehr in Konflikt mit sich selber. Wenn er sich seinen spontanen Gefühlen überlässt, verabscheut er den Terror, den »Blutdurst« und die »blinde Wuth« von ganzem Herzen. Wenn er dagegen die Ereignisse von einem »kosmopolitischen Gesichtspunkt«[9] aus betrachtet, heißt er die Revolution willkommen, »mit all deinen Übeln und Greueln«[10].

Auf diese Widersprüchlichkeit in seinen Haltungen stößt man bei Georg immer wieder. Sie ist ein Kennzeichen seiner Person. Ob er als jugendlicher Weltumsegler lernte, jede Kultur als eine Stufe im Fortlauf der Geschichte zu verstehen, ob er sich als Forscher bemühte, die Natur als Ganze zu sehen, oder als Rosenkreuzer nach einem göttlichen Plan in der Geschichte suchte – immer hat er versucht, seine persönlichen Empfindungen mit einem überpersönlichen Standpunkt zu verbinden. Und immer ausgeprägter wurde in ihm das Gefühl, in einem »Labyrinth« zu leben, das undurchschaubar ist, dessen Gesetzen man sich aber trotzdem beugen muss.

In seinen Briefen aus Paris unternimmt er immer neue Anläufe, um Therese und sich selbst sein Weltbild verständlich zu machen, so als hänge davon sein Leben ab. Einmal spricht er vom »Schicksal«, einmal von der »Intelligenz des Alls«, die der einzelne Mensch aus seiner beschränkten Perspektive nicht nachvollziehen könne.

In Paris kämpft er darum, seine »Humanität« zu retten angesichts einer Revolution, die jede Moralität mit Füßen zu treten scheint. Aber das gelingt ihm nur, wenn er sich die Revolution als unerbittlichen »Vulkan« vorstellt und die geschichtlichen Ereignisse als »Riesengröße«, der man mit moralischen Maßstäben nicht gerecht werden kann. Seinen früheren Wahlspruch, was Blut koste, sei kein Blut wert, muss er nun aufgeben. »Um Gutes zu stiften«, behauptet er nun, »muß man [...] auch das Schlimme geschehen lassen.«[11] Und er schreckt auch nicht vor der zynischen Aussage zurück: »Tausend und aber tausend Familien können zu Grunde gehen, aber das große Werk geht nicht mehr zurück.«[12]

Doch Georg ist kein Übermensch, der sich ohne Skrupel über ›kleinliche‹ moralische Bedenken hinwegsetzen kann. Er flüchtet sich in große Worte und in seine »kalte Philosophie«, um darüber hinwegzutäuschen, dass er innerlich zerrissen ist. »Und am Ende entgeht man sich selbst doch nicht«, hat er vor zwei Jahren an seinen Schwiegervater Heyne geschrieben. Ob er damals schon ahnte, dass ihn die Widersprüche seines Lebens einmal einholen und zermürben würden?

Seit er aus Pontarlier zurück ist, fühlt er sich in Paris mehr denn je als Fremder. In den letzten Wochen und Monaten sind viele Emigranten aus Mainz in der französischen Hauptstadt eingetroffen. Anfang Dezember begegnet er Merlin von Thionville, der als Kommissar des Konvents in Mainz war und bis zum Fall der Stadt dort ausgeharrt hat. Merlin lädt Georg zu einer Abendgesellschaft ein. Auch andere Mitstreiter aus Mainz wie Reubel und Hausmann und die Frau des ehemaligen Klubpräsidenten Dorsch sind da. Zu fortgeschrittener Stunde machen die »großen Kinder« ein Pfänderspiel, bei dem sich der Verlierer deftige Schläge auf die Hand gefallen lassen muss. Georgs Hand ist am nächsten Tag noch geschwollen.

Von der Gesellschaft bei Merlin von Thionville geht Georg zu Fuß in seine Herberge. In den Straßen ist es kalt und neblig. Georg hat keinen Überrock an, auch seine Schuhe sind zerschlissen. Gleich macht sich wieder seine entzündete Brust bemerkbar. In den nächsten Tagen muss er im Bett bleiben. Zu seiner Erleichterung erklärt sich ein junger Pole bereit, ihm aufzuwarten. Schon früh am Morgen facht er das Kaminfeuer in Georgs Zimmer an. Doch der Abzug funktioniert nicht richtig. Das Zimmer ist immer verräuchert. Aber ohne Feuer ist es eiskalt.

Georg bekommt Briefe aus Neuchâtel. Therese und Huber wollen nach Deutschland. Georg versucht, sie sanft zu überzeugen, dass Frankreich ihnen vielleicht mehr Vorteile bietet. »Ich bin ganz abgeneigt Euch in diesen Strudel zu ziehen, aber ich trage auch keine Bedenken dazu zu rathen, sobald ihr den Willen in Euch fühlt, etwas zu wagen.«[13]

Georg bezieht seine ganze Lebenskraft nur noch aus der Hoffnung, mit Therese und den Kindern wieder vereint zu sein. Zwanzig, dreißig Jahre, so rechnet er aus, könnten sie doch noch vergnügt miteinander leben. Für ein Leben allein, ohne Familie, sieht er keine Perspektiven mehr. Die erhoffte Bibliothekarsstelle ist an einen anderen vergeben worden.

Und seine Pläne für eine Reise nach Indien sind zu phantastisch, als dass er wirklich daran glaubt.

Mitte Dezember geht es Georg besser. »Die Schmerzgestängs- und Krummzapfen-Musik in meiner Brust hat aufgehört«, meldet er Therese.[14] Er kann wieder aufstehen, aber für das Anziehen und Rasieren braucht er eine ganze Stunde, so matt fühlt er sich. Immerhin ist er so weit wiederhergestellt, dass er sich an den Kamin setzen und an seinen *Parisischen Umrissen* weiterarbeiten kann. Er schreibt: »[…] der echte Bürger, der Mensch im größten Sinne des Worts, leidet tief bei der traurigen Erfahrung, daß ohne ganze Ströme Bluts die Vortheile der Revolution, deren die Welt so nothwendig bedarf, ihr nicht zu Gute gekommen wären. […] aber die Moralität jener blutigen Rache gehört wenigstens für jetzt vor keinen menschlichen Richterstuhl.«[15]

In ganz Paris finden dieser Tage die »fêtes de la raison«, die Vernunftfeste statt. Viele Kirchen werden zu Tempeln der Vernunft erklärt. Massenhaft schwören die Menschen dem Christentum ab und verehren nun Vernunftgöttinnen, die von Frauen aus dem Volk dargestellt werden. An manchen Orten gibt es auch Prozessionen mit Betrunkenen in Priestergewändern, mit Kühen, Ziegen und Schweinen.

Georg hält die Einsamkeit in seinem Zimmer auf die Dauer nicht aus. Er bleibt abends lange auf, um müde zu werden und nicht wieder eine schlaflose Nacht zu verbringen. Trotzdem macht er kaum ein Auge zu. Und wenn, wird er von Angstträumen verfolgt, aus denen er nass geschwitzt wieder herausgerissen wird.

Am 19. Dezember flüchtet er aus seiner engen, niedrigen Dachkammer. Er will seinen Buchhändler Onfoy besuchen. Weil er keinen Wagen bekommt, muss er zu Fuß durch die halbe Stadt gehen. Das rächt sich. Georg erleidet einen gesundheitlichen Rückfall. Seine Brust schmerzt, »als hätte sie auf einem Reibeisen gelegen«[16]. Drei deutsche Emigranten kümmern sich jetzt um ihn. Dorsch, der Ex-Präsident des Mainzer Klubs, der Hofrat Haupt aus Mainz sowie der junge Schwabe Georg Kerner lösen sich an seinem Krankenbett ab. Aber sie können nicht mehr tun, als Georgs furchtbare Schmerzen mit Opium zu betäuben. Georg wird am ganzen Körper von einer »skorbutischen Gicht« befallen. Er kann kaum mehr die Feder halten.

Dennoch schreibt er an Therese, um sie über seinen Zustand zu beruhigen und ihr zu versichern, dass er auf sie wartet. »Wenn ich um Euer Hierseyn bisweilen zweifelnd und verlegen scheine, meine innig geliebten Kinder! so glaubt nur nie, daß dies aus irgend einer Besorgniß über unser künfiges Verhältniß fließe. Ich bin meiner gewiß und weiß, daß uns nichts stören kann und wird. Ich möchte nur gern in der Fülle meiner Sorge um Euch, daß Ihr, wenn Ihr einst hier seyd, nicht das geringste Ungemach empfändet.«[17]

Gegen Ende des Jahres 1793 tritt im Krieg eine Wende ein. Die alliierten Truppen werden von den französischen Soldaten gezwungen, sich hinter den Rhein zurückzuziehen, die preußische Armee muss die Belagerung von Landau aufgeben. Am 4. Januar des neuen Jahres greift Georg noch einmal zur Feder. »Wir haben löwenmäßig gesiegt«, schreibt er stolz über die französischen Erfolge an Therese und Huber. Georgs Kraft reicht aber nur für ein paar Zeilen. »Nicht wahr, Kinder, ein paar Worte sind besser als nichts? Ich habe nun keine Kräfte mehr zum Schreiben. Lebt wohl! hütet Euch vor Krankheit; küßt meine Herzblättchen.«[18]

Das sind die letzten Zeilen, die Georg in seinem Leben

schreibt. Am 10. Januar ist Haupt bis um vier Uhr nachmittags bei ihm. Dann muss er ihn kurz wegen dringender Geschäfte verlassen. Als er gegen fünf Uhr wiederkommt, liegt Georg im Sterben. Wie Haupt in einem Brief an Huber schreibt, sollen Georgs letzte Worte seinen Kindern gegolten haben.

Georg stirbt völlig verarmt. Die Kosten für die Bestattung legt die Inhaberin seiner Herberge, Madame Barnier, aus. Wo Georg Forster in Paris begraben wurde, weiß niemand.

Therese Forster und Ludwig Ferdinand Huber heiraten am 10. April 1794. Therese überlebt auch Huber, der 1804 stirbt, und macht sich als Schriftstellerin einen Namen. Zeit ihres Lebens verfolgt sie das Bild des einsam sterbenden Forster. Im Jahr 1808 schreibt sie in einem Brief: »Hundertmal schwebte mir das Bild im Traum vor, und wenn wir dort uns wiedererkennen, so wird mir sein freundlicher Blick zuerst sagen, daß er diesen Schmerz von mir nahm.«[19]

Therese Huber, geb. Heyne, stirbt im Jahr 1829.

Reinhold Forster sagte sich von Georg los, als dieser sich zur Sache der Republikaner bekannte. Es würde ihn freuen, seinen Sohn am Galgen zu sehen, soll er öffentlich erklärt haben.

Johann Reinhold Forster stirbt 1798 in Halle.

Am erschüttertsten zeigt sich Hofrat Heyne von Georgs Tod. An seine Tochter Therese schreibt er am 31. Januar 1794:

»Seit der gestern erhaltenen, mich gänzlich betäubenden Nachricht kann ich meine Gedanken noch nicht wieder sammeln; ich bin untröstlich über den Verlust meines Forsters. Wohl war er mein Forster; ich liebte ihn unaussprechlich! […] Sein Werth, – auch, ersetzt wird er der Welt nicht wieder! Was für Kenntnisse hier vereinigt waren, treffen leicht nicht wieder zusammen. Der edelste Charakter, das beste Herz und mir immer der Gegenstand des Kummers, des Mitleidens; – immer gerührt dachte ich an ihn, er verdiente mehr als Tausende glücklich zu seyn, war es nie, war so tief unglücklich! Es ist mir noch unmöglich zu denken, daß ich ihn nie wieder sehen soll.«[20]

Zeittafel

1754 Georg Forster wird am 27. November in Nassenhuben bei Danzig geboren.

1765 Johann Reinhold Forster und sein Sohn Georg Forster reisen im Auftrag der russischen Kaiserin ins Wolgagebiet.

1766 Die Forsters in Petersburg. Im August Reise nach England.

1767 J. R. Forster Lehrer am Dissenters' College in Warrington. Georg übersetzt Lomonossows *Kurze Russische Geschichte*. Georg geht bei einem Textilkaufmann in die Lehre.

1768 Justina Forster zieht mit den Kindern Karl, Wilhelm, Virginia, Antonia und Wilhelmina nach England um.

1772 J. R. Forster veröffentlicht Bougainvilles Reisebericht. J. R. Forster und Georg sollen an Cooks 2. Weltumsegelung teilnehmen. Am 13. Juli Aufbruch zur Weltreise.

1773 Erster Aufenthalt auf Tahiti (16. Juli – 1. September).

1775 Am 30. Juli Rückkehr von der Weltreise.

1776 Konflikt zwischen J. R. Forster und der britischen Admiralität.
Georg verfasst eine eigene Reisebeschreibung.

1777 Georg wird Mitglied der »Royal Society«.
Sein Buch *A Voyage round the World* erscheint.
Kurze Reise nach Paris.

1778 Georg reist nach Deutschland. Er erhält eine Professur in Kassel.
Reise um die Welt erscheint bei Spener in Berlin.

1779 Georg reist durch Deutschland. Er vermittelt seinem Vater eine Professur in Halle.

1781 In Kassel Freundschaft mit Samuel Thomas Soemmerring. Die beiden schließen sich dem Geheimbund der Rosenkreuzer an. *Ein Blick in das Ganze der Natur* (Aufsatz).

1783 Berufung Georgs als Professor der Naturgeschichte an die Universität Wilna. Verlobung mit Therese Heyne.

1784 Georg reist nach Wilna. Mehrwöchiger Aufenthalt in Wien. *Der Brotbaum* (Aufsatz).

1785 Georg reist nach Göttingen, um Therese Heyne zu heiraten. Auf der Rückreise Besuch bei Goethe in Weimar.

1786 August: Tochter Therese wird geboren. *Cook, der Entdecker* (Aufsatz).

1787 Georg kehrt mit Familie nach Göttingen zurück. Teilnahme an einer russischen Südsee-Expedition scheitert. Therese Forster hat eine Affäre mit F. L. W. Meyer.

1788 Georg wird Bibliothekar in Mainz. Verhältnis Thereses mit dem sächsischen Legationsrat Huber.

1789 *Geschichte der Englischen Literatur, Die Kunst und das Zeitalter* (Aufsätze).
Tochter Klara wird geboren.

1790 Georg reist mit Alexander von Humboldt an den Niederrhein, nach England und Frankreich.

1791 *Ansichten vom Niederrhein.* Georg übersetzt das indische Drama *Sakontola.*
Tochter Louise wird geboren, sie stirbt im November an Blattern.

1792 Französische Besetzung von Mainz. Georg tritt den Mainzer Jakobinern bei.
Sohn Georg stirbt wenige Monate nach seiner Geburt.

1793 Georg gibt die *Neue Mainzer Zeitung* heraus. Abgeordneter im Rheinisch-Deutschen Nationalkonvent.
Georg geht mit einer Delegation nach Paris.
Belagerung und Fall von Mainz zwingen ihn, in Paris zu bleiben.
Er schreibt eine *Darstellung der Revolution in Mainz* und die *Parisischen Umrisse*.
Besucht Therese und Huber in dem Schweizer Grenzort Travers.

1794 Georg Forster stirbt am 10. Januar in seiner Dachkammer in Paris.

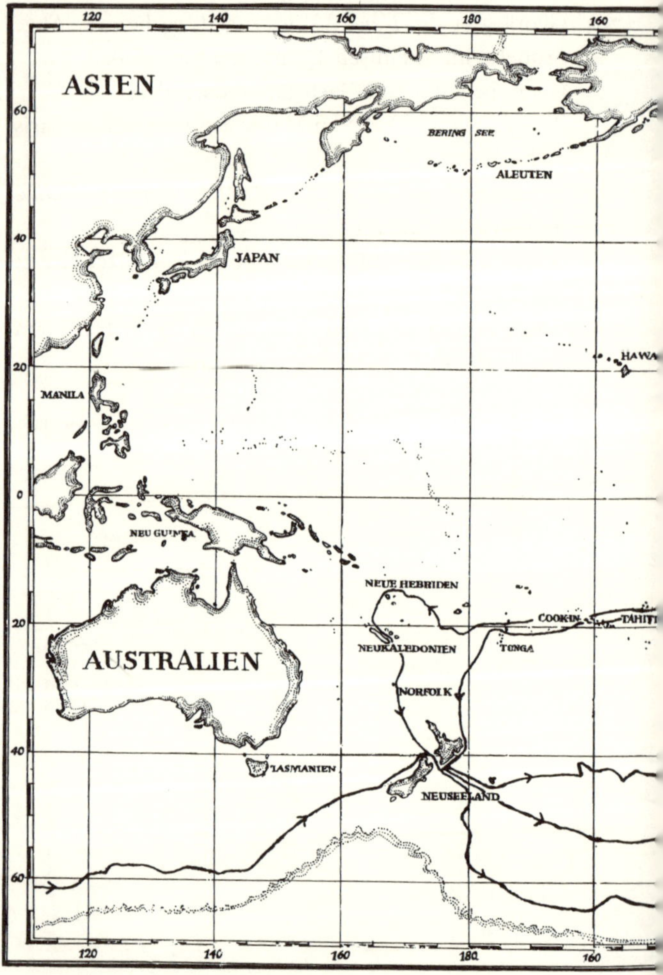

ASIEN
BERING SEE
ALEUTEN
JAPAN
HAWA
MANILA
NEU GUINEA
NEUE HEBRIDEN
COOK-IN
TAHITI
NEUKALEDONIEN
TONGA
AUSTRALIEN
NORFOLK
TASMANIEN
NEUSEELAND

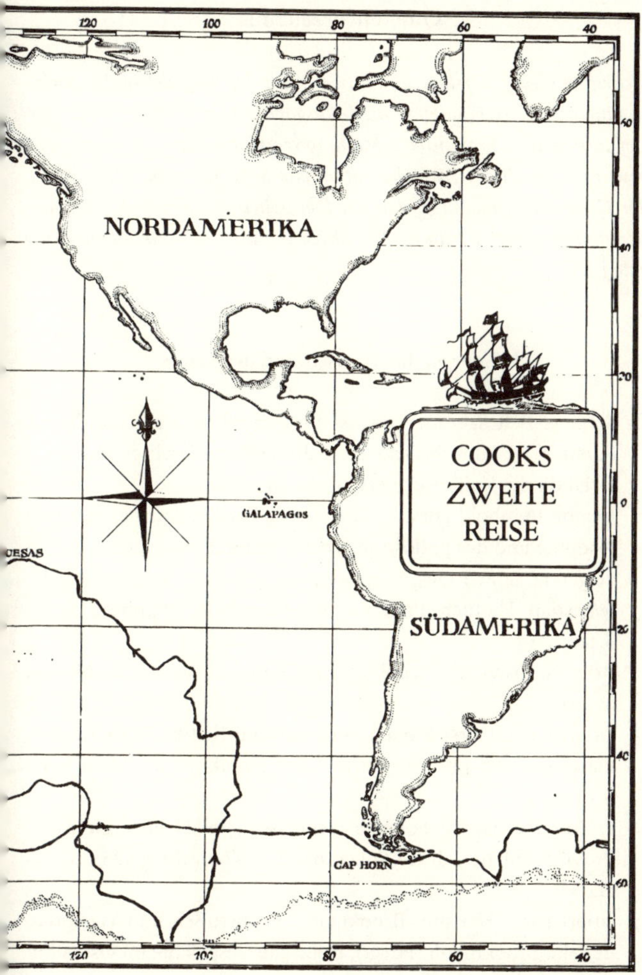
NORDAMERIKA
COOKS
ZWEITE
REISE
GALAPAGOS
SÜDAMERIKA
CAP HORN

Quellenverzeichnis

(Schriften Georg Forsters sind zitiert nach der vergleichsweise leicht zugänglichen vierbändigen Insel-Ausgabe seiner Werke, hrsg. von Gerhard Steiner, Frankfurt a. Main. 1967-71, abgekürzt als W4; *Briefe bzw. nicht in dieser Ausgabe enthaltene Schriften sind zitiert nach der Gesamtausgabe, hrsg. von der Deutschen Akademie der Wissenschaften der DDR, Berlin 1958ff., abgekürzt als* AA *[= Akademie-Ausgabe].)*

I. George, das Wunschkind des Vaters

1 Schück, Beiträge zur Lebens- und Familiengeschichte Georg Forsters, in: Jahresbericht der Schlesischen Gesellschaft für vaterländische Kultur 62, 1884, S. 369-380, S. 373

2 Johann Reinhold Forster, Über Georg Forster, Annalen der Philosophie und des philosophischen Geistes. Philosophischer Anzeiger, 14. Januar 1795, St. 2, Sp. 9-16

3 Sebastian Haffner, Preußen ohne Legende, Hamburg 1979[3], S. 117

4 Brief an Friedrich Jacobi vom 8. Februar 1789, AA 15, Nr. 144, S. 260

5 zitiert nach: Horst Möller, Vernunft und Kritik. Deutsche Aufklärung im 17. und 18. Jahrhundert, Frankfurt am Main 1986, S. 16

6 F. Strehlke, Georg Forsters Geburtsort, in: Neue Preußische Provinzialblätter, dritte Folge, Band 8, Königsberg 1861, S. 189-212

7 zitiert nach: Hartmut Brookmann, Ostpreußen und Westpreußen, in: Brookmann (Hrsg.), Deutsche Geschichte im Osten Europas, Berlin 1992, S. 327

8 Johann Reinhold Forster, Über Georg Forster, vgl. Anmerkung Nr. 2, S. 12

9 Johann Heinrich Jung-Stilling, Lebensgeschichte, hrsg. von Gustav Adolf Benrath, Darmstadt 1984, S. 46
10 Brief an Helene Jacobi vom 9. März 1784, AA 14, Nr. 9, S. 32/33
11 Strehlke, vgl. Anmerkung Nr. 6, S. 212
12 Brief an Spener vom 19. Juli 1781, AA 13, Nr. 178, S. 334
13 Brief an Jacobi vom 2. November 1779, AA 13, Nr. 128, S. 254 f.
14 Therese Huber, geb. Heyne, Einige Nachrichten von Johann Georg Forster's Leben, in: dies. (Hrsg.), Johann Georg Forster's Briefwechsel, 1. Theil, Leipzig 1829; S. 5
15 ebenda; S. 7

II. Das »Paradies« an den Ufern der Wolga

1 zitiert nach Michael Schippan / Sonja Striegnitz, Wolgadeutsche, Geschichte und Gegenwart, Berlin 1992, S. 216 ff.
2 nach: Der russische Colonist oder Christian Gottlob Züges Leben in Rußland. Erläutert und mit einem Nachwort versehen von Gert Robel, Bremen 1988, S. 111
3 zitiert nach: Johann Warketin (Hrsg.), Rußlanddeutsche. Woher? Wohin? Berlin 1992, S. 28
4 zitiert nach: Gerhard Steiner, Johann Reinhold Forsters und Georg Forsters Beziehungen zu Rußland, in: Veröffentlichungen des Instituts für Slawistik der Deutschen Akademie der Wissenschaften zu Berlin. Nr. 28/2, Berlin 1968, S. 245-311, hier S. 253
5 nach: Johann Reinhold Forster: Über Georg Forster, vgl. Kap. I., Anm. 2; 15. Apr., St. 16, Sp. 121-126
6 Johann Heinrich Merck, Schriften und Briefwechsel, hrsg. von Kurt Wolff, Bd. 1, Leipzig 1909, S. 271
7 Brief an Vollpracht vom 28. Februar 1777, AA 13, Nr. 28, S. 80
8 Brief an Jacobi vom 10. Oktober 1779, AA 13, Nr. 126, S. 249
9 Brief an Spener vom 25. Mai 1778, AA 13, Nr. 64, S. 128

III. London – Lehrjahre eines Wunderkindes

1 Georg Christoph Lichtenberg, Brief an Ernst Gottfried Baldinger vom 10. Januar 1775, in: G.C. Lichtenberg, Schriften und Briefe, hrsg. von Wolfgang Promies, Bd. IV, München 1967, Nr. 102, S. 210-212

2 *Über Leckereyen*, in: W4, Bd. 3, S. 9-29, S. 22

3 Johann Reinhold Forster, Über Georg Forster, vgl. Kap. I, Anm. Nr. 2, S. 124

4 Therese Huber, Einige Nachrichten [...], vgl. Kap. I, Anm. 14, S. 18

5 ebenda, S. 15

6 Merck, vgl. Kap. II, Anm. Nr. 6, S. 273

7 Brief an Therese Heyne vom 22. Mai 1784, AA 14, Nr. 30, S. 70

8 zitiert nach: Ralph-Rainer Wuthenow, Die erfahrene Welt, Frankfurt a. M. 1982, S. 216 und 454

9 Georg Forster, *Reise um die Welt*, hrsg. von Gerhard Steiner, Frankfurt 1967, S. 239

IV. An Bord der »Resolution«

1 nach G.C. Lichtenberg, Einige Lebensumstände von Capt. James Cook, grösstenteils aus schriftl. Nachrichten einiger seiner Bekannten gezogen von G. C. L., in: Lichtenberg, Schriften und Briefe, Bd. III, München 1972, S. 34-62, S. 47

2 *Cook, der Entdecker*, in: W4, Bd. 3, S. 103-224, S. 106

3 Die auf den folgenden Seiten und Kapiteln im Einzelnen nicht nachgewiesenen Textzitate stammen aus dem Reisebericht Georgs. Ich zitiere aus: Georg Forster, *Reise um die Welt*, Frankfurt am Main 1983 (Insel-Taschenbuch Nr. 757)

4 *Cook, der Entdecker*, vgl. Anm. 2, S. 169

5 ebenda, S. 152

6 Therese Huber, Einige Nachrichten [...], vgl. Kap. I, Anm. 14, S. 17

V. Wo liegt »Terra australis«?

1 vgl. K. H. Börner, Auf der Suche nach dem irdischen Paradies, Frankfurt a. M. 1984, bes. S. 92 ff.
2 Lichtenberg, Brief an Johann Andreas Schernhagen, in: Lichtenberg, Briefe, vgl. Kap. III, Anm. 1, Nr. 111, S. 251
3 Lichtenberg, Einige Lebensumstände [...], vgl. Kap. IV, Anm. 1, S. 52
4 *Cook, der Entdecker*, S. 116

VI. Nahe Fremde

1 zitiert nach: Gerd Stein (Hrsg.), Europamüdigkeit und Verwilderungswünsche, Frankfurt a. M. 1983, S. 20/21
2 Brief an L. F. Huber vom 15. November 1793, AA 17, Nr. 239, S. 473
3 Brief an Therese Forster vom 16. April 1793, AA 17, Nr. 186, S. 345
4 Brief an Therese Heyne vom 22. Mai 1784, AA 14, Nr. 30, S. 70

VII. Teori oder das verbotene Paradies

1 *Cook, der Entdecker*, S. 180/81
2 aus: AA 4, S. 113-117 (Auszug)
3 Tagebuch der Reise von Cassel nach Wilna, in: AA 12, S. 69
4 Heinrich von Kleist, Über das Marionettentheater, Stuttgart 1984, S. 84-92, S. 88

VIII. Die Früchte der Reise

1 Brief an Karl Philipp Spener vom 19. September 1775, AA 13, Nr. 3, S. 20/21
2 ebenda

3 Brief an F. A. Vollpracht vom 1. September 1776, AA 13, Nr. 15, S. 43
4 Brief an Vollpracht vom 10. Mai 1776; AA 13, Nr. 13, S. 39
5 Brief an Spener vom 10. September 1776, AA 13, Nr. 17, S. 51
6 zitiert nach: AA 13, Bd. 13, S. 544
7 *Reise um die Welt*, S. 13
8 undatierter Brief J. R. Forsters, zitiert nach: AA 4, Bd. 13, S. 131
9 Brief an Friedrich Jacobi vom 17. Dezember 1778, AA 13, Nr. 83, S. 165
10 Brief an Spener vom 17. September 1776, AA 13, Nr. 18, S. 52
11 Brief an Spener vom 27. Dezember 1776, AA 13, Nr. 26, S. 76
12 fälschlicherweise wird oft G. A. Bürger für den Verfasser des »Münchhausen« gehalten. Er übersetzte aber nur das englische Original ins Deutsche.
13 Brief an Spener vom 22. April 1777, AA 13, Nr. 33, S. 86
14 Brief J. R. Forsters an Spener vom 5. November 1776, AA 13, S. 592
15 Tagebuch der Reise von London nach Paris 1777, in: AA 12, S. 3-19, S. 15
16 Brief an Vollpracht vom 16. Juli 1776, AA 13, Nr. 14, S. 41
17 Brief an Spener vom August 1778, AA 13, Nr. 64, S. 128
18 zitiert nach: Gerhard Steiner, Georg Forster, Stuttgart 1977, S. 97
19 zitiert nach: Gerd Stein (Hrsg.), Europamüdigkeit [...], vgl. Kap. VI, Anm. 1, S. 108
20 Brief an Vollpracht vom 25. November 1778, AA 13, Nr. 76, S. 152

IX. Eine Reise durch Deutschland

1 Brief an J. R. Forster vom 24. November 1778, AA 13, Nr. 75, S. 149
2 Brief an Jacobi vom 17. Dezember 1778, AA 13, Nr. 83, S. 166
3 Brief an J. R. Forster vom 8. Dezember 1778, AA 13, Nr. 79, S. 155

4 Therese Huber, Einige Nachrichten [...], vgl. Kap. I, Anm. 14, S. 25

5 Brief an Spener vom 17. Dezember 1778, AA 13, Nr. 82, S. 162

6 Brief an J. R. Forster vom 4. Januar 1779, W4, Bd. 4, S. 91

7 Lichtenberg, Brief an Gottfried Hieronymus Amelung vom Mai 1784, in: Briefe, Nr. 449, S. 561

8 Brief an Jacobi vom 11. Dezember 1781, AA 13, Nr. 196, S. 359

9 Brief an Philippine Gatterer vom Januar 1779, AA 13, Nr. 88, S. 171

10 Brief an Spener vom 14. Januar 1779, AA 13, Nr. 89, S. 172

11 ebenda, S. 172

12 Brief an Jacobi vom 23. bis 26. April 1779, AA 13, Nr. 103, S. 198

13 Brief an Spener vom 5. Juli 1779, AA 13, Nr. 113, S. 217

14 *Ein Blick in das Ganze der Natur*, in: W4, Bd. 2, S. 9-32, S. 12

15 Brief an Jacobi vom 24. September 1780, AA 13, Nr. 159, S. 307

16 Brief an J. R. Forster vom 24. Oktober 1779, AA 13, Nr. 127, S. 250

X. Bruder Amadeus

1 Brief an Soemmerring vom 5. September 1780, AA 13, Nr. 156, S. 305

2 zitiert nach: Georg Steiner, Freimaurer und Rosenkreuzer: Georg Forsters Weg durch Geheimbünde, Weinheim 1985, S. 25

3 ebenda, S. 136

4 ebenda, S. 61

5 *Ein Blick in das Ganze der Natur*, S. 79

6 Brief an Soemmerring vom 22. Mai 1784; AA 14, Nr. 32, S. 78

7 Brief an Therese vom 25. September 1793, AA 17, Nr. 225, S. 448

8 J. W. Goethe, Die Natur (Aus dem »Tiefurter Journal«), in: Werke, Bd. 13, München 1975, S. 45-47, S. 45

9 Brief an Spener vom 30. September 1781, AA 13, Nr. 188, S. 348

10 Brief an Soemmerring vom 10. Mai 1784, AA 14, Nr. 25, S. 55

11 Therese Huber, Einige Nachrichten [...], vgl. Kap. I, Anm. 14, S. 25
12 Brief an Soemmerring vom 29. Dezember 1781, AA 13, Nr. 198, S. 364
13 Brief an Justine Regina Barbara Forster von Ende August 1782, AA 13, Nr. 218, S. 392
14 Brief an J. R. Forster vom 30. März 1782, AA 13, Nr. 203, S. 372
15 Brief an Justine Regina Barbara Forster, AA 13, Nr. 218, S. 395
16 Brief an J. R. Forster vom 2. März 1783, AA 13, Nr. 241, S. 436 f.
17 Brief an Jacobi vom 11. Februar 1783, AA 13, Nr. 236, S. 428 / 29
18 Brief an Spener vom 25. August 1783, AA 13, Nr. 264, S. 470
19 Brief Lichtenbergs an J. C. Dieterich vom 29. November 1783, in: Lichtenberg, Briefe, vgl. Kap. III, Anm. 1, Nr. 425, S. 536
20 Brief an J. H. Merck vom 13. November 1783, AA 13, Nr. 287, S. 503
21 Brief an Spener vom 19. April 1784, AA 14, S. 41
22 Brief Lichtenbergs an Georg August Ebell vom Mai 1784, Nr. 448, S. 560
23 Tagebuch der Reise von Kassel nach Wilna 1784, in: AA 12, S. 21 / 22

XI. Wiener Lebenslust

1 nach: Gerhard Steiner, Georg Forster, Stuttgart 1977, S. 96
2 Brief an Helene Jacobi vom 9. März 1784, AA 14, Nr. 9, S. 32
3 Tagebuch, AA 12, S. 27
4 Brief von Therese Heyne von Ende April 1784, AA 18, Nr. 53, S. 131
5 Brief an Therese Heyne vom 22. Mai 1784, AA 14, Nr. 30, S. 70
6 Brief an Soemmerring vom 1. Juni 1784, AA 14, Nr. 33, S. 83
7 Tagebuch, AA 12, S. 115 und S. 68
8 Brief an Justine Regina Barbara Forster vom August 1782, AA 13, Nr. 218, S. 359
9 Tagebuch, AA 12, S. 125

10 Brief an Therese Heyne vom 3. September 1784, AA 14, Nr. 64, S. 181
11 Tagebuch vom 5. September 1784, AA 12, S. 134
12 Brief an Therese vom 3. September 1784, AA 14, Nr. 64, S. 183
13 Brief an Soemmerring vom 3. Februar 1785, AA 14, Nr. 89, S. 277
14 Tagebuch vom 15. September 1784, AA 12, S. 141
15 Tagebuch vom 21. September 1784, AA 12, S. 147
16 Brief an Therese Heyne vom 12. November 1784, AA 14, Nr. 72, S. 202
17 Brief an Spener vom 7. Dezember 1784, AA 14, Nr. 78, S. 224
18 Tagebuch, AA 12, S. 147
19 ebenda, S. 225
20 Brief an Soemmerring vom 12. bis 13. Dezember 1784, AA 14, Nr. 79, S. 236

XII. Ins »Fegefeuer« nach Wilna

1 Brief an Luise Gotter vom 12. Januar 1781, in: Carolines Leben in ihren Briefen, hrsg. von Reinhard Buchwald, eingeleitet von Ricarda Huch, Leipzig 1923, S. 26
2 Ludwig Geiger, Therese Huber, Leben und Briefe einer deutschen Frau, Stuttgart, 1901, S. 3
3 Geiger, S. 3
4 Geiger, S. 40 und S. 36
5 Lichtenberg, Brief an Soemmerring vom 7. Januar 1785; in: Briefe, Nr. 477, S. 605
6 Brief an Therese Heyne vom 3. März 1785, AA 14, Nr. 92, S. 283
7 Geiger, Therese Huber, vgl. Anm. 2, S. 41
8 Brief an F. W. L. Meyer vom 14. September 1785, AA 14, Nr. 117, S. 362
9 Brief an Soemmerring vom 1. Dezember 1785, AA 14, Nr. 134, S. 395
10 Brief an Campe vom 9. Juli 1786, AA 14, Nr. 167, S. 503

11 Brief an Soemmerring vom 20. Februar 1786, AA 14, Nr. 146, S. 432

12 Brief an Lichtenberg vom 18. Juni 1786, AA 14, Nr. 163, S. 491

13 *Noch etwas über Menschenrassen*, in: W4, Bd. 2, S. 71-101, S. 76

14 Brief an Soemmerring vom 1. Dezember 1785, AA 14, Nr. 134, S. 396

15 Brief an Spener vom 2. November 1786, AA 14, Nr. 194, S. 573

16 Brief von Therese Forster an Bertuch vom 21. Januar 1787, AA 14, S. 836-838, S. 837

17 Brief Thereses an Frau Hottinger vom 16. November 1793, AA 17, S. 780-783, S. 780

18 Brief an Soemmerring vom 17. Juni 1787, AA 14, Nr. 250, S. 696

XIII. Leidenschaft und Trägheit

1 Bärbel und Horst Kern, Madame Doctorin Schlözer, München 1988, S. 120 ff.

2 Brief an Soemmerring vom 16. August 1787, AA 15, Nr. 7, S. 29

3 Brief an Herder vom 27. November 1787, AA 15, Nr. 27, S. 68

4 Therese Huber, Einige Nachrichten [...], vgl. Kap. I, Anm. 14, S. 36/37

5 Brief an Ch. G. Heyne vom 22. März 1793, in: AA 17, S. 704 ff., S. 704 und 706

6 Brief an Frau Hottinger, in AA 17, S. 780 ff., S. 780

7 Brief an Spener vom 12. März 1788, AA 15, Nr. 55, S. 124

8 Brief an Spener vom 5. März 1788, AA 15, Nr. 53, S. 116

9 Brief an Therese vom 14. April 1788, AA 15, Nr. 65, S. 147

10 *Über Leckereyen*, vgl. Kap. III, Anm. 2, S. 26

11 Brief L. F. Hubers an Ch. G. Körner vom 18. September 1788, in: AA 15, S. 464

12 Brief an Heyne vom 9. Januar 1789, AA 15, Nr. 131, S. 240

13 Brief an Jacobi vom 16. Januar 1789, AA 15, Nr. 134, S. 245

14 Brief Hubers an Ch. G. Körner vom 11. Dezember 1788, AA 15, S. 465

15 Brief an F. L. W. Meyer vom 14. Januar 1791, in: Carolines Leben in ihren Briefen, vgl. Kap. XII, Anm. 1, S. 58

16 Brief an Jacobi vom 2. Januar 1789, AA 15, Nr. 128, S. 231

17 Brief an Heyne vom 30. Juli 1789, AA 15, Nr. 190, S. 319

XIV. Die Kunst des Reisens

1 Heinrich Scheel, Die Mainzer Republik, Bd. 3, Berlin 1989, S. 20

2 Brief an Jacobi vom 15. November 1789, AA 15, Nr. 228, S. 371

3 ebenda, S. 371

4 Der genaue Titel ist: *Ansichten vom Niederrhein, von Brabant, Flandern, Holland, England und Frankreich, im April, Mai und Junius 1790*, in: W4, Bd. 2

5 »Was man weiß, sieht man erst!«; J. W. Goethe, Einleitung in die Propyläen, in: Werke, Bd. 12, München 1973, S. 43

6 *Ansichten*, S. 404

7 *Ansichten*, S. 428 und Brief an Therese vom 17. April 1790, AA 16, Nr. 31, S. 85

8 *Ansichten*, S. 487

9 ebenda, S. 488

10 ebenda, S. 493/494

11 ebenda S. 505

12 Brief an Jacobi vom 23. November 1789, AA 15, N. 233, S. 374

13 *Über die Beziehung der Staatskunst auf das Glück der Menschheit*, in: W4, Bd. 3, S. 695-725, S. 700

14 *Ansichten*, S. 519

15 Tagebuch der Rundreise von Mainz aus 1790, AA 12, S. 267

16 Brief an Heyne vom 24. Mai 1790, AA 16, Nr. 42, S. 151

17 *Erinnerungen aus dem Jahr 1790*, in: W4, Bd. 3, S. 437-533, S. 463/64

XV. Im Schatten der Revolution

1 zitiert nach: Klaus Teervooren, Die Mainzer Republik 1792/93, Frankfurt a. Main, Bern 1982, S. 79
2 Brief an Jacobi vom 5. August 1792, AA 17, Nr. 85, S. 156
3 Brief an Jacobi vom 2. Januar 1789, AA 15, Nr. 128, S. 231
4 zitiert nach: G. Steiner, Georg Forster, S. 68
5 Brief an Schiller vom 7. Dezember 1790, AA 16, Nr. 90, S. 212
6 Brief an Frau Hottinger, AA 17, S. 781
7 Brief Heynes an Georg Forster vom 30. Januar 1792, AA 16, Nr. 346, S. 490
8 Brief an Heyne vom 25. Juli 1791, AA 16, Nr. 170, S. 321
9 Brief an Jacobi vom 9. August 1791, AA 16, Nr. 176, S. 329
10 Brief an Heyne vom 24. April 1792, AA 17, Nr. 48, S. 102
11 *Darstellung der Revolution in Mainz*, in: Werke 4, Bd. III, S. 629-694, S. 640
12 Geiger, Therese Huber, vgl. Kap. XII, Anm. 2, S. 57/58
13 zum Wortlaut des Manifestes siehe: AA 17, S. 615
14 Brief an Heyne vom 12. Juli 1791, AA 16, Nr. 165, S. 313
15 J. W. Goethe, Campagne in Frankreich, in: Werke, Bd. 10, München 1976, S. 188-362, S. 189

XVI. Ein deutscher Jakobiner

1 Brief an Voß vom 27. Oktober 1792, AA 17, Nr. 126, S. 224
2 *Über das Verhältniss der Mainzer gegen die Franken*, in: W4, Bd. 3, S. 587-607, S. 598
3 Brief Heynes an Therese Forster vom 1. Dezember 1792, AA 17, S. 666
4 Brief an Voß vom 21. November 1792, AA 17, Nr. 136, S. 252
5 Brief an Huber vom 4. Dezember 1792, AA 17, Nr. 139, S. 257
6 Briefe Carolines an Meyer vom 17. Dezember 1792 und an Gotter vom 15. Juni 1793, in Carolines Leben […], vgl. Kap. XII, Anm. 1, S. 89 und S. 100

7 *Die Neue Mainzer Zeitung oder der Volksfreund*, in: AA 10/1, S. 267/268
8 Brief an Therese vom 4. Februar 1793, AA 17, Nr. 174, S. 326
9 Brief an Therese vom 8. Dez. 1792, AA 17, Nr. 143, S. 264
10 Brief an Therese vom 27. Februar 1793, AA 17, Nr. 176, S. 330
11 *Neue Mainzer Zeitung*, Nr. 36, Sonntag, den 24. März 1793, in: AA 10/1, S. 437
12 Brief an Therese vom 25. März 1793, AA 17, Nr. 180, S. 335

XVII. Im Labyrinth der Revolution

1 Brief an Therese vom 8. April 1793, AA 17, Nr. 184, S. 341
2 Brief an Therese vom 8. Mai 1793, AA 17, Nr. 189, S. 351
3 J. W. Goethe, Belagerung in Mainz, in: Werke, Bd. 10, München 1976, S. 363-400, S. 391
4 Brief an Therese vom 26. Juni 1793, AA 17, Nr. 199, S. 377
5 Brief an Therese vom 25. September 1793, AA 17, Nr. 225, S. 448
6 Brief an Therese vom 14. Juni 1793, AA 17, Nr. 197, S. 370
7 Brief an Therese von 6. November 1793, AA 17, Nr. 234, S. 462 f.
8 Brief an Therese und Ludwig Huber vom 27. November, AA 17, Nr. 244, S. 479
9 Brief an L. F. Huber vom 15. November 1793, AA 17, Nr. 239, S. 471
10 Brief an Therese vom 9. und 10. November 1793, AA 17, Nr. 236, S. 466/467
11 Brief an Therese vom 6. September 1793, AA 17, Nr. 221, S. 438
12 Brief an Therese vom 27. November 1793, AA 17, Nr. 244, S. 480
13 Brief an Therese Forster und L. F. Huber vom 11. Dezember 1793, AA 17, Nr. 245, S. 486
14 Brief an Therese und L.F. Huber vom 19. Dezember 1793, AA 17, Nr. 247, S. 489
15 *Parisische Umrisse*, in: W4, Bd. 3, 729-776, S. 759 u. 760
16 Brief an Therese und Huber vom 20. Dezember, AA 17, Nr. 247, S. 490

17 Brief an Therese und Huber vom 28. Dezember 1793, AA 17, Nr. 249, S. 479

18 Brief an Therese und Huber vom 4. Januar 1793, AA 17, Nr. 250, S. 499

19 zitiert nach: Geiger, vgl. Kap. XII, Anm. 2, S. 90

20 Ch. G. Heyne an Th. Forster vom 31. Januar 1794, AA 17, S. 794 (Erläuterungsteil)

Bibliographie

Gesamtausgaben

Georg Forsters Werke. Sämtliche Schriften, Tagebücher, Briefe. Hrsg. von der Deutschen Akademie der Wissenschaften zu Berlin. Institut für deutsche Sprache und Literatur. Berlin: Akademie Verlag. 1958 ff.

Georg Forster: Werke in vier Bänden, hrsg. von Gerhard Steiner; Frankfurt a. Main: Insel 1967-1970

Literatur über Georg Forster (Auswahl)

Biographien

Enzensberger, Ulrich: Georg Forster. Ein Leben in Scherben, Frankfurt a. Main: Eichborn 1996

Enzensberger, Ulrich: Georg Forster, Weltumsegler und Revolutionär. Ansichten von der Welt und vom Glück der Menschheit. Berlin: Wagenbach 1979

Harpprecht, Klaus: Georg Forster oder Die Liebe zur Welt, Reinbek bei Hamburg: Rowohlt 1990

Huber, Therese: Johann Georg Forster's Briefwechsel nebst einigen Nachrichten von seinem Leben; in zwei Theilen hrsg. von Therese Huber, geb. Heyne, Bd. 1; Leipzig: Brockhaus 1829

Kersten, Kurt: Der Weltumsegler, Frankfurt a. Main: Europ. Verlagsanstalt 1957

Langewiesche, Wilhelm: Georg Forster. Das Abenteuer seines Lebens unter Wiedergabe vieler Briefe und Tagebucheintragungen. Ebenhausen und Leipzig: Langewiesche-Brandt 1923

Miethke, Helmut: Georg Forster. Weltreisender, Schriftsteller, Revolutionär, Halle: Verlag Sprache und Literatur 1961

Reintjes, Heinrich: Weltreise nach Deutschland. Johann Georg Forsters Leben und Bedeutung, Düsseldorf: Progress-Verlag 1953

Schmied-Kowarzik, Wolfdietrich: Georg Forster, Kassel: Kasseler Universitätsreden; 6/1988
Thoma, Friedrich M.: Georg Forster. Weltreisender, Forscher, Revolutionär, Berlin: Neues Leben 1954
Uhlig, Ludwig: Georg Forster. Lebensabenteuer eines gelehrten Weltbürgers. Göttingen: Vandenhoeck & Ruprecht 2004

Literarische Lebensbeschreibungen

Döppe, Friedrich: Forster in Mainz, Berlin: Aufbau-Verlag 1956
Miethke, Helmuth: Bewegte Jahre. Eine historisch-biographische Erzählung über Georg Forster, Berlin: Rütten & Loening 1956
Neutsch, Erik: Forster in Paris, München: Damnitz 1982
Seidel, Ina: Das Labyrinth, Stuttgart: Deutsche Verlags-Anstalt 1965

Kataloge und Bücher zu Ausstellungen

Heermann, Ingrid: Mythos Tahiti: Südsee – Traum und Realität (Exotische Welten – Europäische Phantasien). Ausstellung des Linden-Museums für Völkerkunde, Staatliches Museum für Völkerkunde, Stuttgart 2. September – 1. November 1987, Berlin: Reimer 1987
Kelm, Heinz u. a.: Georg Forster (1754-1794), Südseeforscher, Aufklärer, Revolutionär, Frankfurt a. Main 1976. Ausstellung »Südsee-Expeditionen«, Völkerkundemuseum Bremen 1976. Hrsg. v. Kulturdezernat der Stadt Frankfurt a. Main.
Reichardt, Rolf/Roche, Geneviève (Hrsg.): Weltbürger, Europäer, Deutscher, Franke: Georg Forster zum 200. Geburtstag. Ausstellungskatalog, Universitätsbibliothek Mainz, 10. Januar – 27. Februar 1994, Mainz 1994
Rennan, Günter: Forsters Bilder von der Weltumseglung mit Cook in der Forschungs- und Landesbibliothek Gotha. Führer zur Ausstellung anlässlich des 200. Todestages von Georg Forster. Gotha 1994

Zu Einzelproblemen oder bestimmten Lebensphasen

Dippel, Horst: Georg-Forster-Studien, Band 3-12, Kassel: university press, 1999-2007

Ewert, Michael: »Vernunft, Gefühl und Phantasie, im schönsten Tanz vereint«: die Essayistik Georg Forsters, Würzburg: Königshausen & Neumann 1993

Fischer, Rotraut: Reisen als Erfahrungskunst. Forsters »Ansichten vom Niederrhein«, Frankfurt: Hain 1990

Gäbler, Burkhard: Georg Forster, Leben, Werk, Wirkung. Wiss. Koll. der staatl. Schlösser und Gärten am 30. Juni 1984 anlässlich der Eröffnung der Forster-Stätte in Wörlitz. Wörlitzer Hefte, 1., Wörlitz: Staatliche Schlösser und Gärten Wörlitz, Oranienbaum, Luisium 1985

Hauser-Schäublin, Brigitta / Krüger, Gundolf: James Cook – Gaben und Schätze aus der Südsee: Die Göttinger Sammlung Cook / Forster. München, New York: Prestel 1998

Kasseler Hochschulbund (Hrsg.): Georg Forster, Die Kasseler Jahre / Texte, Materialien, Dokumente. Zusammengestellt und bearbeitet von Silvia Merz-Horn, Kassel 1990 (Kasseler Hochschulwoche, Bd. 15)

Klein, Karl: Georg Forster in Mainz 1788-1793, Gotha: Perthes 1863

Lepenies, Wolfgang: Eine vergessene Tradition der dtsch. Anthropologie. Wissenschaft vom Menschen und Politik bei Georg Forster. In: Saeculum, Bd. 24, Jg. 1973, S. 50-78

Mahlke, Regina / Weiß, Ruth: Faszination Forschung: Johann Reinhold Forster (1729-1798). Ausstellungskataloge Staatsbibliothek zu Berlin – Preußischer Kulturbesitz, N. F.: 31. Wiesbaden: Reichert 1998

Pickerodt, Gerhart (Hrsg.): Georg Forster in seiner Epoche, Berlin: Argument-Verlag 1982

Rasmussen, Detlef (Hrsg.): Der Weltumsegler und seine Freunde. Georg Forster als gesellschaftl. Schriftsteller der Goethezeit, Tübingen: Narr 1988

Siemon, Rolf: Georg Forster – Universitätsprofessor in Deutschland und Polen, in: Schriftenreihe der Danziger Naturforschenden Gesellschaft; 8., S. 155-182, 217-221, Lübeck: Danziger Naturforsch. Ges. 2005

Ders., Soemmerring, Forster und Goethe – »naturkundliche Begegnungen« in Göttingen und Kassel. In: Göttinger Bibliotheksschriften; 13., S. 175-196, Göttingen: Niedersächsische Staats- und Universitätsbibl. 2000

Steiner, Gerhard: Freimaurer und Rosenkreuzer. Georg Forsters Weg durch Geheimbünde, Berlin: Akademie-Verlag 1985

Steiner, Gerhard: Georg Forster, Stuttgart: Metzler 1977

Steiner, Gerhard: Der junge Forster in England. Zu einem bisher unbekannten Briefwechsel, in: Zeitschrift für Deutsche Literaturgeschichte (Weimarer Beiträge) 5 / 1959, S. 555 ff.

Wuthenow, Ralph-Rainer: Vernunft und Republik. Studien zu Georg Forsters Schriften. Homburg / Berlin / Zürich: Gehlen 1970

Zu Therese Forster-Huber, geb. Heyne

Brandes, Irmela / Mauch, Ursula: Ich habe viel gelebt in diesen Tagen. Frauen der Romantik. Frankfurt/M., Berlin: Ullstein 1990, S. 19-48

Brandes, Georg: Therese Huber, in: ders., Gestalten und Gedanken – Essays, München: Langen 1903, S. 220 ff.

Geiger, Ludwig: Therese Huber 1764-1829. Leben und Briefe einer deutschen Frau. Stuttgart: Cotta 1901

Hahn, Andrea / Fischer, Bernhard: »Alles ... von mir!« Therese Huber (1764-1829): Schriftstellerin und Redakteurin. Marbacher Magazin, 65 / 1995, Marbach am Neckar: Deutsche Schillergesellschaft 1993

Heuser, Magdalene (Hrsg.): Briefe. Therese Huber, bisher 4 Bände, Tübingen: Niemeyer 1999-2005

Zum Thema Forschungsreisen in die Südsee

Berg, Eberhard: Zwischen den Welten: Über die Anthropologie der Aufklärung und ihr Verhältnis zu Entdeckungs-Reise und

Welterfahrung mit besonderem Blick auf das Werk Georg Forsters, Berlin: Reimer 1982
Börner, Klaus H.: Auf der Suche nach dem irdischen Paradies, Frankfurt a. Main: Wörner 1984
Koebner, Thomas: Das verbotene Paradies. Fünf Bemerkungen zum Südsee-Traum in der Literatur. In: Arcadia 18, 1983, S. 21-38
Kohl, Karl-Heinz: Entzauberter Blick, Das Bild vom guten Wilden und die Erfindung der Zivilisation, Frankfurt a. Main: Qumran 1983
Ritz, Hans: Die Sehnsucht nach der Südsee: Bericht über einen europäischen Mythos, Göttingen: Muriverlag 1983
Taillemite, Etienne: Die Entdeckung der Südsee: Auf der Suche nach der »terra incognita«. (Abenteuer Geschichte, Bd. 14), Ravensburg: Otto Maier 1990
Wuthenow, Ralph-Rainer: Die erfahrene Welt. Europäische Reiseliteratur im Zeitalter der Aufklärung, Frankfurt a. Main: Insel 1980

Ausführliche Bibliographien zu Georg Forster
Dippel, Horst u. a.: Georg-Forster-Studien, Bd. 1 und 2, Berlin: Arno Spitz, 1997 und 1998 (mit fortlaufender Bibliographie)
Fiedler, Horst: Georg-Forster-Bibliographie 1767-1970, Berlin: Akademie-Verlag 1971
Klenke, Claus-Volker (Hrsg. im Auftrag der Georg-Forster-Gesellschaft): Georg Forster in interdisziplinärer Perspektive. (Bibliographie für die Jahre 1970-1993)

Abbildungsnachweis

Umschlagabbildung: Porträt Georg Forsters. Gemälde von Johann Heinrich Wilhelm, 1782. Im Hintergrund: Die *Discovery*, das Schiff, mit dem James Cook in Hawaii landete. Kolorierter Stich von Meno Haas (Ausschnitt). Beide: © akg-images. Abbildungen des Bildteils: Archiv des Autors und des Insel Verlags.

Inhalt

Biographien · Leben und Werk
im insel taschenbuch
Eine Auswahl

Theodor W. Adorno. Kindheit in Amorbach. Bilder und Erinnerungen. Mit einer biographischen Recherche. Herausgegeben von Reinhard Pabst. it 2923. 227 Seiten

Alexander der Große. Die Biographie. Von Johann Gustav Droysen. Mit einem Nachwort von Angelos Chaniotis. it 3038. 739 Seiten

Lou Andreas-Salomé. Eine Biographie. Von Cordula Koepcke. it 905. 474 Seiten

Jane Austen. Leben und Werk in Texten und Bildern. Von Angelika Beck. it 1620. 212 Seiten

Johann Sebastian Bach. Eine Biographie. Von Charles Sanford Terry. Mit einem Nachwort von Klaus Peter Richter. it 2588. 304 Seiten

Bertolt Brecht. Sein Leben in Bildern und Texten. Mit einem Vorwort von Max Frisch. Herausgegeben von Werner Hecht. Gestaltet von Willy Fleckhaus. it 1122. 351 Seiten

Die Brentanos. Eine deutsche Familiengeschichte. Von Klaus Günzel. Mit zahlreichen Abbildungen. it 1929. 330 Seiten

Die Schwestern Brontë. Leben und Werk in Texten und Bildern. Herausgegeben von Elsemarie Maletzke und Christel Schütz. it 814. 230 Seiten

NF 38/1/7.05

Caffarelli. Das Leben des Kastraten Gaetano Majorano, genannt Caffarelli. Von Hubert Ortkemper. Mit Abbildungen. it 2599. 261 Seiten

Im Dienst des Dalai Lama. Die Erinnerungen seines Leibarztes Tenzin Choedrak. Mit einem Vorwort des XIV. Dalai Lama. Übersetzt von Carola Feist und Mechthild Russell. it 1059. 368 Seiten

Dostojewski. Leben und Werk. Von Wolfgang Kasack. Mit Abbildungen. it 2267. 160 Seiten

Die großen Dresdner. Sechsundzwanzig Porträts. Herausgegeben von Katrin Nitzschke. it 3148. 350 Seiten

Elisabeth von Thüringen. Von Reinhold Schneider. Mit einem Geleitwort von Bernhard Vogel. Mit Bildern von Moritz von Schwind. it 2118. 136 Seiten

George Eliot. Eine Biographie. Von Elsemarie Maletzke. Mit zahlreichen Abbildungen. it 1973. 415 Seiten

Theodor Fontane. Leben und Werk in Texten und Bildern. Herausgegeben von Otto Drude. it 1660. 296 Seiten

Goethe. Der Dichter in seiner Zeit. Band I: 1749-1790. Von Nicholas Boyle. Übersetzt von Holger Fliessbach. it 3025. 905 Seiten

Goethe. Der Dichter in seiner Zeit. Band II: 1790-1803. Von Nicholas Boyle. Übersetzt von Holger Fliessbach. it 3050. 1115 Seiten

Christiane und Goethe. Eine Recherche. Von Sigrid Damm. Mit 10 Abbildungen. it 2800. 544 Seiten

NF 38/2/7.05

Cornelia Goethe. Von Sigrid Damm. it 1452. 260 Seiten

Goethes Mutter. Eine Biographie von Dagmar von Gersdorff. it 2925. 464 Seiten

Ottilie von Goethe. Eine Biographie von Ruth Rahmeyer. it 2875. 404 Seiten

Werthers Lotte. Goethes Liebe für einen Sommer. Die Biographie der Charlotte Kestner. Von Ruth Rahmeyer. it 2272. 270 Seiten

Georg Friedrich Händel. Von Christopher Hogwood. Übersetzt von Bettina Obrecht. it 2655. 563 Seiten

Heinrich Heine. Leben und Werk in Daten und Bildern. Herausgegeben von Joseph A. Kruse. it 615. 363 Seiten

Heinrich Heine. Mein Leben. Autobiographische Texte. Herausgegeben von Joseph A. Kruse. it 3154. 200 Seiten

Hermann Hesse. Werk und Wirkungsgeschichte. Von Siegfried Unseld. Mit zahlreichen Abbildungen. it 1112. 414 Seiten

Hermann Hesse. Leben und Werk im Bild. Herausgegeben von Volker Michels. Mit dem ›kurzgefaßten Lebenslauf‹ von Hermann Hesse. it 36. 258 Seiten

Marie Hesse. Die Mutter von Hermann Hesse. Ein Lebensbild in Briefen und Tagebüchern. Von Adele Gundert. Mit einem Essay von Siegfried Greiner. Mit frühen Lithographien von Gunter Böhmer. it 261. 261 Seiten

NF 38/3/7.05

Hölderlin. Chronik seines Lebens. Herausgegeben von Adolf Beck. Mit zahlreichen Abbildungen. it 2873. 270 Seiten

Friedrich Hölderlin. Eine Biographie. Von Pierre Bertaux. it 2652. 730 Seiten

Hölderlin und Diotima. Eine Biographie. Von Beatrix Langner. it 2716. 228 Seiten

E. T. A. Hoffmann oder Die Tiefe zwischen Stern und Erde. Von Eckart Kleßmann. Mit zahlreichen Abbildungen. it 1732. 592 Seiten

Peter Huchel. Leben und Werk in Text und Bildern. Herausgegeben von Peter Walther im Auftrag des Brandenburgischen Literaturbüros. it 1805. 336 Seiten

Erhart Kästner. Leben und Werk in Text und Bildern. Herausgegeben von Anita und Reingart Kästner. it 386. 213 Seiten

Marie Luise Kaschnitz. Eine Biographie. Von Dagmar von Gersdorff. Mit Abbildungen. it 1887. 364 Seiten

Katharina die Große. Memoiren. Übersetzt von Erich Boehme. Mit einer Einleitung und einem Nachwort von Hedwig Fleischhacker. it 1858. 467 Seiten

Harry Graf Kessler. Eine Biographie. Von Peter Grupp. it 2533. 430 Seiten

Königinnen auf Zeit. Katharina von Medici. Maria von Medici. Anna von Österreich. Von Anka Muhlstein. it 3132. 351 Seiten

NF 38/4/7.05

Lawrence von Arabien. Leben und Werk. Von Werner Koch. Mit einem Bildteil und Lebensdaten von Michael Schroeder. it 1704. 190 Seiten

Vögel, die verkünden Land. Das Leben des Jakob Michael Reinhold Lenz. Von Sigrid Damm. it 1399. 425 Seiten

Das Ende König Ludwigs II. Von Philipp Fürst zu Eulenburg-Hertefeld. Herausgegeben von Klaus von See. it 2734. 192 Seiten

Thomas Mann in Davos. Eine Spurensuche. Von Reinhard Pabst. Mit zeitgenössischen Fotografien. it 3146. 220 Seiten

Thomas Mann in Venedig. Eine Spurensuche. Von Reinhard Pabst. Mit zeitgenössischen Fotografien. it 3097. 256 Seiten

Katherine Mansfield. Leben und Werk in Texten und Bildern. Von Ida Schöffling. Mit zahlreichen Fotografien. it 1687. 261 Seiten

Die Mendelssohns. Bilder einer deutschen Familie. Von Eckart Kleßmann. Mit zahlreichen Abbildungen. it 1523. 320 Seiten

Das Leben Michelangelos. Von Herman Grimm. it 1758. 865 Seiten

Claude Monet. Von Georges Clemenceau. Betrachtungen und Erinnerungen eines Freundes. Übersetzt von Hannah Szàsz. Mit farbigen Abbildungen und einem Nachwort von Gottfried Boehm. it 1152. 140 Seiten

Mozart. Von Wolfgang Hildesheimer. Mit einem Bildteil. it 3126. 430 Seiten

NF 38/5/7.05

Mozart. Leben und Werk in Texten und Bildern. Von Gernot Gruber. it 1695. 286 Seiten

Gabriele Münter und Wassily Kandinsky. Biographie eines Paares. Von Gisela Kleine. Mit zahlreichen Abbildungen. it 1611. 814 Seiten

Franziska Nietzsche. Ein biographisches Porträt von Klaus Goch. Mit zahlreichen Abbildungen. it 1623. 392 Seiten

Friedrich Nietzsche. Leben · Schriften · Zeugnisse. Von Ralph-Rainer Wuthenow. Mit zahlreichen Abbildungen. it 2601. 175 Seiten

Nijinsky. Der Gott des Tanzes. Von Romola Nijinsky. Mit einem Vorwort von Paul Claudel. Übersetzt von Hans Bütow. Mit zahlreichen Fotografien. it 566. 404 Seiten

Novalis. Dokumente seines Lebens und Sterbens. Herausgegeben von Hermann Hesse und Karl Isenberg. it 178. 220 Seiten

Otto IV. Der wiederentdeckte Kaiser. Eine Biographie. Von Bernd Ulrich Hucker. Mit zahlreichen Abbildungen. it 2557. 676 Seiten

Edith Piaf. Ihr Leben in Texten und Bildern. Von Monique Lange. Übersetzt von Hugo Beyer. Mit einer Discographie. it 516. 230 Seiten

Lorenzo Da Ponte. Geschichte meines Lebens. Mit einem Nachwort von Jörg Krämer. it 3091. 540 Seiten

Marcel Proust. Leben und Werk in Texten und Bildern. Von Renate Wiggershaus. it 1348. 358 Seiten

NF 38/6/7.05

Monsieur Proust. Erinnerungen seiner Haushälterin. Von Céleste Albaret. Aufgezeichnet von Georges Belmont. Übersetzt von Margret Carroux. Mit einem Bildteil.
it 3047. 547 Seiten

Puschkin. Ein Dichterleben. Von Rolf-Dietrich Keil.
it 2782. 468 Seiten

George Sand. Leben und Werk in Texten und Bildern. Herausgegeben von Gisela Schlientz. it 565. 407 Seiten

Mary Shelley. Eine Biographie. Von Muriel Spark. Übersetzt von Angelika Beck. it 1258. 363 Seiten

Schiller, Lotte und Line. Eine klassische Dreieicksgeschichte. Von Ursula Naumann. Mit zahlreichen Abbildungen.
it 3079. 200 Seiten

Schillers Sohn Ernst. Ein Psychogramm in Briefen. Herausgegeben und mit einem Nachwort versehen von Hilde Lermann. it 2788. 295 Seiten

Arthur Schopenhauer. Leben und Werk in Texten und Bildern. Von Angelika Hübscher. it 1059. 368 Seiten

Clara und Robert Schumann. Eine Biographie. Von Wolfgang Held. it 2715. 260 Seiten

Charlotte von Stein. Eine Biographie. Von Doris Maurer. Mit zahlreichen Abbildungen. it 2120. 304 Seiten

Peter Tschaikowsky. Eine Biographie. Von Edward Garden. Übersetzt von Konrad Küster. it 2232. 302 Seiten

NF 38/7/7.05

Giuseppe Verdi. Eine Biographie. Von Christoph Schwandt. Mit zahlreichen Abbildungen. it 2696. 304 Seiten

Antonio Vivaldi. Eine Biographie. Von Michael Talbot. Übersetzt von Konrad Küster. it 2217. 378 Seiten

Voltaire. Leben und Werk in Texten und Bildern. Von Horst Günther. it 1652. 129 Seiten

Das Leben des Voltaire. Von Jean Orieux. Übersetzt von Julia Kirchner. it 1651. 1024 Seiten

Wilhelmine von Bayreuth. Eine preußische Königstochter. Neu herausgegeben von Ingeborg Weber-Kellermann. Mit Illustrationen und sieben Porträts. it 1280. 562 Seiten

Marianne von Willemer und Goethe. Geschichte einer Liebe. Von Dagmar von Gersdorff. Mit zahlreichen Abbildungen. it 3150. 302 Seiten

Stefan Zweig. Leben und Werk im Bild. Herausgegeben von Donald A. Prater und Volker Michels. it 532. 362 Seiten

Berühmte Liebespaare. Von Johann Wolfgang Goethe und Christiane Vulpius bis Simone Signoret und Yves Montand. Herausgegeben von Thomas Schröder. Farbig illustriert von Hans Hillmann. it 2532. 304 Seiten

Frauen am Klavier. Skizze einer Kulturgeschichte. Von Stefana Sabin. Mit zahlreichen Abbildungen. it 1988. 98 Seiten

Frauen im Rampenlicht. Lebensberichte berühmter Schauspielerinnen. Herausgegeben von Monica Steegmann und Ingrid Kaech. it 3048. 330 Seiten

NF 38/8/7.05

Frauen mit Flügel. Lebensberichte berühmter Pianistinnen. Von Clara Schumann bis Clara Haskil. Herausgegeben von Monica Steegmann und Eva Rieger. it 1714. 402 Seiten

Fünf Dichter – ein Jahrhundert. Frank Schirrmacher über George, Hofmannsthal, Rilke, Trakl und Benn.
it 2549. 190 Seiten

Göttliche Stimmen. Lebensberichte berühmter Sängerinnen. Von Elisabeth Mara bis Maria Callas. Herausgegeben von Eva Rieger und Monica Steegmann. it 2502. 339 Seiten

Die großen Komponistinnen. Von Hildegard von Bingen bis Germaine Tailleferre. Vorgestellt von Danielle Roster. Mit zahlreichen Abbildungen. it 2116. 435 Seiten

Luise F. Pusch (Hg.)
- Mütter berühmter Männer. Zwölf biographische Portraits. it 1356. 490 Seiten
- Schwestern berühmter Männer. Zwölf biographische Porträts. Redaktionelle Mitarbeit: Jutta Wasels. it 796. 561 Seiten
- Töchter berühmter Männer. Neun biographische Portraits. it 979. 468 Seiten

NF 38/9/7.05

Literarische Reisebegleiter
im insel taschenbuch
Eine Auswahl

Städte

Bayreuth. Ein literarisches Porträt. Herausgegeben von Frank Piontek und Joachim Schultz. Mit zahlreichen Abbildungen. it 1830. 208 Seiten

Mit Brecht durch Berlin. Ein literarischer Reiseführer. Von Michael Bienert. Mit zahlreichen Fotografien. it 2169. 271 Seiten

Literarischer Führer Berlin. Von Fred Oberhauser und Nicole Henneberg. Mit zahlreichen Abbildungen, Karten und Registern. it 2177. 517 Seiten

Bremen. Literarische Spaziergänge. Von Johann-Günther König. Mit farbigen Fotografien. it 2621. 272 Seiten

Budapest. Ein literarisches Porträt. Herausgegeben von Wilhelm Droste, Susanne Scherrer und Kristin Schwamm. Mit zahlreichen Fotografien. it 1801. 283 Seiten

Chicago. Porträt einer Stadt. Herausgegeben von Johann Norbert Schmidt und Hans Peter Rodenberg. Mit farbigen Fotografien. it 3032. 330 Seiten

Dresden. Ein Reisebuch. Herausgegeben von Katrin Nitzschke unter Mitarbeit von Reinhardt Eigenwill. Mit zahlreichen Abbildungen. it 1365. 294 Seiten

Dublin. Ein Reisebegleiter. Von Hans-Christian Oeser. Mit farbigen Fotografien. it 3114. 220 Seiten

NF 31/1/10.07

Frankfurt. Acht literarische Spaziergänge. Von Siegfried Diehl. Mit farbigen Fotografien. it 2197. 190 Seiten

Mein Frankfurt. Von Martin Mosebach. Ausgewählt und mit einem Nachwort von Rainer Weiss. Mit Fotografien von Barbara Klemm. it 2871. 176 Seiten

Granada. Ein literarisches Porträt. Herausgegeben von Nina Koidl. Mit farbigen Fotografien. it 2635. 243 Seiten

Hamburg. Ein Städte-Lesebuch. Herausgegeben von Eckhart Kleßmann. Mit zahlreichen Abbildungen. it 1312. 305 Seiten

Heidelberg-Lesebuch. Stadt-Bilder von 1800 bis heute. Herausgegeben von Michael Buselmeier. it 913. 385 Seiten

Istanbul. Ein Reisebegleiter. Von Barbara Yurtdas. Mit farbigen Fotografien. it 3026. 313 Seiten

Lissabon. Ein Städte-Lesebuch. Herausgegeben von Ellen Heinemann. it 2106. 390 Seiten

London. Literarische Spaziergänge. Herausgegeben von Harald Raykowski. it 2554. 272 Seiten

Wolfgang Koeppen. Muß man München nicht lieben? it 2712. 160 Seiten

New York. Literarische Spaziergänge. Von Herbert Genzmer. Mit farbigen Fotografien. it 2883. 160 Seiten

Paris. Literarische Spaziergänge. Von Uwe Schultz. Mit farbigen Fotographien. it 2884. 272 Seiten.

NF 31/2/10.07